漫時光

滿級綠茶穿成小可憐 上

春刀寒 著

高寶書版集團

目錄
CONTENTS

第一章　滿級綠茶穿成可憐小公主

林非鹿死在她二十七歲生日的那個晚上。

往年的生日她都會在海邊別墅開 party，跟狐朋狗友狂歡到天亮，連父母的禮物都是提前寄到那邊的。

但這一次她不巧腸胃炎發作，早上去醫院拿了點藥，就近回了市中心的公寓，躺在臥室一睡就是一天。

晚上是被客廳的動靜吵醒的。

父母分居後各過各的，但市中心這間房子是兩人共同擁有，長時間空著，林非鹿捂著胃走出去的時候，看到她打扮時髦的媽正在跟小狼狗滾沙發。

林非鹿愣了兩秒鐘，轉身回臥室換衣服，然後摔門離開。

到車庫的時候林母的電話打了過來，問她：『妳怎麼在這？沒去開 party？』

林非鹿拉開藍寶堅尼的車門，沒回答，反問：「你們離婚了？」

林母說：『沒有。』

她笑了一聲：「也不知道你們這樣有什麼意思。」電話那頭還想說什麼，她又補充一句：「妳繼續，放心，不會告訴我爸的。」

就像她前不久撞見她爸把人領回別墅，也沒告訴她媽一樣。

這對夫妻從她小時候就是各玩各的，該看的不該看的這些年她看得多了，除了噁心，已經沒有別的感覺。

要掛電話的時候，那頭想起來似的說了一句：『小鹿，生日快樂。』

林非鹿發動車子：「謝謝。」

車子開上沿海公路，電話又響了，是她的假掰姐妹打來的，大驚小怪地喊：『妳終於接電話啦？我們在DC，妳來嗎？』說完又壓低聲音，語調有些興奮：『謝河也來了，說要為他女朋友上次的事跟妳道歉！哦不對，已經是前女友了，誰叫她潑妳咖啡，活該！』

她的胃又開始痛，一手捂著胃一手握方向盤，懨懨的：「我不去了，你們玩。」

姐妹驚道：『那謝河怎麼辦？』

林非鹿笑道：「我管他怎麼辦。」

對面無語：『人家都因為妳跟女朋友分手了。』

她語氣隨意，「又不是我讓他分的，我什麼也沒做。」

那頭沉默了。

胃裡又是一陣絞痛，林非鹿疼得躬起身，伸手掛電話。前方突然響起刺耳的剎車聲，一輛大貨車極速斜滑過來。

林非鹿猛打方向盤，車頭撞上護欄，朝著下方的海崖飛了下去。

在空中的那麼幾秒鐘，天旋地轉。

林非鹿內心竟然很平靜，腦子裡只有一個想法。

果然壞事做多了是會遭報應的，下輩子她一定當個好人。

但是沒想到下輩子來得這麼快，感覺只是睡了一覺的時間，再睜眼的時候，她又活過來了。

林非鹿愣了三秒，舉起自己細小的手看了一陣子，又轉頭看向旁邊。

床邊坐了個穿宮裝的女人，五官生得非常漂亮，臉色卻慘澹而白，渾身透出一股死氣沉沉的病氣，正捧著一塊手絹在繡。

林非鹿還在暗自打量，門口走進來一個宮女：「娘娘，藥拿回來了。」

女人站起身：「太醫呢？」

「今日麗美人臨盆，太醫們都奉命去候著了。奴婢向太醫院的俸使轉達了公主的病情，這是俸使為公主開的藥。」

女人緊緊拽著手中絹絲，半晌，認命似的：「罷了罷了，去把藥煎了，再做些清淡粥菜來。」

宮女奉命而去，女人轉身，瞧見床上的小姑娘已經醒了，正睜著一雙黑溜溜的眼睛四處打量，趕緊放下絹絲，俯到床邊將她抱起來。

林非鹿只覺身子一輕，女人身上暖融融的淡香襲入鼻腔，自己乾巴巴的小身體被她摟在懷裡，滿滿都是不真實感。

「鹿兒乖，還有哪裡不舒服嗎？」

林非鹿似醒非醒地搖了下頭，女人抱著她往外走，院內有個宮女正蹲在桂花樹下揀花蕊，女人說：「等鹿兒好了，娘做妳愛吃的桂花餅給妳好不好？」

視野開闊起來，入目是紅牆青瓦，庭院石桌，遠處飛簷峭臺，樓可摘星。院門前一扇石屏，上雕翠竹荷月。院內布兩三石桌石椅，東西兩角各有一座大瓷水缸，房有四間，樹木零星。古色古香的庭院，並不華麗，猶顯得清冷。

林非鹿轉頭看女人，眼下這情況，她還沉得住氣，出聲問：「我怎麼了？」

又軟又糯的小孩聲音，奶聲奶氣的。

女人溫聲笑道：「鹿兒早上去臨行閣玩，失足落水染了風寒，不過不礙事，一會兒喝了藥就好了。」

林非鹿咬了下舌頭，疼。

沒多久宮女端了碗藥過來，女人餵她喝了藥，又塞了塊甜甜的蜜餞在她嘴裡，宮女在旁邊笑道：「公主真乖，喝藥也不哭不鬧的。」

林非鹿覺得頭疼，低聲說：「我想睡覺。」

女人親親她的臉頰，將她抱回床上。林非鹿閉上眼，聽到女人交代：「明日妳將這對玉鐲送予麗美人，賀她產子之喜，我身子帶病，恐惹美人不好，就不探望了。」

「奴婢記下了。」

眼下這情況，林非鹿就算再傻也反應過來了。

一時間有些啼笑皆非。

但她向來適應能力強，喝完藥睡了一覺後，就完全接受了這個事實。睡覺期間，屬於小女孩本來的記憶湧入她腦中。

五歲大的小女孩，知道的也不多。

只知道這地方是大林朝，母妃是嵐貴人，她有一個大自己兩歲的哥哥，叫林瞻遠，哥哥跟正常人不一樣，別人都偷偷叫他傻子。

她是大林朝的五公主，但見過父皇的次數屈指可數。

換而言之，她母妃不受寵，她也不受寵。

昨天她在外面放風箏，風箏斷線落在臨行閣，小女孩追過去撿風箏的時候，遇到了三公主林熙。

林熙看不起那個破破爛爛的風箏，但就是喜歡欺負她，兩人爭搶風箏的時候，小女孩被林熙推入水中，救上來之後一直發著燒昏迷。

再醒來就是林非鹿了。

她用自己碩士高材生的知識回憶了一下，發現這個大林朝在五千年歷史長河中查無此朝。

雖然這地方看起來不怎麼樣，但回想自己經歷的那場車禍，再看看現在完好無損的小胳膊小腿，林非鹿覺得自己還是占了大便宜的。

腦子裡小女孩的身影漸漸模糊。

林非鹿在心裡跟她說：「我這個人恩怨分明，絕不白白占人便宜，我既然用妳的身體活了過來，別的不說，仇一定幫妳報。」

轉而又想到自己死之前發的那個誓。

看來這是老天爺給她悔過自新重新做人的機會。

好人要做，仇也要報，不過君子報仇十年不晚，不急，她要先把目前的處境搞清楚。宮鬥劇不是沒看過，後宮險惡，必須小心一點。

屋外天色漸亮，嵐貴人發現她退了燒總算鬆了口氣，出門吩咐丫鬟熬粥。林非鹿正躺在床上思考新人生，房門吱呀一聲被推開，有個小身影摸了過來。

他走到床邊半蹲下，扒著床沿喊：「妹妹、妹妹。」

林非鹿轉過頭，看見一個俊俏的小男孩正歪著腦袋傻乎乎對自己笑。

是她的癡傻哥哥林瞻遠。

林瞻遠在眾皇子中排行老六，雖然是名義上的六皇子，但連宮女太監都敢私底下罵他傻子就可以看出來，這是個被拋棄的皇子。

想來皇帝不喜歡嵐貴人，也跟這有關。

真龍天子卻有一個癡傻兒子，簡直是人生汙點。

林瞻遠的智力停留在三、四歲，會說一些簡短的詞語，看見林非鹿醒了，高興得拍她的腦袋：「妹妹乖，妹妹不疼。」

林非鹿覺得他怪可愛的。

她自小在那樣的家庭中長大，沒得到過愛，也沒人教她怎麼去愛，養成了極度自我的性子，看似遊戲人間，其實內心漠然，很難共情，唯獨對漂亮的小孩能生出幾分耐心和真心。

她笑著跟他說：「我不疼。」

林瞻遠聽懂了，更高興，笑得口水都流出來了，從懷裡抓出一把甜膩的蜜餞，獻寶似的伸到她面前：「吃，妹妹吃，好吃！」

那應該是他偷偷藏的，蜜餞都黏成一團了，看起來髒兮兮的。林非鹿最挑嘴，當然不會吃，哄他：「妹妹不吃，哥哥吃，都是哥哥的。」

她聲音奶聲奶氣的，又甜又軟，自己都覺得好聽。

林瞻遠繼承了他娘親的容貌，哪怕是個傻子，也不影響他的顏值，高興地點頭，把蜜餞塞進自己嘴裡。

林非鹿趁機下床找鏡子。

不出她所料，銅鏡裡的小女孩粉雕玉琢，靈動可愛，笑起來頰邊有個小酒窩，萌死人，長大後顏值必然不會低。

重度外貌協會林非鹿很滿意。

蕭嵐進來的時候看到糊了滿臉糖霜的林瞻遠，一臉無奈地把人拉過來：「娘是不是說過，妹妹生病了，不可以來鬧妹妹？」

林瞻遠怪委屈的：「想妹妹，和妹妹玩。」

蕭嵐一點也不嫌棄自己這個傻兒子，在母憑子貴的後宮，林瞻遠的存在算是斷絕了她全部後路，但她依舊毫無保留給這對兒女一個母親所有的保護和愛。

林非鹿花了一頓早飯的時間摸清了身邊的情況。

蕭嵐住的地方叫明玥宮，她住的是偏殿，前頭還有高她一個位分的徐才人，住在主殿。身邊伺候的宮女只有兩個，一個叫雲悠，就是昨日林非鹿醒來時看見的那個，是陪著蕭嵐入宮的本家丫鬟。

另一個是宮中宮女，叫青煙，因受過蕭嵐恩惠，在別人想方設法離開這個不受寵沒油水可撈的地方時，自願留了下來。

另外便只剩一個嬤嬤，是常年在明玥宮伺候的，輩分老，蕭嵐不大使喚她。吃飯的時候林非鹿見了一面，雙方都客客氣氣的。

總的來說，處境淒涼，林非鹿想了半天，安慰自己至少清靜。

不受寵也有不受寵的好處，起碼沒人盯著你，不用應付層出不窮的手段，關起門來安安靜靜過自己的日子，也挺好的。

畢竟她也需要時間來適應新環境和新身分，先觀察著吧。

不搞事，當個好人。

嗯。

結果不到中午，青煙就一臉焦急地跑了進來，林非鹿還趴在床邊看蕭嵐繡花呢，聽到她說：「娘娘，靜嬪娘娘宮裡的人過來了！是來找公主的。」

蕭嵐皺起眉：「什麼事？」

青煙不無擔憂：「三公主昨日夜裡開始高燒不退，一直嚷嚷看見小公主站在她門口，看了太醫也不見好，靜嬪娘娘傳話，說……說定是小公主昨日在臨行閣衝撞了三公主，讓小公主過去賠罪。」

林非鹿繞了半天才捋清這層關係。

三公主就是昨日推她下水的林熙，靜嬪是林熙她娘。

殺人兇手自己把自己嚇病了還要受害者給她賠罪？

林非鹿覺得這後宮，還怪有意思的。

昨日臨行閣沒什麼人，跟林熙起爭執的時候旁邊只有照顧林熙的幾個宮女，看蕭嵐的反應，林非鹿覺得連她都不知道落水的真相。

靜嬪不可能不知道，現在卻倒打一耙。

大林朝的後宮位分跟歷史上的明朝很像，蕭嵐之上還有才人、美人、婕妤、昭儀，再往上就是嬪、妃、貴妃乃至皇后了。

靜嬪一發話，蕭嵐就算再氣憤再不願，也只能帶著林非鹿匆匆趕往昭陽宮。

相比於蕭嵐的緊張，林非鹿顯得很平靜，一路上還有心思欣賞皇宮景色。時間已是深秋，海棠芙蓉開得正豔，亭臺錯落有致，宮殿大氣磅礴，比起林非鹿當年春遊去過的故宮不遑多讓，甚至更有生氣。

看來只有她住的小偏殿冷清，外面還挺熱鬧好看的。

心滿意足看了一路風景，到昭陽宮的時候，老遠就聽見女孩嚎啕大哭的聲音。期間還夾著一陣慌亂的斥罵，走到門口，林非鹿聽到有個尖細的聲音罵道：「那小賤人來了沒？難道還要本宮親自去請嗎！」

靜嬪身邊的大宮女候在門口，看見蕭嵐領著林非鹿進來，立刻進去彙報。靜嬪很快出來，又是一個纖弱美人，但以林非鹿的眼光看，比起蕭嵐差多了。

唉，這長相都能升到嬪，蕭嵐這種可以恃美行凶的模樣卻只是個貴人，這皇帝眼光實在不行。

林非鹿看了兩眼就把視線收了回來，旁邊蕭嵐已經一膝蓋跪了下去，還扯了扯她讓她也跪下。

林非鹿挺不情願的，現代思想還在跟封建現實作鬥爭，就看見靜嬪兩三步走過來，不由分說抬手一巴掌狠狠呼在蕭嵐臉上。

清脆的一聲「啪」聲，把林非鹿看傻了。

蕭嵐生生受了下來，不僅受下來，還連連朝靜嬪磕頭，求她恕罪。

林非鹿畢竟是公主，就算不受寵也是皇家血脈，靜嬪再恨也不敢朝她動手，一通氣發在蕭嵐身上後，看著眼前年紀小小就如此漂亮的小女孩，厭惡道：「進去，跪在三公主床前磕頭賠罪！」

林非鹿自一進來就呆呆的，靜嬪也從太醫院得知她昨日落水後一直在發燒，是不可能出現在林熙門口的。

但後宮就是這麼不講道理的地方，現在她燒退了，自己的女兒卻高燒不斷說胡話，跟她肯定脫不了干係。

靜嬪正恨得牙癢癢，突然看見剛才還呆呆的小女孩臉上露出極度驚恐的表情，她瞳孔放大，滿頭大汗，盯著林熙那屋子的門口。

而後「哇」一聲，哭著躲到蕭嵐身後。

邊哭邊說：「那個人好可怕，身上掛著水草，還……滴水！嗚嗚嗚母妃我怕。」

靜嬪：！！！

宮女：！！！

小孩子的神情狀態做不了假，靜嬪的臉一下子白了，掃了空無一人的門口一眼，剛才還趾高氣揚的聲音有些打顫：「妳看見什麼了？還有什麼？現在還在嗎？」

林非鹿一邊抽泣一邊說：「現在走進三姐姐的屋子裡了。」

還在床上躺著的林熙聽見這句話，直接嗷一聲暈了過去。

昭陽宮頓時一番雞飛狗跳。

在這個信奉鬼神的時代，沒有人不對此心存敬畏。

林熙不是說她一直看見五公主站在門口嗎，那好，妳看見了，我也看見了，是不是五公主不好說，反正就是有水鬼在門口盯著妳。

好巧不巧，臨行閣的池塘裡前些年淹死過兩個宮女，而且這事跟靜嬪有些關係。靜嬪想到這裡，更是深信不疑，哪還顧得上蕭嵐。

從昭陽宮離開時，蕭嵐半張臉已經腫了起來，看了就疼，但她像感覺不到似的，只是牽著林非鹿又小又軟的手，一臉擔憂地跟雲悠說：「鹿兒撞見了不乾淨的東西，妳回去備些拜祭物。」

林非鹿百無聊賴看著路兩邊匍匐的花。

她一直有憋氣就流汗的毛病，本來以為換了具身體就沒用了，剛才試了試沒想到還在，然後隨便演了一下，對手太不經打了。

很快後宮都知道靜嬪的昭陽宮鬧邪祟的事，說是三公主林熙在臨行閣玩招惹了不乾淨的東西，五公主林非鹿昨日也發燒，兩個小孩都撞見了。

不過冤有頭債有主，那邪祟只跟著三公主，看來還是靜嬪做下的孽。

那之後，去昭陽宮的人就少了，跟靜嬪常有往來的妃嬪不再登門，皇后把這事跟皇帝提了一嘴，雖說天子龍顏，但這種事能避就避，最近還是別翻靜嬪的牌子了。

皇帝答應了，反正後宮佳麗三千，也不缺這一個，怕自己哪天太忙忘了這件事，還直接讓人把靜嬪的牌子撤了。

後來皇帝果然忘了這件事。

於是他也忘了把靜嬪的牌子加回來。

然後靜嬪就失寵了。

當然這都是後話，目前昭陽宮還處於人仰馬翻請高僧驅邪的狀態。蕭嵐受的驚嚇也不小，一回到明玥宮就拉著林非鹿開始拜祭。

她雖然沒放在心上，但為了讓蕭嵐心安，還是挺配合的。

偏殿正忙著，外面突然又起了一陣爭吵，蕭嵐聽了兩句就知道發生了什麼，臉上露出無奈的神情，輕聲跟林非鹿說：「鹿兒在這裡跪到香燃完，娘一會兒就回來。」

林非鹿表面上答應得好好的，等蕭嵐一出去就起身跟上去了。

外面是雲悠在和主殿徐才人的大宮女紅袖吵架。

林非鹿聽了半天才知道發生了什麼事。

後宮嬪妃每個月是有份利的，食物炭火銀兩這些，都按位分給。

明玥宮主殿住的是徐才人，蕭嵐位分在她之下，內務府分配屬於明玥宮的份利每次都被她領了，但屬於嵐貴人的這一份，會被她剋扣掉一半。

今日又是領份利的日子，雲悠擔心又被她們搶先，早早就去內務府候著。結果那邊的人一直推三阻四讓她排隊。

徐才人雖不受寵，但因傍著阮貴妃，內務府很會看眼色，等輪到雲悠的時候，明玥宮的份利已經全部被領走了。

雲悠回宮後找紅袖拿份利，果不其然又只有一半。

就吵了起來。

林非鹿聽見雲悠氣憤道：「我們娘娘還養著兩個孩子，若是餓著凍著公主皇子，妳擔得起罪嗎？」

大概不是第一次拿這事威脅，紅袖滿不在乎笑道：「讓妳們娘娘少吃一點不就省下來了？」

雲悠氣得要衝上去跟她拚命，被蕭嵐攔下來了。

林非鹿回想了一下，蕭嵐真的吃得挺少的。

偏殿的食膳並不豐盛，多是清粥小菜，但雲悠廚藝好，林非鹿雖然挑嘴，也不是不能吃。蕭嵐每次都把僅有的葷菜夾給兩個孩子，自己不大動筷子，有時候甚至只喝一碗米湯。

林非鹿還以為她是為了保持身材，結果居然是因為沒飯吃？

她是真的沒想到偏殿的處境難到這個地步。

說出去誰信啊，堂堂皇帝的嬪妃，連飯都吃不上了。

乾脆別叫蕭嵐了，改名叫蕭難算了。

林非鹿推門走出去，看見主殿門口坐了個打扮得花枝招展的女人，正悠哉悠哉喝著茶，跟看戲似的，應該就是徐才人了。

雲悠眼眶都紅了，被蕭嵐低聲勸了幾句，不再做無謂的爭吵，正往偏殿來。

林非鹿脆生生喊了句：「母妃。」

蕭嵐轉頭看見她，無奈道：「怎麼不聽話？香燃完了嗎？」

林非鹿撒嬌：「膝蓋跪痛了。」

蕭嵐也就不再說什麼，拉著她往回走。林非鹿好奇地朝徐才人的方向打量，不無天真地問：「母妃，為什麼才人娘娘要拿那麼多食物？她也養了兩個孩子嗎？」

徐才人比蕭嵐早兩年進宮，皇帝子嗣興旺，多的是皇子皇女，偏偏徐才人的肚子不爭氣，這麼多年不見一點動靜。

如今失了寵，一年見不到皇帝一次，就更不可能懷孕了。

林非鹿的話簡直就是往她心窩上扎刀。

徐才人氣得摔了茶杯，但又不能拿她怎麼樣，蕭嵐趕緊領著女兒回屋，關上門後雲悠咬牙道：「壞事做多了，老天開眼才讓她生不出來！」

青煙對蕭嵐道：「這樣下去總不是辦法，跟她說理她總是拿位分壓人。不如去找皇后娘娘主持公正吧？皇后娘娘就算不顧忌您，總要顧忌皇家血脈。」

蕭嵐嘆了聲氣：「鬧到皇后面前，豈不是又把整個後宮的目光引到自己身上。算了，不打緊，日子總還是能過的。」

跟蕭嵐生活了兩天，林非鹿也摸清了她的性格。

善良是真善良，軟弱也是真軟弱，遇事從不想辦法解決，能退就退，能忍就忍。這樣的性格，難怪混到今天這個地步。

但她也不好做什麼，畢竟時間太短，而且她還想當個好人。

蕭嵐已經習慣這種事情，並沒有放在心上，拜祭結束，又帶著林非鹿跪在屋內供奉的菩薩像前念經祈福。

林瞻遠有樣學樣跪在旁邊的蒲團上，傻乎乎地問：「妹妹在做什麼？」

蕭嵐撚著佛珠，溫聲說：「妹妹在祈求平安。」

林瞻遠朝林非鹿伸出兩隻手：「我的平安都給妹妹！」

他不懂平安是什麼，但凡是妹妹需要的，不管自己有沒有，他都可以給她。

林非鹿覺得心裡有點暖，又有點奇怪。自己居然在一個什麼都不懂的小孩子那裡感受到從來沒有過的屬於家人的愛。

這樣一想，就覺得份利什麼的好像也不是很重要。平靜清貧的日子，也挺溫暖的。

祈福一直持續到晚上，蕭嵐才安心了些，又囑咐林非鹿好幾遍，如果再看見什麼，一定要告訴她。

林非鹿乖巧點頭，正準備上床睡覺，偏殿的宮門突然被急促拍響。

青煙趕緊去應門，門一打開，外面居然是徐才人。

身邊還領著兩個穿僧袍的人，她趾高氣揚地往裡走：「五公主呢？聽說她今天撞了邪祟，本宮帶人來替她驅邪，可別把不乾淨的東西帶到本宮的明玥宮來。」

蕭嵐臉色變了變，正起身去攔，幾個宮女太監直接衝進屋來，把林非鹿架到了院子裡。

蕭嵐驚怒道：「才人！鹿兒可是大林五公主！」

徐才人笑道：「正因為是公主，本宮才費力幫她驅邪，不然本宮還懶得管呢。妳就算說到皇后娘娘那裡，也是本宮有理。」

話畢，使了使眼色。

那兩個僧人當即從背後抽出兩根柳條。

蕭嵐三人被宮女攔著，怒道：「你們要做什麼！」

僧人道：「柳條驅邪，用柳條鞭笞身體，便可驅趕邪祟。」

說完，一柳條抽下來，林非鹿被兩個宮女按著動彈不了，那柳條細細長長的，抽在她的手背上，當即就是一條紅印，疼得她一個哆嗦。

從小到大，還沒人敢這麼打她。

林非鹿咬著牙深呼吸。

我要當個好人、當個好……去你媽的，誰願意當誰當，老子忍不了了。

當務之急，是先把這頓打躲過去。

萬事不可冒進，以保全自身為第一目的，先戰術性撤退，再布防反擊！

林非鹿當即憋氣，第二次柳條還沒落下來，周圍的人就看見小公主滿頭大汗地暈倒了。

蕭嵐尖叫一聲，竟掙脫宮女的桎梏衝了過來。徐才人驚疑不定，跟那兩個僧人面面相覷。她也怕把人打出問題，所以才選擇柳條，只想讓林非鹿受點皮肉之苦，怎麼還沒開始，人就暈了？

一開始本懷疑是這小丫頭裝的，但走近一看，林非鹿眉眼緊閉臉色蒼白，滿臉的汗做不得假，心裡一個咯噔。

那兩個僧人是這次隨行進宮在靜嬪那驅邪的高僧的弟子，得了徐才人的好處才有此一說。現在見人暈過去，頓時有些慌張。

徐才人梗著脖子說了句：「看來邪祟已除，等五公主醒來應該就無大礙了。」

話落，灰溜溜帶著人撤了。

蕭嵐抱著林非鹿無暇他顧，跟雲悠和青煙一道把人抱進屋內。林非鹿怕嚇著她們，畢竟蕭嵐這身子骨可經不得嚇，一進屋就「虛弱」地睜開了眼，喊了聲，「母妃。」

蕭嵐哭成了淚人，一邊用熱水幫她拭擦一邊讓雲悠去請太醫。

這件事鬧大了挺好，一個才人位分的嬪妃竟敢對皇家公主動手，宮裡趨炎附勢落井下石是常態，但欺壓到這個分上未免過了。

林非鹿也沒攔，躺在床上閉著眼思考接下來該怎麼辦。

她算是知道了，這後宮就是沒事找事的地方，你不惹事，事也會來惹你。

當好人的下場就像蕭嵐一樣，誰都可以來踩兩腳。

古代幼童總是容易早夭，她現在才五歲，就算內裡強大，但身體機能總歸只是個小女孩，要是真的遇上外力打擊，能不能扛過去還不好說。

如果連平安長大都成了奢求，那她也白活一次了。

本來以為這只是個養老副本，沒想到居然是個戰鬥副本。

戰鬥副本好啊，不然她這麼高的攻擊力打不了怪，豈不浪費。她倒要看看，這後宮副本的大小 Boss，經得起她幾下暴力輸出。

太醫聽說五公主暈倒了，來得很快。在路上聽雲悠哭著把經過說了一遍，也覺得徐才人行事荒唐。

原主這身體本就虛，前些日子落了水還未痊癒，太醫過來一把脈，得出她驚嚇過度身子虛弱的結論，開了藥方，又叮囑蕭嵐平日在飲食上注意進補。

蕭嵐倒是想補，可想到庫存裡那點食物，又落了一通淚。

等屋裡的人都退下去，她坐在床邊握著林非鹿的手哽咽不止：「是娘不好，娘沒有保護好鹿兒。」

林瞻仰也在哭，邊哭邊說：「打壞人！打壞人！」

林非鹿覺得頭有點疼。

蕭嵐讓她想起她上大學時的一個室友。

人長得不錯，脾氣也好，可就是軟弱自卑，遇事怕事，被欺負了只知道哭，連男朋友被搶了都不知道反抗，躲在寢室哭了好幾天，像是自己的錯一樣。

林非鹿其實挺煩這樣的人的。

煩歸煩，還是出手幫了一把，輕輕鬆鬆把她的前男友從小三手上搶了過來，然後分手甩人，讓渣男也體會一次被拋棄的痛苦。

其實這世界上終歸還是蕭嵐這樣的人占多數，大事化小小事化了，以為不爭不搶就可以風平浪靜。做什麼都瞻前顧後，生怕惹事。

不過這也正常，如果人人都是林非鹿，那這世界可能早就毀滅了。

林非鹿平靜地從蕭嵐口中套話：「母妃，為什麼父皇不喜歡我們？」

蕭嵐沒有多想：「因為我不得寵，害得陛下也不喜歡你們。」

林非鹿又問：「母妃長得這般好看，比靜嬪娘娘還好看，為什麼父皇不喜歡妳？」

蕭嵐愣了一下，神情恍惚的回憶，她沒察覺女兒是在套話，只以為她今晚受了驚嚇很是委屈，過了一會兒才低聲回道：「這些事本不該告訴妳，但……如今這樣，也沒什麼好隱瞞的。當年娘進宮前，本心有所屬，入宮後面對妳父皇無法偽裝，又總是多病，陛下嫌我冷清無趣，便漸漸不來明玥宮。後來……」

後來生下了林瞻遠，本憑此晉了位分，從淑女升成了貴人，可隨著孩子長大，異常漸顯，皇帝無法忍受真龍天子竟有個癡傻兒子，厭惡之餘，也怪罪到蕭嵐身上。

在那之前蕭嵐雖不受寵，但皇帝喜歡她貌美，偶爾還是會來一次明玥宮的，日子也不像現在這般難過。

那之後，蕭嵐澈底失了寵，皇帝恨不得自己沒有這個兒子，眼不見為淨，乾脆遺忘這對母子的存在。

那時候蕭嵐已經懷上了五公主，生產時太醫通報皇帝，皇帝連來看一眼都不願。兒子癡傻，女兒大概也好不到哪裡去，白白折煞了皇家威嚴。

蕭嵐失寵，又因為癡傻兒成了後宮笑話，連母家蕭氏都放棄了她。

他們送她進宮本就為求前程，現在前程皆斷，只來信警告她，事已至此，萬萬不可再惹事，牽連母族。

所以她才活得這麼小心謹慎，哪怕母家早就拋棄了她，她終究要顧全父母。

蕭嵐今晚受的驚嚇不小，一開始是回答林非鹿，後來漸漸變成了自說自話的回憶。她這些年在宮裡過得這樣苦，哪能不委屈，只是無可奈何，都忍著罷了。

林非鹿平靜聽完這段舊事，內心毫無波瀾，甚至有點想吹個口哨。

這個副本的難度比她想像中要高，看來在殺Boss之前，還要先攻略幾個NPC，拿下增益保命Buff。

眾所周知，皇宮中最大的NPC是皇帝。

就目前情況來看，攻略皇帝有點難。

那就退而求其次，先攻略皇帝的兒子吧。

林瞻遠排行老六，在他之前，她是不是還有幾個哥哥？

也不知道這幾個同父異母的哥哥，長得好不好看。

哦這不是重點。

重點是，在攻略NPC之前，她要先把小怪殺了。

小怪：徐才人。

第二章　開啟宮鬥副本

徐才人敢這麼明目張膽地欺負人，是吃透了蕭嵐的性格，根本不擔心她會反擊。她雖也不受寵，但作為宮中集萬千寵愛於一身的阮貴妃的狗腿子，一向狗仗人勢，作威作福。

打量了五公主，她還是擔驚受怕了小半夜，最後紅袖點醒她：「陛下恐怕連這位公主的存在都不知道，娘娘還擔心她去告狀嗎？陛下怕是一見到她就會想到那個傻子，生氣都來不及呢。」

徐才人一想，是這麼個道理！

有什麼好擔心的，自己可是為了幫她驅邪，何況她還什麼都來不及做，便宜了那小丫頭。

想通了這點，她就放寬心入寢了。不過第二天醒來，她還是派紅袖去偏殿打探打探情況，結果紅袖剛出門，就被站在院子裡的林非鹿嚇了一跳。

主殿正對著大門，靠近主殿門口的位置有一顆石榴樹，入秋之後落了葉，石榴枝芽光禿禿的，林非鹿穿了一身紅，晨起的霧氣還沒散，她孤零零站在那裡，小臉上沒什麼表情，目不轉睛地盯著那顆石榴樹。

早上本就冷清，她出現得悄無聲息，紅袖被嚇了一大跳，反應過來後又氣又怕，提高聲音不悅道：「五公主，妳站在那做什麼？」

小女孩像沒聽見她的話，沒發現她似的，只是仰著頭，定定盯著那顆樹。

紅袖順著她的目光看過去，樹上一片葉子都沒有，有什麼好看的？忍不住問道：「五公主，妳看什麼呢？」

林非鹿這才慢慢將視線收回來。

她看著紅袖，極其緩慢地咧了下嘴角，輕輕吐出幾個字：「那上面有人。」

笑容陰森森的，配上她的話，紅袖一瞬間汗毛倒立，驚恐地掃了石榴樹一眼，忙不迭跑回主殿，「砰」一聲關上了門。

林非鹿撥了下被霧氣打濕的鬢角，若無其事轉身回去了。

偏殿裡雲悠正跟蕭嵐說：「小公主說要賞日出呢，一大早就去院子裡等著了。」瞧見她回來，笑道：「公主，日出好看嗎？」

林非鹿抿唇笑了下：「好看。」

青煙端著針線簍走過來，笑著說：「公主穿紅色真好看，像年畫裡的小仙童似的。娘娘手藝也好，做的衣服比織錦所的還好看。」

雲悠嘆氣道：「可惜今年只得了這兩匹緞子，給公主和六皇子各做一套就沒了，娘娘都有好些年沒穿過新衣服了。」

蕭嵐挽著線，臉上掛著慈愛又柔和的笑：「我不礙事，反正也不出門。倒是鹿兒總喜歡往外跑，今年做件斗篷給她吧，暖和。」

三個人曬著秋陽做針線活，林非鹿四下轉悠，熟悉地形。明玥宮並不算大，而且地處偏僻，周邊宮牆有些剝落，顯得破破舊舊的，爬滿了枯萎的藤蔓。

對比一下昨日去過的靜嬪富麗堂皇花草茂盛的昭陽宮，差別實在是大。

不急，以後都是自己的。

林非鹿如是想。

主殿那位應該是被嚇到了，一上午都沒開過門。林非鹿逛完明玥宮，吃過午飯喝了藥，出門拓展新地圖。

皇子公主在宮內行動不受限制，比嬪妃自由些，蕭嵐一向不拘著她，但每次都會讓青煙跟著，上次是因為她著急追風箏，不然也不會落水。

林非鹿不熟悉路，牽著青煙的手邊走邊套話，很快就把後宮的地形搞清楚了。她本身記性好，聽過看過一遍的東西不會再忘，一路走過來，腦子裡已經有了空間圖。

青煙不知道自己被套了話，還高興公主今日活潑多話，穿過湖心亭後指著不遠處道：「公主想吃柿子嗎？前面就是金柿園了，想吃奴婢摘給妳。」

林非鹿點點頭，兩人便走過去，剛進拱門，就聽見裡面傳來一陣喧鬧。

一群宮女太監圍在一顆高大的柿子樹下急得團團轉，急呼著：「四皇子，你快下來吧，摔著了可如何是好？快下來吧，要吃哪棵樹上的你吩咐一句，奴才們摘給你！求你下來吧！」

林非鹿仰頭看去，掛滿柿子的樹上站了個男孩，樹枝擋著看不清樣貌，只見一身錦繡華服，像隻猴子似的在樹上上躥下跳。

青煙臉色變了變，低聲說：「公主，咱們回去吧，改日再來摘柿子。」

好不容易遇見NPC，林非鹿能放過？

她狀似天真地問：「我哥哥是六皇子，那四皇子也是我哥哥嗎？」

青煙拉著她退到一旁才道：「四皇子是嫻妃娘娘的兒子，與咱們娘娘身分不一樣。四皇子性格頑劣，讓他瞧見公主，恐是要欺負妳的。」

宮裡這幾個皇子，就屬四皇子林景淵最愛惹事，為此沒少被皇帝責罰。偏偏他又是所有皇子中和皇帝長得最像的一個，皇帝自然偏愛，每次都是雷聲大雨點小，慣得性子越發跋扈。

若是跟他起了衝突，吃虧的肯定是小公主。

青煙著急，林非鹿倒是一如既往的淡定。

不就是個小屁孩。

對付小屁孩，有的是辦法，只要摸清他的脾性，針對不同性格的NPC採用不同的策略，對症下藥，方便快捷。

她沒著急走，站在一邊暗自觀察林景淵。但凡是綠茶，都有一個自帶技能，那就是看人很準。她們很容易識別你是哪種類型的性格，最吃什麼人設，然後投其所好。

小孩子比成年人更單純，更容易識別。

林非鹿觀察半天，覺得林景淵這小孩任性歸任性，但心眼不算壞。你拿皇帝、嫻妃來壓他，他根本不理你，爬樹爬得起勁。

但底下奴才開始跪著哭，他反而不耐道：「若是父皇母妃責罰，我幫你求情就是了，你怕什麼？喏，這個最紅的柿子賞給你了。」

典型的吃軟不吃硬。

他爬得高看得遠，摘完柿子一回頭，瞧見拱門這邊站著人，卻半藏在樹後不出來，當即大聲道：「那邊是何人？還不給本皇子過來！」

青煙心裡一咯噔，心道完了。

只能拉著林非鹿走過去，半眼都不敢往上瞧，跪在地上磕頭道：「奴婢見過四皇子。」

林景淵站在樹上，低頭打量。那宮女身邊站著個小女孩，穿一身紅色的襖裙，頭髮挽著乖巧的簪，襯得肌膚雪白。

她安靜地立在樹下，偷偷朝上看，水靈靈的眼睛與他相對時，怯生生一笑，又幾分羞澀幾分乖巧地垂下頭去。

林景淵從樹上跳下來，故作威嚴地打量她：「妳是誰？」

她聲音軟糯糯的：「我叫小鹿。」

身邊太監提醒道：「四皇子，這是五公主。」

皇帝不惦記，宮裡也甚少提起這位公主，林景淵又是個不把正事放在心上的人，平日只跟長公主和三公主來往，從來沒聽過還有位五公主。

他一挑眉：「妳是我的皇妹？妳藏在那做什麼？」

林非鹿偷偷抬眼，目光掃過他手上的紅柿子，抿著唇吞了下口水，遲疑又小聲地說：「我想吃柿子。」

說完，半抬眸子看著他，怯怯地問：「可以嗎？」

她的睫毛生得長又密，襯著一雙水汪汪的眼睛，像染著一層水霧，叫人心生憐惜。

林景淵當即就不行了，非常豪邁地一揮手：「當然可以！有什麼不可以！」他對身邊的太監道：「把我剛才摘的柿子都給她！」

太監趕緊把竹簍遞上。

林非鹿眼睛一亮，漂亮的小臉上露出開心的笑，伸手去接，卻因為竹簍太重，身子一個趔趄。

林景淵眼疾手快一把扶住，不悅道：「叫妳宮女拿。」

青煙自過來就一直跪著，生怕惹怒了四皇子，怎麼也沒想到最後事情會是這個走向，立刻接過竹簍退到一邊。

林非鹿小手背在一起，歪著腦袋朝林景淵甜甜一笑，秋陽透過紅柿樹灑下來，像落滿她小酒窩似的，又暖又甜：「謝謝哥哥。」

林景淵被她笑得有點不好意思了。

他是見慣長姐的刁蠻和三姐的蠻橫的，加之他娘嫻妃跟長公主的娘惠妃不對付，他其實很不喜自己那位長姐，更別提長姐的小跟班三姐了。

但這個從未見過的五公主卻完全不一樣，柔柔弱弱的，笑起來漂亮又可愛，想吃柿子卻害怕的模樣，簡直激得他小小男子漢的保護欲暴漲。

林非鹿想到什麼，將剛才在御花園摘的海棠從懷裡拿出來，認真地遞過去：「母妃說，來而不往非禮也，哥哥送了我柿子，我把這朵重瓣海棠送給你。重瓣海棠寓意幸運，很罕見的。」

說到最後，她戀戀不捨地看了海棠花一眼，然後毅然決然放到林景淵手中。

花在她懷裡放了一段時間，花瓣染上她的體溫，擱在他的掌心時，柔軟又溫暖。

林景淵耳根子都羞紅了。

啊什麼絕世小可愛！這麼罕見的幸運花居然就這麼送給我了。明明自己也很捨不得的樣子，卻一點也沒猶豫！

林非鹿送完花朝他揮揮手，甜甜道：「哥哥再見。」

她跟著青煙朝外走去，走到拱門處的時候又偷偷回過頭來，遠遠朝著林景淵一笑。

隔著半寸秋陽，滿院紅柿，那笑三分羞澀七分乖巧，簡直要把他的心笑化了。

走得遠了，出了一身冷汗的青煙才終於鬆了一口氣，看看手中的柿子，又看看身邊若無其事的小公主，還是忍不住問道：「公主，重瓣海棠真的寓意著幸運嗎？奴婢怎麼沒聽說過？」

林非鹿沒回答，只是笑了下。

沒聽過就對了。

我隨口胡謅的唄。

竹簍裡的柿子沉甸甸的，又大又紅。往年她們是拿不到這麼多柿子的，只是偶爾摘一兩個解解饞，宮裡規矩多，特別是蕭嵐這種處境更要萬事小心，萬萬不能因為吃食留下話柄。但今日這柿子是四皇子賞的，足有幾十個，不僅可以敞開肚皮吃，柿子皮可以曬乾了涼拌，吃不完的可以醃了做柿餅，小公主和六皇子接下來的零嘴也有了。

青煙不覺得自家公主今天哪裡不對，反而覺得小公主這麼可愛果然是個正常人就會很喜歡呢！

回去的路上經過一排橘林，林非鹿打量了兩眼，不知想到什麼，停步跟青煙說：「我想去摘幾個橘子。」

青煙道：「這裡種的秋橘是觀賞用的，果子吃不得，很酸的。」

林非鹿沒聽她的：「我想要兩個。」

青煙沒再勸，跟她一起過去摘了幾個青油油的小橘子，一看就酸得很。林非鹿把橘子包好放進自己袖口，然後回了明玥宮。

蕭嵐跟雲悠還在院子裡做針線活，看見青煙提的那一簍柿子，臉色變了變，正要責備她，青煙一臉欣喜把方才的事情說了一遍。

蕭嵐聽完有些驚詫，看了蹲在院子裡跟林瞻遠一起掏螞蟻窩的林非鹿一眼，也沒多想，覺得大概是四皇子今日心情好才賞了她們，吩咐青煙剝柿子給兩個小孩吃。

林非鹿抱著甜糯糯的柿子坐在門檻上一口一口地啃，看著對面正殿緊閉的大門。

剛才聽雲悠跟蕭嵐聊天，對面到現在都沒開過門，林非鹿很滿意對方的反應。她不過是說了句樹上有人就嚇成這個樣子，那她這次布置的計畫方向算是對了。

下午時分正殿的大門才緩緩開了一條縫，斜陽灑了滿院，也灑滿那顆光禿禿的石榴樹。徐才人被紅袖扶著，先是有些閃躲地掃了石榴樹一眼，然後目不斜視地朝外走去，步伐匆匆。

林非鹿就坐在門檻上盯著她看，徐才人朝她的方向張望了兩眼，感覺這小丫頭像是在看自己，又像在看別的，邪門得很。

臨近傍晚她才回來，彼時林非鹿已經吃完晚飯，跟林瞻遠在院子裡玩踩影子遊戲。

徐才人一進來，嘻嘻哈哈的兩個小孩都停住了。在林瞻遠眼裡那是壞人，母妃說過，要離壞人遠一點，拉著妹妹往回跑。

林非鹿卻不動，就那麼直愣愣站在原地，臉上神情還是呆呆的，目不轉睛地看著她。

徐才人惱怒，快走兩步想過去教訓她，走近了才發現，林非鹿看的好像不是她，而是她背後。

她猛地回頭，身後空空如也。

再回頭時，看到林非鹿有些畏懼地往後縮了縮，大眼睛仍是盯著她背後的位置，流露出毫不掩飾的恐懼。

徐才人突然覺得後背很涼，爬上一層冷汗，讓人毛骨悚然。

紅袖也發現了，壯著膽子大聲道：「五公主，妳在看什麼？」

林非鹿這次沒回答她，像是怕極了，拽著林瞻遠的手轉身跑回偏殿，頭都沒回一下，啪的一聲關上了門。

徐才人腳都軟了，明明身後什麼都沒有，可她再也不敢回頭看一眼，被紅袖攙扶著走回正殿，一進屋就癱在床上。

紅袖咬著牙克制發抖的聲音：「娘娘，那丫頭邪門得很，不用理她。」

徐才人臉色蒼白，哪怕進了屋，還是覺得後背很冷，像有人往她頸脖子上吹氣似的，雞皮疙瘩一波接一波，硬生生嚇出一身冷汗。

她覺得這麼下去不是辦法，趁著靜嬪宮裡的高僧還沒走，明天一定要去請高僧看看！

天黑之後，白天還秋陽燦爛的天氣突然變了天，滾滾驚雷之後，大雨落了下來，劈里啪啦打在屋簷樹葉上，吵得人心煩不已。

徐才人本就擔驚受怕，這電閃雷鳴的，更睡不著了。不知道在床上輾轉反側多久，她突然聽到雨聲中傳來咚咚咚的叩門聲。一下一下的，不急不緩，斷斷續續響在雨夜裡。

她起先還疑心是自己聽錯了，沒多久紅袖掌了燈進來，跟她說：「娘娘，外頭好像有人在敲門。」

這麼晚，又下著大雨，難不成是貴妃娘娘那邊有什麼急事？

以前也不是沒出現過這種情況，徐才人不敢耽擱，當即吩咐紅袖去開門。另一個宮女綠珠則服侍她起床穿衣，剛穿到一半，突聽外面一聲慘叫，竟是紅袖的聲音。

徐才人手指一僵，跟綠珠說：「妳快去看看！」

綠珠得令跑了出去，沒多久又是一聲慘叫。

守夜的小太監也醒了過來，徐才人臉色慘白，強忍著恐懼，跟小太監說：「隨本宮去看看。」

兩人一路疾行到正殿門口。

紅袖暈在地上，綠珠半跪在她身邊，一副嚇傻的模樣。徐才人目光在她們身上，沒注意外面，直到旁邊的小太監顫聲提醒：「娘娘……妳看外面……」

徐才人抬頭看去。

一道閃電凌空劈下，照亮正殿門口那顆光禿禿的石榴樹。樹枝上掛著一根上吊用的麻繩，被風雨吹得搖搖晃晃，像有什麼看不見的東西在半空中蕩來蕩去。

徐才人只覺心臟驟停，尖叫出聲：「關門！關門！」

正殿大門「砰」一聲被關上，裡面傳來鬼哭狼嚎的聲音。

不知道過去多久，偏殿的門無聲打開。林非鹿搬著一張凳子，頂著大雨若無其事走到石榴樹下，踩著凳子將麻繩取了下來，然後又若無其事走了回去。

雨還下著。

青煙和雲悠跟蕭嵐情同姐妹，這些年相依為命，蕭嵐沒把她們當丫鬟，也就沒讓她們像其他宮女那樣守夜。林非鹿自己睡一個房間，雨聲掩蓋了她進出的動靜，回房後換了身衣服，沒事一樣上床繼續睡覺。

第二天一早，對面就熱鬧了起來。

一下子是高僧，一下子是太醫，主子發燒說胡話就算了，身邊的下人也全都嚇病在床，連個伺候的人都沒有。平日徐才人狗腿子很殷勤，阮貴妃聽聞此事，還撥了兩個人過來幫忙。

主殿的病了，作為偏殿的嬪妃自然不能不聞不問。蕭嵐帶著青煙來探望，林非鹿跟著一起，半倚在床上喝藥的徐才人一看見她，後背又開始一陣一陣地發冷。

她嚇得不輕，整個人一夜之間憔悴了不少，喝完藥又睡下了。

殿裡人來人往的，端水端藥的都有，誰也沒注意到林非鹿在徐才人床前的地面上撒了一碗糖水。因徐才人發冷，屋內燃著炭火，溫度很高，糖水撒了沒多久就乾了，一點痕跡都看不出來。

中午時分，阮貴妃遣人來問徐才人的狀況。

阮貴妃身邊的宮女推開房門一走近，就嚇得失聲尖叫。

外面的人跑了進來。

宮女花容失色：「蟲子！好多蟲子！」

大家這才看見，徐才人的床前爬滿了螞蟻，密密麻麻的，看得人雞皮疙瘩掉了一地。

圍觀的人又緊張又害怕，議論紛紛。

「徐才人果真是撞了邪吧？」

「高僧不是已經念過經了嗎？」

「有些東西怨氣太重，誰知道那位造過什麼孽，我們幹完事還是快些走吧，她們自己宮裡的事，讓她們自己解決去。」

阮貴妃的宮女嚇得不輕，匆匆看了一眼就立刻回到雲曦宮，將此事回稟給阮貴妃了。

宮中一皇后兩貴妃，阮貴妃作為左相的女兒，母家勢力龐大，自入宮起便盛寵不斷。她派人關心徐才人並不是對她有多上心，而是宮中都知道徐才人是她那邊的，出了事不聞不問，恐讓其他妃嬪對她寒心，不再投靠。

如今聽宮女這麼回報，震驚之餘不掩厭惡：「本宮仁至義盡，今後別再讓她進本宮的雲曦宮了，晦氣。」

徐才人失寵多年，又未生育，在宮中這些年全靠阮貴妃才立住腳。她為人囂張又心狠手辣，當初為了獲取阮貴妃的信任，手上也沾過人命，如今失了庇護，將來的下場可想而知。

如今還在病中的徐才人卻並不知道這一切，她發著燒，還做著噩夢，半夢半醒之間渴醒了，迷迷糊糊睜開眼時，看到自己床邊趴著個人。

徐才人嚇得失聲尖叫，卻因為嗓子太乾，只發出嘶啞的低喊。

床邊是林非鹿。

屋內沒點燈，簷上的宮燈透進來幾縷光線。她半跪著，見她醒了，慢慢俯身趴下去，湊在她耳邊低聲說：「才人娘娘，她說她在等你。」

徐才人驚恐地瞪大了眼，黃豆大的汗珠從額頭滾下來。

林非鹿笑了下，從床上跳下來，拿起旁邊的火摺子，轉身關切地問：「才人娘娘，妳害怕嗎？害怕的話我幫妳把燈點上。」

徐才人啞聲尖叫：「紅袖！紅袖！」

紅袖昨晚嚇暈過去，病得比徐才人還嚴重，但聽見徐才人喊她，還是強撐著走了過來，徐才人有氣無力地說：「趕她出去！讓她走！」

紅袖打起精神：「五公主，請吧。」

林非鹿一蹦一跳地跑了出去。

徐才人想起她方才的話，大汗不止，恐懼道：「紅袖，把燈點上，點亮一些！」

紅袖依言點燃燈燭，光線充滿屋子，徐才人的恐懼才終於消散了一點。紅袖打來熱水替她擦了擦汗，又去幫她煎藥，徐才人半倚在床上休息，視線隨意掠過燈盞時，突然頓住。

乾淨空白的燈罩上，緩緩顯露出字。

她以為自己眼花了，閉了下眼，又揉揉眼睛，再定睛一看，那憑空出現的褐色字跡越來越清晰。

上面歪歪曲曲地寫了四個字：我在等妳。

徐才人這次連尖叫都沒發出來，雙眼一翻徹底暈死過去。等紅袖煎完藥回來，正殿又是一陣人仰馬翻。而此時偏殿內，林非鹿走回自己房間，從袖籠裡拿出一根毛筆。

靠窗的案桌上擱著她昨日摘的那幾個酸橘子，被擠乾了汁水，放在小碗裡。

林瞻遠不知道什麼時候跑到她屋裡來，抓起橘子咬了兩口，五官都被酸變形了，直吐舌頭：「酸！呸呸呸！」

林非鹿摸摸他的腦袋：「這不是用來吃的。」

林瞻遠像個好奇寶寶：「不吃，做什麼？」

林非鹿拿了張白紙，用毛筆沾了沾碗裡淺黃色的橘子汁，在紙上畫了個笑臉。白紙很快乾透，但什麼也看不見，林瞻遠看著，林非鹿把白紙拿到床頭的燭火邊，對他招招手：「來，給你看個好玩的。」

林瞻遠開心地跑過去，看著自己妹妹將白紙靠近燭火，炙烤之下，空白的紙上慢慢顯露出一個笑臉。

他樂得直拍手：「畫！有畫！」

蕭嵐端著熱水走進來，笑著叮囑：「鹿兒，別帶哥哥玩火。」

林非鹿乖巧應了一聲，把白紙撕成碎片，連同橘子一起扔了。

那日之後，徐才人就一病不起了，主殿裡的宮女太監漸漸好轉，唯有她情況越來越嚴重，有時候甚至有些瘋瘋癲癲的。失了阮貴妃的庇護，之前有仇的報仇有怨的報怨，竟是過得比蕭嵐還不如了。

宮內人都說是她作孽太多遭了報應，連阮貴妃都有些心有餘悸，生怕牽連到自己身上，偷偷抄了好長一段時間的佛經。

沒了徐才人作亂，偏殿的日子終於好轉了一些。起碼份利能自己領到全額的了，林非鹿總算過上了天天都能吃肉的日子。只是出了這件事，宮內對明玥宮有些避諱，本就冷清偏遠的宮殿，愈發沒人過來了。

雲悠還對此有些擔憂，大家都說明玥宮不乾淨，她難免害怕。蕭嵐倒是不以為然，撚著佛珠說：「不做虧心事，不怕鬼敲門，且安心吧。」

她本就喜好清靜，無欲無求，唯一的心願就是希望兩個孩子能平安長大，現下這樣的狀況，正順她的意。

不過只是順她的意而已，對於林非鹿而言，這只是殺了個小怪，熱身而已。

她算著時間，覺得自己刷了三分之一好感度的NPC應該快登門了。

果不其然，沒過幾天，她正在院子裡跟林瞻遠踢毽子玩，寧靜午後，斑駁的宮牆外傳來漸行漸近的腳步聲，還跟著一連串焦急的呼聲：「四皇子！殿下！你別跑了，等等奴才啊！那地方去不得啊！」

只聽一個傲嬌的聲音不悅道：「這宮裡還有本皇子去不得的地方？」

聲音已近門前，太監終於追上了主子，拽著他苦苦哀求：「殿下不可！這明玥宮鬧過邪祟，晦氣，不能進去啊！」

林景淵是能聽話的人？你越說不能去，他越要去，當即一掌推開門大步邁了進去。

裡頭林非鹿還在跟林瞻遠踢毽子。

秋陽淡薄，透過雲層灑下來時，只餘薄薄一層金光。頭頂挽了兩個小揪揪的小女孩穿著一身淡粉色的襖裙，籠在這團光裡，巧笑嫣然地踢著毽子，小身影一蹦一跳，靈動又可愛。

林景淵感覺自己突然理解了「靜如處子動如脫兔」這句話。

他不滿地呵斥太監：「我五皇妹像小仙女一樣，有她在的地方只有仙氣沒有晦氣！狗奴才再胡說八道我饒不了你！」

林非鹿聽見他的聲音，抬頭一看，剛才靈動的身姿停在原地，毽子落在地上，她歪著腦袋看向門口，兩隻小手有些無措地絞在身前，水汪汪的大眼睛裡透出閃閃發亮的驚喜。

林景淵走進來，興致沖沖喊了聲：「小鹿。」

她不好意思地抿著唇笑起來，露出甜甜的小酒窩，像很開心他還記得她的名字，乖乖地瞅著他越走越近，等他走到自己面前撿起那顆毽子時，才仰著小臉軟軟喊了聲：「景淵哥哥。」

四皇子殿下被一句又軟又甜的「景淵哥哥」喊得快找不到東南西北了。

講道理，自從他出生到現在，從來沒有人這麼喊過他。奴才們都叫殿下，長輩們都叫淵兒或者大名，公主們要麼喊四皇兄要麼喊四皇弟。

今日才知道，原來還可以這麼喊！聽起來格外親切，十分順耳！

林非鹿接過他撿起來的毽子，乖巧問：「景淵哥哥，你怎麼過來啦？」

林景淵從懷裡掏出一朵枯萎的海棠花。他找過來的時候理直氣壯，現在當著五皇妹的面卻有些不好意思了，抓了抓腦袋才說：「這是妳送我的重瓣海棠，這幾日我一直讓宮女好生養著，但還是快謝了。」

林非鹿眨了眨眼睛，伸出一根白嫩的手指輕輕戳了戳花瓣，像是思考了一下，抬頭對他笑道：「不怕，我有辦法！」她伸手拉住他手指，「跟我來。」

林景淵看了牽著自己的那雙小手一眼，乾咳了一聲，掩飾自己的窘迫，轉移話題看著一直傻傻站在旁邊的林瞻遠，「他是誰？」

林非鹿腳步一頓，牽著他的手慢慢縮了回去。

她像是有些害怕，微埋著頭，聲音小小的：「是我哥哥，他叫林瞻遠。」

林景淵脫口而出：「那個傻子？」

說完有些懊惱，一看林非鹿，她臉上果然露出受傷的神情，頭埋得更低，連頭上兩個小揪揪都蔫了下來，聲音有些悶，哭腔可憐兮兮的：「哥哥不是傻子，他只是生病了。」

林景淵心裡那個後悔啊。

林非鹿說完，小心翼翼抬頭打量一下他的神色，伸出兩根軟乎乎的手指扯住他的衣角，輕輕晃了晃，極小聲地問：「景淵哥哥，你也會像別人那樣討厭我哥哥嗎？」

林景淵當即大聲表明立場：「當然不會！他既是妳哥哥，自然也是我皇兄……他多大了？」

林非鹿臉上這才恢復了甜甜的笑：「哥哥今年七歲了。」

林景淵驕傲地抬了抬下巴：「我長他一歲，那我便是他皇兄。他是我六弟，我怎會討厭他？」

林非鹿雙眼亮晶晶的，手還牽著他的衣角，又軟又甜地說：「景淵哥哥真好，是我遇過最好最好的人！」

林景淵美得差點上天。

三個人一道往偏殿走去，跟著過來的小太監哭喪著臉：「四殿下……」

林景淵回頭瞪了他一眼：「你不准跟進來！」

偏殿院子內，蕭嵐跟雲煙在做針線活，驟然看見女兒跟四皇子手牽手走進來，一院子的人嚇得不輕。林非鹿脆生生道：「母妃，四皇兄來找我玩。」

林景淵小手一揮：「妳們忙妳們的，不必伺候。」

幾個人面面相覷，最終還是坐了回去，看著三個小孩跑進屋子。

一進屋林景淵就不高興地問：「妳為何不像方才那樣叫我了？」

林非鹿笑咪咪的，努力踮腳湊近他耳邊，用軟乎乎的氣音說：「那是我們的祕密呀。」

林景淵：啊！又不行了！

林非鹿住的小房間十分簡潔，沒有半點多餘的裝飾，比起他住的長明殿簡直像個貧民窟。但勝在乾淨，房間內還有屬於小女孩身上獨特的甜香，不膩，清甜清甜的。

趁著他打量參觀，林非鹿小聲跟林瞻遠說：「哥哥，去拿幾個柿子過來。」

林瞻遠雖然有些捨不得，但對妹妹言聽計從，立刻跑出門去拿柿子了。林非鹿則走到書架前，踩著凳子爬上去，挑了一本書出來。

這些書都是蕭嵐進宮時帶進來的，她當年在京中亦有才女之名，只可惜如今淪落深宮，這些書被她翻得有些舊了，擱在書架上積了灰。

她挑了一本《論語》，下來之後把懷裡的海棠花拿出來，放進書頁之中，闔上書本壓了壓。

林景淵好奇道：「這是做什麼？」

林非鹿把書給他：「把海棠花做成書籤，即使枯萎也不會凋謝啦，幸運也會永遠封存在這裡。」

林景淵還是頭一回聽到書籤這個說法，覺得自己的五皇妹果然與眾不同！

他一向討厭讀書，看見書就頭疼，為此沒少被父皇母妃責罵，但此刻卻迫不及待接過這本《論語》，翻看海棠花那一頁瞅了瞅，又低頭聞了聞，愛不釋手地塞進懷裡。

林瞻遠很快把柿子拿了過來，用他自己的衣服兜著，噠噠噠跑到妹妹跟前：「柿子！」

林非鹿選出其中最大最紅的遞給林景淵：「景淵哥哥，吃柿子。」

林景淵看了兩眼，皺眉問：「這是我那日送妳的柿子？都這麼久了，怎麼還留著？」

林非鹿眨了眨眼：「可以吃很久的。」

林景淵看到自己的六弟站在旁邊盯著柿子吞口水。

他前幾日從宮女太監那裡打聽了一下有關五皇妹的事情，知道她母妃不受寵，她是個人微言輕的公主，但實在沒想到她過得如此清貧，連滿園都是的柿子也要省著吃。

看看纖弱的五皇妹，再看看這陋居，頓時保護欲勃發。

他沒要柿子，轉而遞給林瞻遠：「六弟吃吧。」

林瞻遠高興到不行，拿過來就啃，林景淵則走出門去，喊門外那小太監：「康安，你過來。」

康安正著急地在外面來回踱步，聽主子喚他，立刻走上前，林景淵小臉板得有些嚴肅，低聲跟他耳語了兩句。康安聽完哀聲請求：「奴才這就去辦，殿下也隨奴才一道走吧。」

他高冷地一昂頭：「你且去，本皇子還要帶五皇妹去遊湖釣魚！」

主子一向說一不二的，康安無奈，只能先走。聽說兩個小孩要出門去玩，蕭嵐不放心，本來讓青煙跟著，林景淵連自己的奴才都不要，能要她？這時候身上那股任性囂張的模樣就出來了，「誰都不許跟著！」

蕭嵐還想說什麼，林非鹿打斷她：「母妃，有四皇兄在，不會有事的。」

蕭嵐只能一臉擔憂地看著他們離開。

青煙安慰道：「雖沒人跟著，但宮裡人都識得四殿下，他對公主好，定不會讓別人欺負了去。」

相比於大人的擔心，林非鹿想的就很簡單了。

跟著NPC刷新副本。

林景淵身分高貴，跟他一起，遇到新NPC的機率將大大增加。她琢磨著這個NPC的好感度差不多刷到百分之七十了，好像沒什麼難度，是該尋找下一個目標了。

可憐的四皇子並不知道自己在仙女妹妹眼中就是個工具人，一路拉著她別提有多高興了。途中遇到的宮女、侍衛都恭恭敬敬地朝他行禮，一邊行禮一邊偷偷打量林非鹿。

這不是那個不受寵的五公主？她什麼時候跟四皇子關係這麼好了？

宮裡最是見風使舵，見兩人這般親密，心道看來這默默無聞的五公主是攀上大樹了，今後可不能再像之前那樣隨意輕視。

林非鹿一直安安靜靜跟在林景淵身邊，這些人在想什麼，她一掃就能看出來，不過也不太在意，繼續扮演自己柔弱乖巧又羞怯的人設。

釣魚的池子在最西邊，要穿行大半個後宮，越往西邊走越清淨，景色也漸漸生出幾分無人打理的秋日蕭條來。穿過一片翠竹掩映的宮殿時，不遠處的路邊隱隱約約傳來人聲。

離得近了，聽見一個嬌蠻的女孩斥責道：「宋驚瀾，我病一好就來找你，不過讓你陪我遊湖而已，你卻如此不識抬舉！」

林非鹿一看，這不是那個被水鬼嚇暈了的三公主林熙嗎？

她對面三步遠的位置站了個穿青衣的小少年，背影略顯得孱弱，身段卻很風雅，被竹海環繞，周身縈繞著一股不俗之氣。有個小廝模樣的人站在他身邊，低聲哀求：「三公主，我們殿下還發著燒呢。」

林熙不依不饒：「那又如何？今日就是天上下刀子，他也得陪本公主遊湖！」

林非鹿心想，這公主怎麼那麼像強搶民女的地痞流氓？

越走越近，透過竹海分割出的細碎的光，她終於看清這個被流氓公主刁難的「民女」。

我靠？

這是哪裡來的漂亮小哥哥怎麼可以好看到這麼人神共憤的地步！

是她她也搶。

第三章　攻略哥哥們

林非鹿見過的美人沒有一千也有九百，以前暫不提，來到大林朝後，後宮之中哪怕是個宮女也有幾分姿色，就更別提這些嬪妃皇子。

作為一個重度顏控，她的眼光是養刁了的，饒是如此，還是被眼前這個看起來不過十二歲大的小少年驚豔了。

像是女媧造人時別人都是黃泥甩的，他則是被捧在掌心一筆一畫描摹，多一分太濃，少一分太淡，漂亮得剛剛好，俊美卻不陰柔，清雋而不失矜貴。

竹影婆娑，光線深淺不一落在他身上，似天上月人間雪，反正不像真人。

她以前讀過蘇軾的一首詩，寫的是「公子只應見畫，此中我獨知津。寫到水窮天杪，定非塵土間人。」

此時此刻，覺得字字都應景。

這麼小就有這樣的顏值，等他長大一些，五官再長開一些，豈不是要禍亂全天下少女的心？

很顯然，三公主林熙已經被迷得暈頭轉向了。

面對林熙的咄咄逼人，少年卻無半分失態，不氣也不惱，臉上反而還掛著笑，顯出幾分不該屬於他這個年紀的從容，溫和道：「遊湖事小，只是我風寒未愈，憂心病氣會過度給三公主。妳身體也方好，經不起折騰。」

這話說的，明明是拒絕，卻又透出對她的關懷，林熙果然頓時收斂了脾氣，有些開心地問：「你是在關心我嗎？」

宋驚瀾微微含笑：「自然，竹林風大，公主緊著身子才好，先回去吧。」

林熙被他兩三句話哄得服服貼貼，帶著宮女轉身離開，恰好看見朝這邊張望的林非鹿。想起自己之前那一病，當即驕橫道：「真是晦氣，走哪都能遇上這個害人精。」

林非鹿收回視線，有些害怕地朝林景淵背後躲了躲，牽著他的衣角不敢抬頭。

林景淵被這一幕氣得不輕，指著林熙罵：「真是長姐慣壞妳了，在我面前也敢耍橫！再讓我聽見妳說這些，饒不了妳！」

林熙沒想到他會維護林非鹿，她平時雖然囂張，但比起林景淵還是小巫見大巫，平日裡四皇兄本來就不大待見她，現在被他這麼一罵，又委屈又生氣，哭著跑走了。

林景淵重哼了一聲，回頭摸摸林非鹿頭頂的小揪揪：「別怕。」

林非鹿仰著小臉眨眨眼睛，眼裡滿是對他不加掩飾的崇拜和信賴。看得林景淵熱血沸騰，差點飄上天，握著拳頭在心裡暗自發誓：小鹿妹妹由我來守護！

這頭鬧劇結束，那頭宋驚瀾也領著他的小廝回翠竹居去，臨走前，朝著兩人溫和一笑，微微頷首，而後踩著不緊不慢的腳步離開。那道背影映著竹海綠影，清致風雅，格外的自在從容。

林非鹿小聲問：「景淵哥哥，他是誰？」

林景淵一邊往前走一邊隨意道：「妳不知道他？他是宋國五年前送來的質子，叫宋驚瀾。」

林非鹿目前對於這個時代的瞭解僅限於大林朝，聽他說起，趁機裝作什麼也不懂的樣子套話：「質子是什麼？」

不學無術四皇子頭一次在學識上找到了成就感，清清嗓子興致勃勃地跟小皇妹解釋起來。

原來這裡除了位居北方的大林朝外，還有位於南方的宋國，以及以遊牧為主的雍國，形成三國鼎立的局面。

起初是宋國最為強大，因為南方土地肥沃物產豐富，比起貧瘠的北方以及居住在一望無際的大草原上的雍國，可以算是占盡了天然優勢。

然而富饒就會滋生懶惰，宋國皇帝一代不如一代，仗著國庫充盈家底豐厚，逐漸沉溺享樂。到如今這一代君王，更是沉迷美色，滿天下搜集美人，好色之名人盡皆知。

前些年，雍國有意與宋國聯手對付逐漸兵強馬壯的大林朝，提出了聯姻的建議。不料這件事被大林知道了，林帝極為震怒。

大林本就一直覬覦宋國的富饒，只是苦於出師無名，且兩國之間隔著天塹——淮河，林帝憂心宋國積澱多年，屆時消耗戰不好打，才一直沒有貿然發兵。

宋帝深知這一點，生怕林帝因此遷怒出兵攻宋，當即回絕了雍國不說，還一再遣侍前來向林帝轉達決心，為表誠意，甚至送了一位皇子過來。

這位皇子，就是宋驚瀾。

聽林景淵說，他到大林時才七歲，身邊只跟著一個小廝。雖是皇子，卻又是質子，在這宮裡的生活不至於難過，卻也不會好過。林景淵不敢告訴小皇妹，他也欺負過宋驚瀾。

在太學讀書的時候，他總是被太傅誇的那一個，林景淵偏生是最不向學的，自然看不慣他，沒少往他衣服上潑墨，夥同其他皇子捉弄他。

但宋驚瀾從來不惱，他總是笑著，待誰都溫和謙遜。後來林景淵漸漸覺得無趣，也很少再去招惹他了。

林非鹿聽完這段前因後果，覺得這個漂亮哥哥實在是有點可憐。

果然老天是公平的，賜予了你逆天的顏值，就會相對應拿走你一些東西，反正不會讓你一帆風順事事順心就對了。

別說，自己跟他還真的有點同病相憐。

假設強大的是宋國，大林需要派一個公主去和親，這人選想也不想肯定是自己。

都是被拋棄的那個。

她內心有些唏噓，但沒讓林景淵看出來，開開心心跟他釣了一下午魚，伺候在魚塘的太監照顧周全，最後將他們釣起來的魚穿了線，派人送回各自宮裡。

林景淵本是要陪她一起回去的，但走到半路嫻妃那邊派人來傳話，說皇帝要去長明殿考他的功課，讓他趕緊回宮去。林景淵嚇得不輕，交代兩句就趕緊跑了。

林非鹿慢悠悠跟著太監往回走。

經過翠竹居時，竹風颯颯，金燦燦的斜陽籠著房檐一角，很有意境。她想了想，從桶裡提起兩條魚，吩咐太監：「在這裡等我。」

太監躬身應是，林非鹿提著魚走進翠竹居。

在她的印象中，自己所在的明玥宮已經夠偏僻冷清的，沒想到翠竹居比明玥宮更蕭條。推門進去時，掉了漆的木門吱呀一聲響，發出年久失修的聲音。

院子內，宋驚瀾身邊那位小廝正蹲著在煎藥，見有人進來，有些嚴肅的小臉頓時露出遲疑又緊張的神情。

他下午見過這小女孩，跟在四皇子身邊，那四皇子沒少欺負主子，頓覺這小女孩也來者不善。

沒想到她只是走過來，笑咪咪地把手上的魚遞給他，脆生生說：「這個給你。」

小廝愣了愣，不敢接。

林非鹿又說：「你家殿下不是生病了嗎？熬點魚湯給他補身子吧。」

小廝看了看魚，又看了看人畜無害的小女孩，心道，這魚裡莫不是被下了毒吧？

林非鹿不知道是不是看出他心中所想，噗嗤一聲笑了，打趣似的：「不要啊？」

小廝正不知所措，身後微掩的房門被推開，宋驚瀾披了件外衫站在門口，溫和道：「天冬，收下吧。」又轉而看向林非鹿，眉眼溫柔：「多謝五公主。」

林非鹿有點驚訝：「你認識我？」

他笑著點點頭：「聽過公主名諱。」

他應該是剛起床，散下來的頭髮有些凌亂，面上帶著淡淡病色，卻不失半點儀態，真是越看越好看。林非鹿心滿意足欣賞到美色，送完魚就一蹦一跳地走了。

臨走時，還貼心地把院門關好了。

等她一走，天冬立即道：「殿下，我去把這魚埋了。」

宋驚瀾略一揮手：「不必，熬了吃吧。」

天冬有些遲疑：「萬一被下了藥……」

他笑了笑：「公主親自送上門來的，不會有人如此膽大妄為，安心便是。」

林非鹿送完魚就回宮了，走到門口的時候，蕭嵐已經在外面等著。見她走近，立即迎上去，不無擔心道：「可算回來了。」

林非鹿察覺有事，等送魚的太監走了才問：「母妃，怎麼了？」

蕭嵐面露憂愁，領著她進去：「下午妳走後，四皇子身邊的人送了不少東西過來。」

林非鹿這才看見滿屋子的箱子盒子。有食物、有錦緞、有首飾，還有一些亂七八糟她沒見過的玩意，把她面積不大的小屋子都擺滿了。

林景淵這小屁孩，還挺貼心的。

林非鹿喜歡收禮物，自然是高興的，蕭嵐卻滿臉擔憂：「讓嫻妃娘娘知道了可如何是好。」

林非鹿早就習慣她這瞻前顧後小心謹慎的毛病，沒多說什麼，開開心心跑去拆禮物了。今日釣了不少魚，吃過晚飯後還有剩，雲悠把剩下的魚養在院中的小水坑裡，林瞻遠玩魚玩得可開心了。

相比於明玥宮，此時的長明殿就有些氣氛緊張了。

等林景淵跑回去的時候，林帝已經在了。正在跟嫻妃喝茶，見他滿頭大汗氣喘吁吁跑進來，臉色一沉，露出不悅。嫻妃真是恨其不成鋼，想到今天下午聽宮女彙報，說他莫名其妙送了一大堆東西到明玥宮，更是氣不打一處來。

林景淵規規矩矩下跪磕頭。

林帝冷聲道：「又出去瘋玩了吧？」

林景淵老實回答：「去釣魚了。」

林帝「哼」了一聲：「你倒是悠閒，功課從不上心，對於這些玩樂很有心得！」

嫻妃勸道：「陛下息怒，景淵還小，是貪玩了些，等他……」

林帝不悅地打斷他：「都是妳慣的！八歲不小了，朕像他這麼大的時候，國賦都做了三篇！」

嫻妃道：「陛下文韜武略，景淵哪能與陛下比呢。」

林帝喝了口茶降火，餘光瞄見林景淵胸口鼓鼓的，皺眉道：「你懷裡揣的又是什麼？」

這小子以前把死了的鳥雀揣在懷裡帶進太學，嚇壞了太傅，林帝一想到他的前科，不由得懷疑他這次是揣了條死魚在懷裡。

嫻妃真是又氣又急，又不好再說什麼，眼睜睜看著兒子抬手摸了摸胸口，然後掏了一本《論語》出來。

等等？

《論語》？

這還是自己那個一看到書就說頭暈頭疼渾身都不舒服的兒子嗎？

林帝一開始還以為這是本假的《論語》，指不定書頁裡有什麼難以入眼的東西。自己這個四皇子什麼德行他再清楚不過，讓他讀書跟要他命似的，為了躲避上學，裝暈這種事都幹過。

他伸手把那本書拿過來，翻開一看，居然是真的！

想罵人的話有點罵不出口了。

書本有些舊了，邊角起了捲，那是常常翻動的痕跡。唯一的異常是書裡面夾了一朵枯萎的海棠花，林帝問道：「這是何物？」

林景淵老實回答：「這叫做書籤。」

林帝又問：「作何用處？」

林景淵垂著腦袋，眼珠子一轉計上心來，「兒臣用它來記錄閱讀進度，這樣就可避免折疊書角。」

林帝頭一次聽聞這種說法，眉梢一挑，也不知是誇還是貶，「看不出來，你還是個愛書之人。這海棠擱在這一頁，也就是說你看到這一頁了？」

林景淵硬著頭皮：「是。」

林帝笑吟吟的：「那你且背一段來聽聽。」

林景淵：「……」他磕了下頭，「兒臣還未背過，打算將整本書讀完再從頭背起。」

嫻妃立刻在旁邊附和道：「這孩子向來不愛讀書，如今卻開始看書了，還將書本隨身揣著，可見是用了心的，陛下不若再給他些時間。」

林帝臉上絲毫不見之前的不悅，他本就喜愛四皇子，見他如今已有好學之心，心裡還是很滿意的，把《論語》還給他，讚了一句：「士別三日，當刮目相待，不錯。」

龍顏大悅，連晚膳都是在長明殿用的。林帝喜愛年輕貌美的嬪妃，嫻妃入宮得早，年紀大了些，這些年已經很少再得寵幸，要不是有個受林帝喜愛的兒子，大概早就失寵了。

偏生兒子不爭氣，滿腦子都是胡玩，現在年齡還小，林帝有所偏愛自然無礙，但等將來長大了若還是這番不學無術，恐怕會失了皇恩。

今日僅僅只是一本《論語》便讓林帝如此滿意，還誇她教子有方，賞了不少東西。嫺妃高興極了，但她很瞭解自己兒子的尿性，待林帝一走，立刻把林景淵叫到身前問道：「這書是哪裡來的？」

林景淵面對母妃老實多了，「是五皇妹送我的。」他想到什麼，眼神灼灼：「五皇妹把幸運封存在這本書裡送給我，母妃，果然很幸運對吧！父皇都沒罵我！」

嫺妃想起下午兒子派人往明玥宮送東西的事。

起先她還有些惱怒，打算明早傳了嵐貴人前來訓話，此刻卻半點都不惱了，訓誡了林景淵幾句讓他今後要好好向學，等他退下了就跟大宮女碎玉說：「明早不用傳嵐貴人來了，喚五公主來吧。」

於是翌日一早，長明殿的掌事太監就來明玥宮傳話了。

蕭嵐一聽嫺妃娘娘要見小公主，臉色一白，抓著雲悠的手著急道：「這可如何是好？定是昨天之事惹了娘娘惱怒。快，青煙，替我梳妝，我陪鹿兒一起向娘娘請罪。」

林非鹿覺得，蕭嵐總是病泱泱的，多半是在後宮嚇出來的。

太監見著蕭嵐一道出來，笑著說：「嵐貴人，娘娘只傳了五公主。」

蕭嵐一時進退兩難，她褪下手腕的玉鐲，那是進宮時母親送的，也是她唯一的首飾，遞給太監後低聲道：「公公，可是公主犯了什麼錯惹怒了娘娘？」

太監笑吟吟收下鐲子，「貴人安心，娘娘心情好著呢，公主是有福之人，不會有事的。」

蕭嵐聽他如此說鬆了口氣，又交代林非鹿幾句，才憂心地看著她跟太監離開了。

時辰還早，秋日的清晨涼颼颼的，林景淵一大早就去太學上課了，林非鹿跟著太監踏進長明殿時，嫻妃正坐在榻上喝雪蓮百合粥。

房內明珠點綴，幽香滿溢，比靜嬪的昭陽宮還要奢華。看來在後宮的生活品質果然跟位分掛鉤，林非鹿只掃了一眼就沒再多看，垂著腦袋走到嫻妃跟前，脆生生地行禮：「小鹿拜見嫻妃娘娘。」

嫻妃早知這位五公主，卻還是第一次見。

小女孩穿著素淨，身段纖弱，頭頂綰了兩個小揪揪，稚氣未脫，但五官精緻，生得極為可愛，特別是那雙眼睛，像夜明珠似的，眨呀眨充滿靈氣。

她的神色有些緊張，但很有禮節，一看就是乖巧單純的小姑娘。

嫻妃親和道：「快起來吧。」又轉頭對碎玉笑道：「跟她母妃一樣，是個美人胚子。」

碎玉笑著點頭：「娘娘說的是。」

嫻妃親自拉過她的手讓她坐到榻上，問：「五公主可用過早膳了？」

林非鹿微垂著眸，輕輕搖頭：「還沒有。」

嫻妃便讓碎玉盛了一碗雪蓮百合粥來，笑道：「快嚐嚐這粥。」

林非鹿抿了下唇，打量一下嫻妃的神情，奶聲奶氣說了句「謝謝嫻妃娘娘」，才慢慢拿起勺子低下頭去。

她吃東西很有禮節，細嚼慢嚥，一點聲音都沒有。像是從來沒吃過這麼美味的粥，眼睛亮晶晶的。小孩子不會掩飾喜好，滿滿的喜歡都在臉上。

等她吃完粥，嫻妃又讓人煮了酥茶來，配著御膳房的點心一起。林非鹿是挺喜歡吃甜食的，不過以前為了身材和皮膚一直控制著，來到這裡後蛋糕奶茶吃不到，蕭嵐也供不起她吃點心，今日終於能大飽口福。

她也沒客氣，吃得小臉鼓鼓的，盡顯天真爛漫。

嫻妃暗自觀察她好一會兒，終於確定這確實是個不諳世事的稚童，眼裡的防備卸了下來，等她吃完點心，才笑吟吟問：「五公主今年多大了？」

林非鹿舔舔嘴角，軟聲說：「回娘娘的話，我五歲了。」

嫻妃笑著跟碎玉說：「這宮裡除了蘇嬪的女兒，就數五公主年紀最小了，又生得這般乖巧，難怪景淵日日念叨著他這五皇妹。」她看向林非鹿：「聽說昨日，妳送了一本《論語》給景淵？」

林非鹿點點頭：「是。」

嫻妃又問：「為何送他《論語》？」

林非鹿奶聲奶氣道：「昨日四皇兄送了許多禮物給我，來而不往非禮也，我也該贈他禮物。可是……」她有些懊惱地一低頭，頭頂兩個小包子晃悠悠的，聲音顯出一絲低悶：「四皇兄什麼也不缺，我沒有可以送給他的東西。後來想到母妃說過，書中自有顏如玉，所以就回贈他《論語》。」

聽她這一番話，嫻妃臉上的笑意更盛了，看林非鹿的眼神不由多了幾分真心的喜愛，「沒想到五公主年紀雖小，卻如此知禮好學，景淵要是也如妳這般懂事，本宮就能安心了。」

林非鹿認真地看著她：「四皇兄很好的，他特別特別好。」

嫻妃被她逗樂了：「妳是第一個這樣誇他的人。」

五公主直率天真，乖巧禮貌，比起長公主林念知和三公主林熙，格外討人喜歡。嫻妃同她聊了快一個時辰，越發打心眼裡喜歡這個小姑娘。

當然，她不喜長公主，因為長公主的生母惠妃自當年在東宮起就跟她不對付，兩人明爭暗鬥多年，互相視對方為眼中釘。

而林非鹿不一樣，她的生母只是個貴人，不受寵就算了，還因生了個癡傻兒被陛下厭惡，無論如何對她構不成威脅。嫻妃很瞭解自己的兒子，從小野慣了，厭惡讀書，自己和陛下的話他左耳朵進右耳朵出，擺明要在紈褲皇子的道路上撒丫子狂奔。

如今卻願意收下林非鹿送的書本，還如此愛惜，可見他是真心喜歡這個妹妹。而這個皇妹不嬌蠻不狡猾，嫻妃很放心他們往來，也希望藉林非鹿來勸兒子向上。

便交代道：「景淵貪玩，比不得小鹿聰慧，他既願意聽妳的話，平日裡便多勸勸他讀書。遠的不說，妳送他的那本《論語》，也該早日背下來，方對得起妳一片誠心。」

林非鹿點點頭，乖巧道：「小鹿記下了。」

嫻妃很滿意，臨走前又送了她不少東西，光是點心就有好幾盒，讓碎玉領著宮女太監親自送回明玥宮，把蕭嵐驚得手足無措。

碎玉笑道：「娘娘有話，讓嵐貴人平日無事多去長明殿坐坐。娘娘喜愛五公主，將她當做親身女兒一般，今後這宮裡若是缺什麼，貴人只管跟娘娘說。」

蕭嵐受寵若驚。

待宮人們離開，幾個人看著滿院子的賞賜面面相覷，最後還是青煙高興道：「小公主果然是有福之人，人見人愛呢。」

長明殿這兩日的動靜被各宮看在眼裡，大家都是一臉茫然，不明白嫻妃為何突然去籠絡一個已經失寵多年的貴人。別的不說，就明玥宮那地方，多晦氣啊。

後來聽下人們說起，才知道原來是四皇子跟五公主交好。四皇子向來任性，在這宮裡三天兩頭惹事，大家都習以為常了。最近這段時間卻很少再聽到他犯事的消息，甚至有太監看到他在湖心亭一邊釣魚一邊背《論語》。

起先還覺得奇怪，兩件事一串起，才知其中緣由。

難怪嫻妃上心呢，能讓四皇子收心聽話，這可不是一般人能做到的。

大家紛紛對五公主表示好奇，以前不大關注她，現在留了心，時常能在御花園御景庭等地方看見她。

除了乖巧了一點、可愛了一點、靈動了一點、天真了一點，好像也沒什麼異於常人的地方？

怎麼四皇子偏偏就聽她的話呢？

這最終成為了後宮一樁未解之謎。

有了嫻妃這個「靠山」，林非鹿在宮中的生活品質驟然上了一個臺階，最起碼在吃穿用度上富裕了很多。

蕭嵐得了不少今年新貢的料子，又幫兩個小孩做了兩件冬衣，她針線活好，還花心思縫了一件衣服給嫻妃，花樣清雅秀麗，襯得嫻妃都年輕了幾歲。

嫻妃一高興，又賞了明玥宮不少東西，之前冷清蕭條的偏殿多了不少人氣，逐漸熱鬧起來。

蕭嵐其實並沒有攀附的心思，也未曾想過藉由嫻妃這根高枝重新得到聖寵，只是能讓兩個孩子的生活更有保障一些，她已經很知足。

但兩宮之間的往來在別人眼中，就不是那麼回事了。

大家都覺得嵐貴人投靠了嫻妃，現在是嫻妃那一頭的，兩人的利益恩怨自然也就綁在了一起。與嫻妃交好的會看在嫻妃的面子上親切地喊她一聲妹妹，與嫻妃交惡的，也就不大待見她了。

嵐貴人雖失寵多年，但在宮中妃嬪中的美貌是頂尖的，嫻妃自己人老珠黃，說不定就是起著把嵐貴人推到陛下眼前的心思。她畢竟是為陛下生了兩個孩子的，五公主又那樣聰明乖巧，重獲聖恩也不是不可能。

眼看就要誕生一個將來的強敵，其他妃嬪能坐得住？

在宮中一旦與誰有了往來，就不可能再明哲保身，蕭嵐想當一個透明人的夢想算是破滅了。

這種情況林非鹿也有提前預料到，但蕭嵐這種性子，不推她一把她永遠在原地。按照她的計畫，今後還要攻略皇帝，現在把蕭嵐拉出舒適圈讓她適應適應，也好。

蕭嵐行事警惕，半點都不敢踏錯，別人想針對她，一時間也找不到機會，這一來二去的，就把目光落在她的兩個孩子身上。

林瞻遠不怎麼出門，蕭嵐也不放心他出去，別人見到他的機會甚少。但林非鹿愛往外面跑，留了心時常能遇到。而且嵐貴人之所以能攀上嫻妃追根究底是因為這個五公主，收拾不了大人，還收拾不了妳這個小孩嗎？

不過小孩子的事情就交給小孩子來處理，就算鬧起來了，一句「孩子們之前的矛盾」也就輕易帶過了。

這宮中要說誰最討厭嫻妃，絕對是惠妃沒跑了。

兩人的恩怨是從東宮時期就結下的，明爭暗鬥多年，後來惠妃生下長公主林念知。因是林帝第一個女兒，很受喜愛，風頭和恩寵著實壓了嫻妃好幾年，直到嫻妃生下四皇子林景淵才扳平了局面。

林念知聰明伶俐，又生得明豔，在林帝面前是直率活潑，在別人面前就是驕傲刁蠻了。三公主林熙跟她走得近，兩人沆瀣一氣，本就厭惡林非鹿，最近又聽母妃在宮中念叨了幾次，林念知自小在她身邊長大，哪能不明白母妃的意思？

看來是時候給自己那位五妹一點教訓了。

林熙怕林景淵，她可不怕。

大林自古奉行長幼尊卑有序，林熙要敬重她的四皇兄，而林景淵要敬重她這位長姐，這是拿到父皇面前都有理的事實。若是林景淵敢為了那位五皇妹頂撞自己，剛好，以目無長姐的由頭把兩個人一道收拾了，也讓母妃出口惡氣。

林非鹿並不知道自己已經上了長公主的黑名單，她最近正在監督林景淵背《論語》。

這是嫻妃交代下來的事情，若連這件事都辦不到，自己在嫻妃心中的地位會下降。但林景淵是真的不喜歡看書，讓他背書跟要他命似的，林非鹿沒直接勸他，而是換了個路數。她自己背。

背著背著她就問：「景淵哥哥，這個字怎麼讀呀？」

林景淵瞟了兩眼，「人不知，而不『慍』。」

林非鹿眨眨水靈靈的大眼睛：「哇，景淵哥哥好厲害呀。」

林景淵：驕傲！

過了一下子，又聽林非鹿問：「景淵哥哥，那這個字又怎麼讀呀？」

林景淵驕傲滿滿地湊過去一看。

我靠！他也不認識！

面對小鹿妹妹求知若渴的期待眼神，林景淵頭一次對自己的不學無術感到羞愧。特別是林非鹿還不停地問他，「景淵哥哥，朝聞道，夕死可矣是什麼意思呀？」

「學而時習之，不亦說乎是什麼意思呀？」

「君子周而不比，小人比而不周是什麼意思呀？」

林景淵：「……」

崩潰。

然後林景淵就開始好好背《論語》了，不光背，還要搞清楚這些詞句的意思！在他背完整本《論語》之前，他不想再去找小鹿妹妹了，以免丟失最後的尊嚴！

林景淵不過來，林非鹿清閒一些。林瞻遠因為妹妹最近沒怎麼陪自己玩鬧脾氣，林非鹿哄了半天，最後林瞻遠提出要求：「要吃青沛園的脆棗才原諒妹妹！」

上次她路過青沛園摘了幾顆棗子回來，沒想到被林瞻遠惦記這麼久，林非鹿笑著摸摸他的腦袋：「好，妹妹這就去摘給你，乖乖等著啊。」

林瞻遠咧著嘴傻乎乎笑起來。

臨近深秋，天氣逐漸冷起來，林非鹿裹上蕭嵐縫的白絨斗篷，出門去摘棗子。

青沛園栽了許多果樹，到了秋天各樹枝頭沉甸甸地墜著果子，各宮的妃嬪都喜歡遣下人來這裡摘新鮮水果。林非鹿從小拱門進去的時候，突然聽到院牆牆角下有哭聲。

她一向是不大愛管閒事的，以為是哪個太監宮女挨了訓，直接走進院內摘完青棗，離開的時候，那聲音還在哭，抽抽噎噎的，像是不敢被人聽見似的，別提有多可憐了。

林非鹿從小拱門出來，忍不住朝聲音的方向打量了兩眼。

半人高的草叢後蹲著一個小身影，錦衣華服，不像是下人。

她想了想，拔腿走過去。

腳步踩上花草落葉發出窸窸窣窣的聲音，草叢裡那人聽到聲響，一下子回過頭來：「誰！」

林非鹿撥開草叢，見到一個格外俊俏的小少年。懷裡抱了隻白色的小兔子，他眼睛哭得跟兔子似的，滿臉淚痕，看起來可憐兮兮的。

林非鹿蹲下身子問，「你哭什麼？」

小少年像是因為被發現偷哭很是無地自容，想做出凶狠的表情，但無奈天生不是惡人，又慘兮兮哭過，怎麼看怎麼可憐，最後只能假裝冷漠地轉過頭去，掩飾懊惱：「不關妳的事。」

林非鹿看兩眼就摸透這小少年的性格了，也不惱，笑咪咪摸了摸他懷裡的兔子：「這是你養的兔子嗎？真可愛。」

小少年身子微微一顫，本來止住的眼淚又快出來了，他咬牙忍著，臉上神情難過得不行。

林非鹿打量了一下，輕聲問：「怎麼啦？」

不遠處傳來宮女漸行漸近的笑鬧聲，少年臉色一變，做了一個噓聲的動作。林非鹿點點頭，往裡面挪了挪，跟少年蹭在一起，讓草叢將兩人的身影掩住。宮女朝著青沛園而來，摘完水果後又離去。

這期間誰也沒說話，蹲在草叢裡大眼瞪小眼，直到人聲消失，少年才鬱悶地看著她問：「妳是誰？」

林非鹿笑咪咪道：「我是小鹿，你又是誰？」

他有些驚訝：「妳不認識我？」

林非鹿笑：「我應該認識你嗎？」

少年有些不好意思地側了下頭，「不認識就算了。」

林非鹿繼續摸他懷裡的兔子：「你為什麼哭？跟這隻小兔子有關嗎？」

少年垂眸看自己抱著的小兔子，抿了抿唇，過了好一陣子才難過地低聲說：「我……我娘讓我親手殺了牠。」

林非鹿：「為什麼？兔兔這麼可愛，為什麼要殺兔兔？」

第四章　攻略長公主

林非鹿說完這句話，自己都在心裡惡寒了一下。

不愧是我。

小少年更難過了，垂下頭用袖口擦了擦眼淚。

林非鹿把手掌放在小兔子頭上，純白的絨毛軟綿綿的，手感特別好，且渾身白得一絲雜質都沒有，品相十分好看。她以前雖然最愛吃麻辣兔頭（不是……），但這麼可愛的兔子，還真的有點捨不得下嘴。

她問少年：「你娘為什麼要你殺了牠？她不喜歡兔子嗎？」

難不成對兔毛過敏？

少年抿著唇搖了搖頭。

他眼眶通紅，哽咽著說：「這隻兔子是娘送我的生辰禮物，我已經養了三年了。」

林非鹿：？

這娘未免也太殘忍了吧？讓兒子親手殺寵物，這是什麼路數？

她目含同情地看著小少年，聽他抽泣著斷斷續續道：「娘說，弱者才會心懷慈悲，強者需得堅定心性，成大事者不能有憐愛之心，也不可有喜好之物，因為這些都會成為致命的弱點。」

林非鹿：？

這位娘親有點東西。

在宮中進行這樣的育兒方針，必定是懷有爭權的心思。而作為皇子，除了皇位，還能爭什麼呢？這小少年的娘心思簡直不要太明顯。

不過就是太急切了，也不怕給自己兒子留下心理陰影，長大後變成一個心裡扭曲的變態。

林非鹿這段時間已經從林景淵口中瞭解到自己往上還有三個皇兄。

大皇兄林廷，亦是林帝的長子，系阮貴妃所出。

二皇兄林濟文，系淑妃所出。

三皇兄林傾，是皇帝的嫡子，系皇后所出，亦是當今的太子。

這三個皇兄年齡相差不大，都是十一、二歲，不知道這個被母妃逼著成長的愛哭包是她哪個皇兄呢？

應該是三皇兄太子殿下。

畢竟他以後是要繼承皇位的，為君者是要心狠手辣一點才好，這小少年善良又心軟，還這麼愛哭，看起來很好欺負，確實不大符合皇帝的標準。

林非鹿彷彿聽到腦中響起一個聲音：叮，妳的新ＮＰＣ已上線，請及時攻略。

她抬手安撫似的拍了拍他的頭：「別哭了，我幫你想辦法。」

小少年抬頭看著她。

林非鹿說：「你把兔子給我，我帶回宮幫你養著，你有時間隨時可以來看牠，怎麼樣？」

小少年眼睛亮了一下，轉而又熄滅下去，為難地問：「那……我娘那裡怎麼交代呢？她讓我把小兔的屍體帶回去。」

林非鹿：「……」

皇后娘娘這麼心狠手辣的嗎？對自己兒子這麼殘忍？

難怪能當皇后呢。

她思考了一下，開口道：「你就這樣跟你娘說，你實在不忍下手，所以找了一個沒人的地方把小兔扔了，讓牠自生自滅。一隻弱小的兔子在後宮沒了主人，其實很難活下去，你不願直接殺生，也不願忤逆你娘的話，這樣也算完成了她交代的任務。她瞭解你的性格，你若真的帶回一隻兔子的屍體，她反倒會懷疑。」

小少年一聽，覺得她說的很在理，難過的臉上漸漸溢出笑容。

林帝和這些妃嬪的基因好，皇子也一個賽一個的好看，笑起來像初春的陽光灑在樹梢花蕊上，又溫暖又柔軟。

啊，溫柔美少年誰不愛。

那樣心狠手辣的娘卻生了這樣一個心軟善良的兒子，還真是上天捉弄。

林非鹿用小手指揩了揩他臉上的淚痕，安慰道：「別難過啦，辦法總比困難多，以後你再遇到什麼解決不了的事情，不要哭，來找我，我幫你想辦法！」

小少年臉頰一紅，不好意思地側了下頭，鼻尖不輕不重地「嗯」了一聲。

林非鹿把懷裡的棗子掏出來遞給他，笑得特別爛漫：「吶，我請你吃棗！」

她聲音奶聲奶氣的，卻很有氣勢，有種「別怕我罩你！」的感覺，小少年看著頂著兩個小揪揪的女孩，噗嗤一聲笑了出來，接過青棗後把兔子遞給她：「那以後小兔就麻煩妳照顧了。」

林非鹿豪情壯志地拍胸脯：「包在我身上！」

小少年又問：「妳是哪個宮裡的？」

林非鹿眨眨眼睛：「我住在明玥宮。」

「明玥宮？」他臉上露出一絲驚訝，看了她半天，像是想起什麼，遲疑道：「小鹿……難道妳是五公主林非鹿？」

她歪著腦袋：「對呀！」

少年不由得笑起來：「竟是妳。與傳言不大相像，可見都是人云亦云。」

林非鹿做出一副「我聽不懂你在說什麼」的表情。

少年站起身來，把幾顆青棗放進袖口裡，輕聲道：「那小兔就拜託小鹿照顧了，等有時間，我會去明玥宮看牠的。」

林非鹿連連點頭，用斗篷把小兔子裹起來抱在懷裡，只露出小小一個腦袋，朝少年揮揮手後，一蹦一跳地跑走了。

回到明玥宮，林瞻遠在門口翹首以盼，見到妹妹回來，高興地直蹦：「棗子！棗子！」

林非鹿笑著跑過去，把懷裡的兔子給他看：「哥哥你看，這是什麼？」

林瞻遠沒見過兔子，眼睛瞪得有些大，遲疑地看了妹妹一眼，又低頭瞅了瞅，伸出一根手指小心翼翼地摸了下兔子的腦袋。毛茸茸的，很軟很舒服。

林非鹿說：「這是小兔子。小白兔，白又白，愛吃蘿蔔和青菜，蹦蹦跳跳真可愛。」

林瞻遠興奮地直拍手：「小兔子！小白兔！白白白！蘿蔔蘿蔔真可愛！」

他高興到把棗子忘了，回屋之後一直跟小兔子玩，還跑去小廚房拿了青菜葉子過來餵兔子。蕭嵐問起，林非鹿只說是在外面撿的，蕭嵐沒說什麼，幫她一起做窩給兔子。

林非鹿把布條纏在木板上，以免木板上的木刺扎到小兔子，隨口問一旁的蕭嵐：「母妃，妳見過皇后娘娘嗎？」

蕭嵐正跟雲悠一起做籠子，柔聲回答道：「前些年見過，後來我身體多病，皇后娘娘仁慈，免了我請安，算起來，也有三四年沒見過了。」

「那皇后娘娘長得好看嗎？」

「皇后娘娘母儀天下，自然是極美的。」

林非鹿一派天真：「皇后娘娘治理後宮，應該很凶吧？不然怎麼讓所有人都聽她的話呢？」

蕭嵐嚇了一跳，趕忙去捂她的嘴，驚恐地朝四周望了望，沒看見旁人才鬆了口氣，白著一張臉訓斥她：「鹿兒不可胡說！且不說身為人子，不可妄議皇后娘娘是非，何況皇后娘娘素來仁慈，又一心向佛，對待後宮上下嬪妃都是極好的。如今後宮事宜由兩位貴妃娘娘從旁協助，正是因為有她坐鎮後宮，才讓陛下能安心前朝啊。」

林非鹿無辜地點了點頭。

蕭嵐又不放心地叮囑了她幾句，不過開了話頭，便和青煙聊了幾句跟皇后有關的宮中往事。

林非鹿聽了半天，覺得她們口中的皇后娘娘不大像自己今天遇到的那個小少年的娘。畢竟信佛之人不殺生，又怎麼可能逼著自己兒子殺生。

可若不是皇后，又有誰懷著爭奪皇位的心思呢？

畢竟皇后母族勢大，她的父親杜老是當朝太傅，儒名遠播天下，門下三千學子，而且還是林帝的老師，深受林帝敬重。母家地位穩固，又生下嫡子，早些年三皇子就被立了太子，偶爾聽人說起，三皇子聰穎好學，儒雅知禮，很受林帝喜愛。

但凡林帝的腦子沒進水，就不可能廢太子另立。

那今天逼兒子殺兔子的那位娘娘，到底憑什麼覺得她有一爭之力？

林非鹿想了想，要說這宮中還有誰能有這心思，也有這能力的，想來想去，也只有一個阮貴妃了。

就是被她裝鬼嚇瘋的徐才人當年抱的那個大腿。

宮中兩位貴妃娘娘，一個是當朝左相的女兒阮貴妃，風華絕代冠寵後宮。一個是鎮北大將軍的妹妹奚貴妃，高傲冷淡，很有家門風範。

兩位娘娘都是皇帝的心尖寵，家族勢力也不相上下，唯一的差別是，奚貴妃膝下無子，而阮貴妃生下了皇長子，也就是大皇子林廷。

大林朝的規矩向來是立嫡不立庶，立長不立幼。

三皇子是嫡子，而大皇子是長子。

嫡子一旦出了什麼事，下一個順延的繼承人就是長子了。

原來是自己上午看漏了眼。

那不是自己的三皇兄，而是自己的大皇兄啊。

聽聞阮貴妃在宮中囂張跋扈，恃寵而驕，但林帝就愛她直率坦然的性子，還曾經誇她「心直口快有一說一」，宮中妃嬪雖然敬她，卻並不怕她，因為阮貴妃一向直來直去，喜惡明明白白寫在臉上，從不在背後耍陰招。

林非鹿之前聽說的時候，還覺得這個貴妃沒什麼心機，能走到如今的地步全靠命好。

但連結上殺兔子這件事，她怎麼覺得那麼不對呢？這像是一個沒心機的人能幹出來的事？

沒想到這後宮，演員還挺多的。

勘破這一層，林非鹿覺得有意思了。只是想到今天遇到的那個愛哭的小少年，不免有些感嘆。母妃有這心思，他今後的路，怕是難走了。

林瞻遠對小兔子格外喜愛。

他自小沒出過房門，沒交過朋友，因為智商低於正常水準，這世間很多東西既不認識也沒見過。

如今得了這隻小兔子，會跑會跳會動，又白又軟特別可愛，簡直打開了他新世界的大門。除了吃飯睡覺，其他時間他都坐在兔子窩旁跟牠玩。

小兔子靜靜吃青菜，他就靜靜看著。

小兔子在院子裡蹦蹦跳跳，他就跟在後面跑，能高興地玩一整天。

有他這麼事無鉅細地照顧小兔子，林非鹿也省了不少心，等大皇子林廷過來探望自己的寵物時看到牠長得白白胖胖的，應該也會很開心。

北方入冬入得快，感覺只是一覺的功夫，秋日的氣息就全部凋謝了。氣溫驟降，冷得不行，往年明玥宮都領不到銀碳，內務府給的柴碳煙大，根本用不了，冬天對於她們而言是最難熬的。

但今年內務府早早派人送了足量的銀碳過來，客客氣氣的，還把往年她們沒有的取暖工具都補上了。

前不久林帝考察四皇子的功課，發現他已經能把那本《論語》完全背下來，不僅會背，還知道每句話的意思。林帝大悅，賞了嫻妃不少東西，誇她教子有方。

嫻妃得了賞賜，自然不會忘記明玥宮這頭，時不時遣人來送溫暖，什麼補品瓜果都往這邊賞。雲悠把嫻妃賞的補品做成藥膳，蕭嵐現在看起來沒那麼病泱泱了，臉上多了血色，比之前更好看。

連林非鹿都養胖了一圈，她捏了捏小肚子上的肉肉，發出了「減肥要從小做起」的感嘆。

大冷天的，各宮都不愛出門，而且還沒下雪，只是蕭條的冷，風景也不好看，外面開始變得冷清。林非鹿還是堅持每天出門走一圈，一來是為了鍛煉身體，保持身材，二來也是為了增加遇到NPC的機會。

結果NPC沒遇到，遇到了Boss。

長公主林念知已經蹲了她很久了。

說到這個林念知就很氣。一開始她其實是派人盯著明玥宮的，林非鹿一出來，就有人跟著，然後傳話回來告訴她人在哪裡。

結果每次等她領著人氣勢洶洶趕過去的時候，林非鹿都已經不在了，太監氣喘吁吁地說：「長公主，人往高風閣去了。」

然後林念知又領著人往高風閣跑。

跑過去的時候，林非鹿又不見了，太監哭著說：「長公主，人現在又去御景庭了。」

跟貓捉老鼠似的，差點沒把林念知累死。

這丫頭怎麼這麼能跑？她是有四條腿嗎？

林非鹿也不是存心避她，她根本不知道林念知蹲她的事，她只是喜歡到處逛而已。這一來二去的，直到現在，才終於讓林念知逮到機會。

太監一路疾跑來回稟：「長公主，人現在在長溪亭餵魚呢，一時半會兒應該不會走！」

林念知熱粥都顧不上喝了，嘴巴一抹就往長溪亭跑。

趕過去的時候，冷風呼嘯。長溪亭是坐落在宮中這條溪流上的九座亭子，遠遠看去像九連環一樣，交錯纏繞，十分別緻。林非鹿裹著她暖和的白斗篷，坐在中間那座亭邊，小腿垂在空中有一下沒一下地晃，往水裡撒著魚食。

林念知領著人往最邊上的亭子一坐，擺正姿態後使了使眼色，宮女立刻大聲道：「那邊是誰？見到長公主還不過來請安！」

林非鹿轉頭一看，看那架勢，就知道來者不善。

長公主？惠妃的女兒？嫻妃的死對頭？

懂了。

她把魚食全部撒進水裡，彈彈手掌，攏了攏斗篷，朝這邊走來。

寒風呼呼地颳，吹在臉上跟刀割似的。林念知金枝玉葉嬌生慣養，什麼時候大冬天的在溪邊風口遭過這種罪，她出來的急又沒拿手爐，感覺自己快被凍僵了。

心裡開始隱隱後悔。

為什麼不等開了春再出來教訓她呢？這到底是誰教訓誰？

她心裡更氣了，眼見林非鹿一步一步走近，正要發作，卻見林非鹿走到自己面前時，突然愣住了。她仰著小腦袋直愣愣地看著自己，神情看起來傻乎乎的。

林念知也是一愣，因為冷，氣勢被降了大半，聲音還打著顫，不滿道：「妳看什麼？」

小女孩像才反應過來，用軟軟的小氣音問：「妳是長公主嗎？」

林念知一臉高傲：「對。」

她還沒來得及說下一句話，就見小女孩抿著唇笑了下，酒窩甜甜的，有點不好意思地說了句：「妳長得真好看。」

林念知：？

她不是那種直接拍馬屁的語氣，好像是真的覺得她太好看了，忍不住誇她，但誇完又覺得害羞，所以說完之後趕緊偏過小腦袋，白嫩的小臉上飛上一抹緋紅，把目光投向旁邊。

但沒過兩秒，她又偷偷把目光移回來，像第一次看見這麼好看的人似的，忍不住想多看幾眼。目光跟林念知對上，受驚似的趕緊移開了。

林念知突然覺得自己好像沒那麼氣了。

她清清嗓子，語氣不如方才蠻橫：「大冷天的，妳在這做什麼？」

林非鹿慢騰騰轉過小腦袋，垂著頭不敢看她，老老實實道：「餵魚。」說完又傻乎乎補充一句，「冬天魚兒沒有食物，我擔心牠們會餓死。」

林念知覺得自己這個五皇妹怪傻的。

聽說她的哥哥是個傻子，大概她多少也受到了影響。

不過傻子的話才最真實呢。

林念知本來打算以長姐的身分來壓她，讓這位五公主伺候自己端茶倒水跑腿，把她當宮女來使喚。她如果不做，就治她為長不尊的罪。

但是天太冷了，她實在不想坐在這裡等林非鹿泡茶給她喝。大概茶還沒泡來，她就冷死在這了。

她心裡也說不清楚到底是怕冷還是突然不想教訓她了，又裝模作樣訓斥了幾句就起身要走。剛起身就打了個噴嚏，林非鹿抬頭看過來，乖巧的小臉上滿是擔憂。

她突然從袖口裡摸出一個小手爐來，乖乖地遞給她：「姐姐，這個給妳。」

手爐在她身上揣久了，有股屬於小女孩的淡淡的奶香。林念知看了一眼，高傲地接過來，臉上不做表露，實則被終於暖和的手指舒服得想尖叫。

林非鹿小臉凍得通紅，但這並不妨礙她真誠的笑容，她把小手捧在嘴邊哈了哈氣，乖乖跟她揮手：「姐姐再見。」

林念知略一點頭：「退下吧。」

她這才轉身離開，走了沒幾步又回過頭來偷偷看她，見她還立在原地沒走，怪不好意思地轉過頭去，小身影攏在斗篷裡，噠噠噠跑走了。

林念知：「……」

還……怪可愛的。

真綠茶男女通吃，能化敵為友的，絕不硬杠。

不輕易樹敵一直都是林非鹿的處事原則。

長公主刁蠻名聲在外，她本來以為會很難搞，剛才起手只是打算先丟個「糖衣炮彈」技能試探試探，沒想到對方直接中招了。

不過想想也能理解。這宮中的皇子公主們打小活在眾星捧月的環境裡，什麼陰招損招叵測人心都由母妃扛了，實在是沒見識過世間陰險，只長了一身脾氣，沒長心思。

而且年紀都還小，這長公主也就十一歲，放在現代，還在上小學。

妥妥的小學生，實在是太好騙了。

林非鹿在心裡愧疚了兩秒鐘，然後脫下自己取暖的斗篷，一路頂著寒風慢悠悠走回了明玥宮。

這身子底子弱，吹了一路冷風，下午時分就病倒了，躺在床上發起了燒。

蕭嵐趕緊讓雲悠去請太醫。現在太醫院也不像之前那樣忽視明玥宮，當即遣人來替五公主看病。一番問診之後發現她只是著了涼，開了藥方，又讓蕭嵐把屋內的炭火升高一些，捂一捂出出汗就好了。

雲悠跟著太醫去抓藥，恰好遇到嫻妃身邊的大宮女碎玉替嫻妃拿安神助眠的方子，兩宮常有往來，兩人自然也是認識的。碎玉一問，得知五公主生病了，回到長明殿後把此事告訴了嫻妃。

嫻妃問道：「替五公主看病的是誰？」

碎玉回想了一下：「是位面生的年輕人，應該是新進太醫院的，不曾見過。」

嫻妃皺眉道：「生人初入宮，資歷淺，不行，妳再去一趟太醫院，請陳太醫走一趟明玥宮，仔細幫五公主瞧瞧。」

陳太醫是太醫院的老人，常幫嫻妃問診，醫術信得過。

碎玉得令，趕緊去了。陳太醫收到嫻妃的吩咐不敢耽擱，揹著藥箱去了明玥宮。蕭嵐還在跟林非鹿煎藥呢，陳太醫讓她把藥擱一邊，重新把了脈開了方子，又去抓了新的藥。

林非鹿其實病得並不重，在她看來就是個感冒低燒而已，迷迷糊糊睡了一覺，蕭嵐便端著碗過來餵她喝藥。正喝著，突然聽到守在門外的青煙驚慌失措地喊：「奴婢拜見大皇子。」

蕭嵐手一抖，藥碗差點砸到林非鹿臉上。

這這這……

阮貴妃素來與她毫無交集，大皇子怎麼會到這裡來？

門外傳來少年清朗的聲音：「起來吧，五皇妹可在？」

青煙道：「回大皇子的話，五公主病了，正在屋內躺著呢。」

林廷頓時著急：「病了？嚴重嗎？可請太醫來看過了？」

青煙回答：「陳太醫方才來看過了。」

外頭一問一答的時間，裡面蕭嵐幫林非鹿把外套穿好，等青煙領著林廷進來，林非鹿已經喝完藥半靠在床上，看見林廷眼睛一亮，染著潮紅的小臉有些驚訝：「是你！你是我大皇兄？」

林廷上次並未告知她自己的身分，現在被她認出，很是靦腆地笑了一下，笑完又擔憂地問：「怎麼病了？」

林非鹿歪著腦袋笑盈盈的：「只是受了些涼，沒關係。」

蕭嵐到現在還暈乎乎的，不知道自己的女兒怎麼又跟大皇子扯上了關係，見兩人相談甚歡，倒還是會看場合，領著青煙出去了。

等她們一走，林非鹿才問：「大皇兄，你是來看小兔子的嗎？我哥哥把牠養得可好啦，冬日天冷，他把兔子窩搬到自己房間裡去了，我帶你去看呀。」

說著就要掀開被子下床，林廷趕緊伸手按住她的小腦袋，摸到她柔軟的頭髮又縮回來，垂眸道：「不急，小兔在妳這裡我很放心。妳生了病，好好躺著，別再著涼。」

林非鹿這才乖乖躺回去，又壓低聲音小聲問：「上次你回去之後，貴妃娘娘有相信你的話嗎？」

林廷有些不好意思地笑了下：「我按照妳的話說給母妃聽，她果然信了，沒有再問過此事。」

林非鹿滿眼開心，又把林瞻遠和小兔子的日常趣事說給他聽，林廷聽完之後真摯道：「六弟雖與常人不同，心地卻十分善良。我今後不能再把小兔接回雲曦宮，便將小兔送給他吧。」

正說著話，房門被推開一條縫，林瞻遠偷偷摸摸探了個小腦袋進來，林非鹿朝他招招手：「哥哥，來。」

林瞻遠噘著嘴站在門外搖頭：「妹妹又病了，我不能鬧妹妹。」

林非鹿眼睛彎彎的：「我的病好啦，你看，我都坐起來了。」

林瞻遠這才開開心心地跑進來，瞧見屋內還有一個人，腳步一頓，縮著身子小心翼翼蹭到妹妹床邊，有些膽怯地看著這個陌生人。

林非鹿安撫他：「這是我們的大皇兄，小白兔就是他送給你的。」

聽到小白兔，林瞻遠的神情一下子變得輕鬆起來，拍著手道：「小白兔，白白白！蘿蔔蘿蔔真可愛！」

林廷「噗」一聲被逗笑了。

林非鹿哄他：「哥哥，你帶大皇兄去看看小白兔好嗎？」

林瞻遠認真地點頭：「好！」

說完，高興地來牽林廷的手，還喊他：「走呀！」

林廷愣了一下，看著握著自己的那隻小手，最後只是溫柔地笑了笑，然後反握住六弟的手掌，點點頭：「好，走吧。」

小兔子比在雲曦宮的時候長胖了不少，牠熟悉主人的氣息，林廷餵牠青菜時，牠蹦過來蹭他的手指尖。

林廷心裡有些難受，又有些高興，發著呆，旁邊林瞻遠突然伸手摸摸他的腦袋，用林非鹿哄自己的語氣哄他：「不難過！」

林廷眼眶有些紅，垂眸掩了一下，而後抬頭朝他笑：「嗯，不難過，謝謝六弟。」

林瞻遠瞇著眼睛傻乎乎地笑。

看完兔子，林廷去跟林非鹿說了下話才離開，走到半路，想了想，又轉道太醫院。

大皇子親臨太醫院，把這些太醫嚇了一跳，林廷找到往日與自己宮中交好的太醫，溫聲道：「羅太醫，麻煩你走一趟明玥宮，替我瞧瞧五公主的病。她身體弱底子虛，除了這次的風寒，恐還需藥物調理，多勞你費心了。」

大皇子有令，羅太醫自然不敢不從，揹著藥箱就去了。

蕭嵐見又有太醫來，一問得知是大皇子派來幫五公主調理身體的，心裡很是感激。之前太醫已經開了治風寒的藥，羅太醫問診之後便只開了補身子的藥方，交代了蕭嵐平日裡需得注意的飲食，方才離開。

林非鹿這頭病著，長公主林念知那邊也是一回宮就躺下了。她沒發燒，只不過噴嚏不斷眼淚直流，都是被凍的。這也把惠妃急得夠嗆，遣了宮女去請御用太醫。

馮太醫替林念知把了脈看完病，囑咐道：「近日氣溫驟降，正是時疾多發期，長公主需得多添衣，少出門。今日好幾個宮裡都遣人來傳太醫，這時疾可小覷不得。」

林念知隨口問了句：「還有哪些宮裡的也患病了？」

馮太醫道：「長明殿和雲曦宮都傳了太醫，哦對了，還有明玥宮。」

林念知一愣：「明玥宮？」

馮太醫以為她不知道，解釋道：「就是五公主的住處，聽同僚說她發燒在床，幼童體虛，寒風最是容易入體了，長公主也需注意。」

林念知呆了一會兒。

怎麼就發燒了？晌午不是還好好的嗎？

她的目光突然瞟到擱在一旁的小手爐。心道，不會吧？難不成是因為她把取暖的手爐給了自己，才會被凍病的？

林念知心裡頓時有點不得勁。

想起明玥宮的地位，覺得就算是請了太醫，對方也不會上心，可別隨便開個藥方敷衍著。自己的御用太醫可說了，時疾嚴重，不可小覷。

馮太醫收拾了藥箱要走，林念知扭扭捏捏半天，最後還是叫住他：「你等等！」

馮太醫問：「長公主還有什麼吩咐？」

林念知道：「你去明玥宮一趟，幫五公主瞧瞧脈，看她病得重不重，好好抓兩幅方子。」頓了頓，提高聲音不失威嚴：「要好好瞧，瞧仔細了，斷不可敷衍！」

馮太醫趕緊躬身道：「是，臣這就去。」

說罷，揹著藥箱冒著寒風一路趕往明玥宮。

前腳剛走一個太醫，後腳又來一個，蕭嵐都有些傻了，遲疑道：「方才已經有太醫來瞧過病，藥也喝了。」

馮太醫說：「臣知道，只是長公主不放心五公主的病，特地囑咐臣再來瞧瞧脈。」

蕭嵐：？？？

這裡面怎麼又有長公主的事？自己女兒到底都做了什麼啊？

蕭嵐回想明玥宮近來的變化，從之前的任人踐踏到如今的日漸殊寵，她之前不覺得哪裡不對，直到此刻才後知後覺地察覺，這一切，好像都跟女兒有關。

先是四皇子，後來是嫻妃，現在又是大皇子和長公主。這些她曾經想都不敢想的人，突然跟她的生活產生了交集，並且正在一點點，改變她的生活。

這一切，到底是無心之舉，還是鹿兒……有意為之？

蕭嵐的心情頓時有些複雜。

她無欲無求久了，久不想事，腦子有點生銹，等馮太醫請完診離開，一個人悶在屋子裡坐了許久。最後想起來，鹿兒的變化，好像就是從她那次在臨行閣落水之後開始的。

一開始她沒注意，是因為變化實在是太細微，但此刻仔細了想，還是不同的。

她心裡漸漸冒出一個不可思議的想法，轉瞬間又被自己否定下去。

如此天方夜譚，斷然不可能！定是自己想多了！

但這個念頭既然冒了出來，就不會再消失。晚上蕭嵐去餵林非鹿藥時，林非鹿察覺到她的不對勁了。

她總是有意無意地打量自己，時而走神，那眼神偶爾難過，偶爾迷茫，偶爾疑惑，像在看她，又像在透過她，看另一個人。

林非鹿喝完藥，淺聲問她：「母妃，妳在想什麼？」

蕭嵐一驚，勉強笑道：「我沒事，有些恍神罷了。」她伸手替她掖了掖被角，俯身親她額頭：「鹿兒乖，早些睡吧。」

起身的時候，林非鹿拉住她的手腕。

蕭嵐回過頭，眼神有些驚慌。像是害怕她會說出什麼話來，身子有些抖。

林非鹿本來想要全盤托出的話，突然就說不出口了。

她自小沒有得到過母愛，她的原生家庭是那樣畸形，以至於她也長成了這樣極端的性子。她小時候看著身邊那些同學的媽媽，總是羨慕。

她曾經在書上看到一句話，說的是，這世上沒有不愛自己子女的父母。

那時候她在心裡搖頭。

她說，不，不是的。有很多。

有些人生來不配為父母。

她爸媽從來沒有親過她，沒有抱過她，沒有在她考了一百分高高興興拿著獎狀回家的時候，驕傲地誇她一句。

錢是他們唯一給她的東西。

但林非鹿不恨他們，人本該獨立自我，他們確實沒有對她好的義務。可她也不愛他們，幼時的那份愛，早已消逝在一次又一次的敷衍中了。

她第一次感覺到家的溫暖，是在這裡。

這個完全陌生的大林朝，這個吃不飽穿不暖還隨時有生命危險的後宮，這個一無所有的明玥宮偏殿。

哥哥愛她，蕭嵐也愛她。

儘管他們都有不足，一個是傻子，一個是軟弱的包子，可他們把他們全部的愛，毫無保留給了她。

儘管他們愛的是真正的小鹿，可如今在這具身體裡的人是她，切切實實感受到這份愛的人，也是她。

她如今這些行為，是在為自己爭。

又何嘗不是為了他們在爭。

蕭嵐這樣愛自己的孩子，如果知道真相，應該會很難過吧？

林非鹿抿了抿唇，在蕭嵐害怕的眼神中低聲開口：「母妃，有一件事我沒告訴妳。」

蕭嵐一抖，臉色白了幾分，強撐著說：「什麼事？」

林非鹿看著她：「那一次在臨行閣，我不是失足落水，是被三公主推下去的。」

蕭嵐瞳孔驟然放大。

她垂了垂眸：「她推我下水，旁邊所有的人都看著，無一人救我。若不是我抓住了岸邊倒下的枯樹枝，可能早就沒命了。」

蕭嵐的眼淚流了出來，哭著過來抱她，顫抖著喊了句：「鹿兒……」

林非鹿用自己的小短手回抱住她，埋在她頸窩，「明明是她們做了壞事，之後卻還要我去磕頭請罪。母妃，我不想再這樣被她們欺負了。」

她一字一句：「我想保護自己，也想保護妳和哥哥。我長大了，母妃。」

蕭嵐泣不成聲。

林非鹿抬起頭，用軟乎乎的手指幫她擦眼淚，親親她的額頭：「母妃別哭，以後不會有人欺負我們了。」

這一夜，蕭嵐心中的疑惑全盤消散。

一同消散的，還有之前以為不爭不搶就會平安一生的懦弱心思。

女兒被人置於死地差點喪命，她卻半點都不知情。這後宮從來都不是安穩的，她早該明白的。當年若不是懷胎之時被人下藥導致早產，林瞻遠不會變成癡傻兒，她也不會失寵。

她總是退讓，別人卻得寸進尺。

最後還要靠女兒來保護自己，她這個母親當得何其軟弱。

蕭嵐一夜未眠，翌日醒來時，眼神變了。

但她這些年性子已經養得非常穩重，並不急於求成，只是不再跟雲悠和青煙在院子裡做針線活，而是把那些早已蒙了灰塵的書籍重新拿出來翻看。

林非鹿病得並不重，早上醒來燒便退了，還被蕭嵐抱在懷裡讀了會兒書。

但是太醫院幾位太醫惦記著各個主子的命令，一到班就準備再去明玥宮問診。

四位太醫揹著藥箱一道出門，笑吟吟地互相作揖：「各位大人辛苦了，一大早的，是要去哪個宮裡啊？」

年輕太醫：「各位大人早上好，微臣是要去明玥宮給五公主複診。」

陳太醫：「……我也是去明玥宮。」

羅太醫：「我也是……」

馮太醫：「我也……」

第五章　綠茶本色

最後四位太醫一致決定，讓資歷最老的羅太醫作為代表前往明玥宮給五公主問診。若是各宮主子問起來，他們也好有交代。

午膳過後，嫻妃果然遣了人來太醫院問，陳太醫回稟道：「由羅太醫去問過診，五公主退了燒，已經無礙了。」

碎玉回去原話轉達，嫻妃還有點奇怪：「大皇子交代？小鹿如何跟大皇子認識的？」

這大皇子在宮中名聲很好。他母妃阮貴妃雖然是出了名的盛氣凌人恃寵而驕，但兒子卻與她恰恰相反，善良心軟，見不得不平，有些宮人犯了錯，去找他哭訴，他定會跟阮貴妃求情。

後宮也多有議論，嫻妃跟阮貴妃沒什麼恩怨，想了想，最後只是道：「罷了，無礙就好。對了，前些日子內務府不是送了些雪參過來，妳挑一些送到明玥宮去，小鹿身子虛才容易被寒風入體，叫嵐貴人替她多補補。」

從太學下課回來的林景淵恰好聽見，得知小鹿妹妹生病了，心裡頓時火急火燎的。等碎玉拿著雪參準備出門的時候，跑過去把她手上的盒子搶走：「我找五皇妹有事，順道一起送過去！」

他一路風風火火跑到明玥宮，一進去就聽見屋子裡傳出歡聲笑語。推門一看，原來是林瞻遠和林非鹿蹲在暖和的房間裡跟兔子玩，林景淵看了兩眼，覺得這兔子有點眼熟。

這不是大皇兄最喜歡的兔子嗎？

他最近學業被監督得很緊，自從上次背過《論語》，林帝覺得他是個可塑之才，比之前更加要求嚴格，他已經有段時間沒來找林非鹿了。

而且天氣變冷，林非鹿很少再去找他玩，兩人著實有很久沒見過面。

原來妳是有別的兔子了！

林景淵一臉幽怨。

還是在外面的青煙最先發現他，趕緊行禮：「見過四皇子殿下，殿下什麼時候過來的？怎麼不進去？」

林非鹿聽見聲音，抬頭一看，對上林景淵幽怨的視線，小臉上露出又驚喜又甜美的笑容，站起身朝他跑過來。

她跑到他身邊，兩隻小短手抱住他的手臂，仰著小臉軟乎乎說：「景淵哥哥，我好想你呀！」

林景淵：不氣了。

他把雪參遞給跟進來的青煙，有板有眼地轉達了嫻妃的話，又拿出身為皇兄的威儀，板著臉摸摸林非鹿的額頭：「燒退了嗎？」

林非鹿乖乖回答：「退了，讓景淵哥哥擔心了。」她不等林景淵問，主動拉著他的手走過去，指著小白兔高興地說：「景淵哥哥看，小兔子！」

林景淵假裝自己不認識：「哪來的兔子？」

林非鹿道：「是大皇兄送給我哥哥的！」

原來是送給林瞻遠的啊。

林景淵心裡唯一一點彆扭也沒了，高高興興地在旁邊坐下來。林非鹿哄好了人，這下輪到自己發作了，委屈地說：「景淵哥哥，你最近都沒來看我了。」

綠茶技能之一，倒打一耙。

林景淵果然滿眼愧疚，解釋道：「我最近學業繁重，每日都在太學上課。」

林非鹿問：「太學是什麼？」

林景淵道：「就是皇家貴族子弟讀書的地方。」

林非鹿：懂了，大型ＮＰＣ聚集地。

開始產生興趣。

她一副什麼都不懂卻又很好奇的樣子，天真無邪地問：「那我也可以去嗎？」

林景淵神色僵了僵。

太學不是一般人能進的地方。說是皇家貴族子弟讀書的地方，其實須要林帝下旨賜恩才有資格，那裡是身分的象徵，也是皇恩的體現。像林非鹿這樣不受寵的公主，是沒有資格進入太學的。

林景淵自然懂這個道理，但說真話肯定會傷害到她。他心裡為小鹿妹妹難過，面上卻是一副嫌棄厭惡的樣子：「那破地方有什麼好去的，煩都煩死了！一點都不好玩！」

林非鹿沒再多問，只是有些落寞地笑了笑，乖乖「哦」了一聲。

林景淵心裡更不是滋味了。

在明玥宮待了一個多時辰，嫻妃遣了人過來，叫他回去練字。林景淵只能不情不願地離開，林非鹿裹著小斗篷一路把他送到宮門口，跟他揮手：「景淵哥哥再見。」

她看起來可憐極了，像是怕被旁邊的太監聽見，很小聲地說了句：「常來找我玩呀。」

林景淵一咬牙，一跺腳，下定決心似的開口道：「我明日早上來接妳，妳跟我一道去太學吧！」

林非鹿眼睛一亮，「我可以去嗎？」

林景淵：「當然可以！不進去裡面就是了，還不許妳在外面逛逛嗎！」

於是第二天一早，林非鹿穿戴整齊，裹著白色的小斗篷，綁著可愛的小揪揪，跟著來接她的林景淵一起，踏上了前往新副本的道路。

她這麼久以來一直在後宮打轉。皇宮這麼大，分為好幾個區域，她行事有分寸，沒確切的把握之前，是絕不會逾越的。

林非鹿當然知道以她的身分沒資格進入太學，不過就像林景淵說的，裡面進不去，還能在外面逛逛嗎？林帝平時很少來這裡，只有每半月例行檢查皇子們的功課時才會駕臨。

太學又不是前朝議事之地，沒有官員，有的只有教學的太傅以及讀書的皇子公主貴族子弟們。

她現在已經有大皇子、四皇子兩個靠山了，再自信一點，把長公主也算進去，三個大靠山，足夠她在這裡溜達。

從正門進去之後是一個大廣場，廣場上已經有人在走動，都是一個主子帶著一個小廝或者書童。幾座樸實莊嚴的大殿坐落在後方，正殿上掛著「太學」的牌匾。周圍還有一些小宮殿，是休息落腳的地方。

這裡不比花團錦簇的後宮精緻，但透著一股學術氣氛，很有高級學府的感覺。作為畢業於國內最高學府的學生，林非鹿覺得這地方還挺親切的。

林非鹿的出現並沒有引起關注，因為很多人身邊都帶著伴讀。比如三公主林熙身邊跟著一個小女孩，是靜嬪弟弟的女兒，按規矩這小女孩是沒資格進入太學的，但作為林熙的伴讀，就容易多了。

大家都以為四皇子身邊這個小女孩是新來的伴讀，只是隨意看了兩眼，且因為忌憚林景淵，也不敢細看，行禮之後就匆匆走了。

林非鹿暫時沒遇到認識的人，林景淵把她帶到偏殿，交代道：「除了臺階上那三座大殿去不得，其他地方可以隨便逛，逛累了就到這裡休息，等我下學就來接妳。」

林非鹿乖乖應聲。

他知道她聽話，也不擔心，又吩咐康安：「照顧好五公主。」

康安連連點頭。

林景淵這才一步三回頭地走了，沒多久，外面響起了古樸沉重的鐘聲，林非鹿覺得還挺有意思的，這時候居然也有上課鐘聲。

鐘聲一響，外面就清靜了，半個人影都看不到。她站在門口打量了一會兒，脆生生地喊康安：「你陪我出去逛逛。」

康安趕緊應了。

這裡其實沒什麼好逛的，空曠清幽，唯一的植物是旁邊幾顆筆直的松柏。但她喜愛這熟悉的感覺，像走在曾經的大學校園。她曾經最愉快的記憶，就是大學那幾年時光。

她的運氣一向不好，大學遇到的那幾個室友倒是很不錯，她們相處得很愉快，直到畢業之後都有聯絡。

林非鹿突然想起，按照自己那對父母的性格，自己死後，她的葬禮應該會辦得很風光吧？

應該會來很多朋友，送上她最愛的黃玫瑰。大學室友裡有個最愛哭的，還不知道會哭成什麼樣呢。

她走神已經走到十萬八千里了，沒注意前面來了個人。

那人也不過十二三歲，穿了身黑色勁裝，背著手悠哉悠哉地走著，旁邊的書童哭喪著臉道：「少爺，我求你走快點吧，咱們已經遲到了啊。你看這時辰哪還有人像你這樣在外面晃啊！」

少年一臉不在乎，餘光一掃，看到不遠處的小女孩，隨手一指：「那不是人？」

他挑了下眉峰，笑道：「我就喜歡跟我一樣不守規矩的人，阿羅，走，我們去交個朋友。」

林非鹿邊逛邊走神，直到少年攔在她面前，還有些沒反應過來。旁邊的康安倒是機靈，立刻躬身行禮：「奴才見過世子殿下。」

少年眉峰高揚，帥氣的眉眼很是不羈，瞅了康安兩眼：「你不是四皇子身邊的人嗎？」

康安恭聲道：「奴才確是。」

少年略一點頭，饒有興趣地打量兩眼面前這個綁著小揪揪的小女孩，問：「這個小豆丁是誰？怎麼上課時間還在外面亂晃？」

林非鹿：？

康安道：「回世子的話，這位是五公主，無需入太學。四殿下在上課，讓奴才陪公主四處逛逛。」

「五公主？我怎麼沒見過？」少年低頭打量，覺得跟這個只有他腿高的小豆丁說話太費勁了，乾脆在她面前蹲下來，抬手在她頭頂的小揪揪上揉了一把，笑嘻嘻說：「小公主，妳好啊。」

林非鹿：「……」

這個NPC是她見過的NPC裡面最屁孩的一個。

世子殿下？看來不是她的哥哥們，而是哪個王公貴族家的公子了。

王公貴族……也不錯，看他在這宮裡囂張的樣子，就知道身分不低。

管他是誰，先攻略了再說。

林非鹿當即發動技能。

她雙手捂著小腦袋後退兩步，奶聲奶氣地凶他：「你把我的揪揪揉亂了！」

少年：「哈哈哈哈哈哈哈哈哈哈哈哈那又怎麼樣妳咬我啊！」

林非鹿：？

靠哦。

少年也往前挪了兩步，覺得這小豆丁奶凶奶凶的樣子實在是太可愛了，笑咪咪問：「小豆丁，妳叫什麼名字呀？」

林非鹿不理他。

少年友好地伸出手，「我叫奚行疆，我們交個朋友怎麼樣？」

姓奚？

林非鹿知道他是誰了。

宮裡兩位貴妃，一位阮貴妃，一位奚貴妃。奚貴妃的哥哥是大林朝的鎮北大將軍，位高權重，前幾年還被林帝封了鎮北侯。這位姓奚的小世子，應該就是大將軍的兒子，奚貴妃的姪子了。

難怪這麼囂張呢。

林非鹿如今在宮裡的這幾個靠山，看起來很厲害，但往細了想，其實現階段並不強硬。畢竟都還是孩子，身分再尊貴，也受制於長輩。就比如大皇子和四皇子，一旦阮貴妃和嫻妃發話不許他們跟自己往來，自己就沒戲了。

宮內這些嬪妃各自為營，從平日搜集到的資訊來看，只有那位奚貴妃清高孤傲，不太與人往來。而且膝下無子，是個比較容易攻略的點。

之前她還苦於沒有跟奚貴妃接觸的機會，眼下不就送上門來了？

不愧是大型ＮＰＣ聚集地啊，第一天就給了她這麼大的驚喜。

這位奚小世子出身武將世家，性格紈褲行事不羈，對付這種人，示弱是沒有用的。越是示弱，越會讓他們覺得不過一般如此無趣，沒了挑戰性，很快就會失去興趣。

摸透了性格，就很好下手了。

林非鹿瞟了他因自小習武而生出細繭的手掌一眼，小腦袋一扭，噘著嘴說：「不跟壞人交朋友！」

奚行疆噗哧笑了，「我哪裡像壞人了？我可是天底下最好的人了，不跟我交朋友是妳的損失。」

小豆丁聽聞這話，偷偷扭過頭看了他兩眼，見他笑咪咪的樣子，又哼了一聲別過頭去。

哇靠，太萌了。

奚行疆二話不說，隔著袖口握住她藏在裡面的小手，煞有其事地晃了晃：「這個朋友妳交也得交，不交也得交，現在握過手，我們就是過命的交情了。今後我若是有難，妳就是豁出性命也要捨身相救，知道了嗎？」

林非鹿：？

老子信了你的邪。

她生氣地把自己的小手用力抽出來，然後跑到康安身後，像受了天大的委屈似的，小臉裹在斗篷的帽檐裡，奶凶奶凶地瞪他。

奚行疆身邊的書童簡直不敢看，哭喪著臉催促道：「少爺，快走吧，不能再耽擱了啊。太傅要是告到將軍面前，你又得吃板子了。」

奚行疆不耐煩地揮了下手，示意他閉嘴，又朝林非鹿挑眉：「小豆丁，下次見。」

林非鹿：「哼。」

奚行疆大笑兩聲，往太學去了。

他一走，康安虛脫似的抹了把汗，低聲跟林非鹿說：「五公主，這鎮北侯府的小世子素來有小魔王的稱號。除了太學，他不常進宮的，妳不必憂心。」

林非鹿若有所思地點點頭。

太學景致單調，奚行疆之後她沒再見到人，逛了一陣子就回偏殿休息了。林景淵準備了茶點給她，她喝著酥茶吃著點心，還從偏殿的書架上找了本遊記看，打發時間。

康安在旁邊瞅著覺得驚奇不已。

五公主年齡這麼小，又沒入過太學，竟然識字嗎？

他試探著問：「五公主，這書講的是什麼啊？」

林非鹿咬著點心隨口道：「講了一個書生遊山玩水紀錄地質和風土地貌的故事。」

康安覺得五公主怪厲害的。

遊記看到一半，外頭終於再次響起了古樸的鐘聲。康安高興道：「殿下下學了。」

林非鹿讓他把遊記放回書架，喝完最後一杯酥茶：「走吧，我們去接四哥哥。」

太學三殿前的臺階上陸陸續續有人走下來，三三兩兩鬧鬧哄哄，還真有點像學校放學後的情景。林非鹿在旁邊瞅著，一個也不認識。

林景淵往常是衝得最快的一個，今天卻半天等不見人，眼見著殿前冷清下來，康安有些擔心，跟林非鹿道：「五公主，妳且在這裡等一等，我進去找找殿下。」

林非鹿點點頭，目送康安兩三步跨上臺階跑遠了，百無聊賴打了個哈欠。

淚眼朦朧中，終於看到兩個熟悉的身影。

詣，她的三皇姐又在騷擾「民女」了。

這是林非鹿第二次見到這位宋國的質子，還是很好看，一身白衣十分養眼。面對身邊喋喋不休的林熙時，臉上神情依舊溫和，唇邊笑意融融。

林非鹿覺得這位質子的脾氣是真的好。

林熙尖細的嗓音讓人覺得厭煩：「太傅講的那篇文章我還是不懂，你再講一次！」

宋驚瀾不急不緩：「方才在學堂裡，我已經講過一次了。」

林熙滿眼驕橫，語氣又像撒嬌又像命令：「我還是不懂！你還要再講一次！」

林非鹿實在忍不住，噗地一聲笑出來了。

不遠處的兩人同時看過來。

林熙一眼看到她，頓時滿露驚詫和厭惡，抬步朝她衝過來，頤指氣使地指著她問：「妳這個小賤人怎麼會來這裡！」

林非鹿還是笑著：「妳這種胸無點墨目不識丁才疏學淺聽了兩遍都沒聽懂的文盲都可以來，我為什麼不能來？」

林非鹿對上她從來都是弱勢的一方，任由她欺負半個字都不敢說，什麼時候像這樣罵過她？林熙氣得差點失去理智，想罵回去結果半天找不到詞，臉都憋紅了，跟她那個娘一個德行，直接抬手一巴掌揮了過來。

身後幾步遠的宋驚瀾愣了一下，疾步往前，似乎想制止。

林非鹿餘光瞟見不遠處的臺階上林廷和林景淵走了下來，本來想躲的身子停住了。但她也沒直接把臉留給林熙打，而是微微側了下頭，那一巴掌更多是打在她頭上，把她左邊那個小揪揪都打散了。

林非鹿二話不說，當即往地上一倒，憋氣。

碰瓷，我們是專業的。

林景淵恰好目睹這一幕，差點沒被氣瘋，幾步衝下臺階跑了過來。林熙在氣頭上，一巴掌沒解氣，居然還想再打，被緊接著趕來的林廷一把捏住了手腕。

平日裡溫溫柔柔的大皇子少有動怒：「住手！妳這是在做什麼！」

林景淵把人從地上扶起來，看她滿頭的汗，小臉蒼白，頭髮都被打散了，簡直又氣又心痛，把人交給康安，滿臉惱色衝上去就想打林熙。

林廷不得不又攔住他：「都給我住手！你們想做什麼！還記得自己的身分嗎！」

林景淵紅著眼眶怒吼：「她打小鹿！我打死她！」

林熙尖叫著：「她罵我！她活該！」

林廷厲聲道：「都住嘴！」

他身為皇長子，威嚴還是有的，林景淵和林熙不得不閉嘴。見兩人都穩定下來，林廷這才去查看林非鹿的情況，蹲在她身前輕輕摸了摸她泛紅的臉，柔聲問：「疼嗎？」

林非鹿沒說話，只是紅著眼眶搖了搖頭，還努力朝他笑了笑。

林廷心疼得不行，轉過身對聽到動靜趕過來的林熙身邊的宮女道：「三公主目無宮紀，擾亂太學，禁足半月閉門思過！」

他是皇長子，是長兄，自然有責罰弟妹的權利。林熙沒想到皇長兄竟然會為林非鹿出頭，她這會兒倒是智商上線了，哭哭啼啼道：「大皇兄，是她先罵我的，就算要責罰，也該連她一起！」

林景淵當即怒道：「胡說八道！小鹿從來不會罵人！妳蠻橫慣了，竟然還學會血口噴人了！」

林熙邊哭邊說：「她罵了，宋驚瀾也聽到了！」

幾個人同時看向一直站在旁邊的宋驚瀾。

目光驟然聚集在自己身上，少年還是一貫的淡然從容。他先是看了可憐兮兮的林非鹿一眼，然後才將視線轉到林熙身上，微抿了一下唇，像是不願撒謊似的，不無抱歉地說道：「沒有。」

林熙：？？？！！！

林景淵冷笑一聲：「還等什麼？還不把你們公主帶走，回去好好反省！」

林熙冷靜下來，不敢再胡鬧，哭著被宮人帶走了。臨走前，狠狠瞪了宋驚瀾一眼。

宋鶯瀾像沒看見似的，沒事人一樣，垂眸若無其事打理自己的袖口。

林景淵對著她的背影狠聲道：「閉門思過都算便宜她的了！下次看我不打死他！」

林廷責備地看了他一眼：「不許胡鬧。」

林景淵哼了一聲，這才又走到林非鹿面前，替她拍了拍斗篷上的灰，愧疚得不行：「都怪我上課不用心，被太傅留下來補習，早點出來小鹿就不會遇到她了。」

林廷也走過來：「回宮去吧，傳太醫來看看。」

林非鹿乖巧點頭。

等三人說完話，她再抬眼去看時，宋鶯瀾不知道什麼時候已經離開了。

她心想，真是個人美心善做好事不求回報的小哥哥啊。

回明玥宮的路上，林景淵想起什麼，問林廷：「大皇兄，你把兔子送給六弟了？」

林廷看了林非鹿一眼。

心裡很是感念她沒有把真相說出來，畢竟被母妃逼著親手殺寵物躲起來哭這種事實在是很難以啟齒，他點點頭：「對，六弟喜愛小兔，我便送給他了。」

林景淵：「大皇兄真大方！最喜歡的寵物也捨得送人。我也挺喜愛你養在行宮的那匹小黑馬，你看？」

林廷：「……」

林非鹿：「……」

她實在看不過去林廷這個老實孩子被沒臉沒皮的林景淵欺負，扯扯他的袖子，奶聲奶氣說：「景淵哥哥，君子不奪人所好。」

林景淵立刻反思：「小鹿說得對！那馬大皇兄還是自己留著吧。」

林非鹿狀若無意地轉過頭，然後悄悄朝林廷笑了下。林廷抿著唇，壓不住嘴角的笑意。

回到明玥宮的時候，只有青煙在，先是跟兩位皇子請了安，見小公主頭髮有些凌亂的樣子，心思細膩，立刻問道：「公主這是怎麼了？」

林非鹿很是乖巧的回答：「不小心摔到了。」又問，「母妃呢？」

青煙道：「娘娘做了一些點心，送去給嫻妃娘娘了。」

倒是讓林非鹿有點意外。

蕭嵐一向是戳一下動一下，嫻妃不召是不會去的，此次卻主動送點心過去，看來上一次兩人的談話的確讓她下定決心改變了。

林廷見林非鹿不願意說實話，只以為她不想讓身邊人擔心，便什麼都沒說，只吩咐青煙道：「去太醫院請太醫來幫小鹿看看，看摔到哪裡沒。」

青煙趕緊去了。

林瞻遠抱著兔子從房間裡跑出來，高興地喊：「兔子哥哥！」

林廷笑著走過去摸摸他的頭：「六弟。」

林景淵頓時不爽了，「那我呢？我還比他先認識你呢！」

他凶凶的，林瞻遠有點怕，往林廷身後躲了躲，把林景淵氣得不行。

林非鹿忍著笑在旁邊提醒：「哥哥，你喜歡吃的柿子就是四皇兄送的哦。」

林瞻遠這才樂呵呵地喊：「柿子哥哥！」

幾人玩鬧了一番，沒多久有位年輕太醫背著藥箱匆匆趕來，看到大皇子和四皇子都在，心裡一抖，開始苦惱自己會不會又被兩位皇子嫌棄，趕他回去，換其他資歷深厚的前輩來。

這種赤裸裸的嫌棄真的好傷人。

好在只是摔倒，也沒受傷，大抵是覺得他足以應付，年輕太醫膽戰心驚替五公主看完病，開完藥之後恭恭敬敬退下了。

時間不早，兩人還要回宮去完成太傅留下的功課，見林非鹿無恙便都離開了。

就這麼一下子時間，幾位皇子公主在太學門口發生衝突，大皇子責罰三公主禁足的消息已經像長了翅膀似的傳遍了整個後宮。

林廷回到雲曦宮時，阮貴妃正坐在軟榻上吃水果。

屋內燃著香銀碳，不僅暖和，還有淡淡的幽香，是頂級的碳，除了林帝的寢殿，只有她和長樂宮那位奚貴妃有。

林廷向母妃請了安，正要回房去，阮貴妃懶洋洋地叫住他：「聽說你今日處罰了林熙那個小丫頭？」

林廷瞬間跪下身去，「是，請母妃責罰。」

阮貴妃噗哧笑了：「你這孩子，為娘責罰你做什麼？」她走過去把兒子扶起來，由衷地誇他：「做得好。」

她眉眼生得極其明豔，美貌十分張揚，笑起來的時候，像將光彩攬於一身，耀眼得不可方物，「你是陛下的皇長子，本該如此。這宮裡的人需得怕你、敬你、畏你，方能體現你的威嚴。」

自己的兒子向來軟弱，她恨其不爭，用盡了方法培養他。今日難得硬氣一回，她怎會不高興。

林廷聽著母妃又一番訓誡，沒有說話，只是像往常一樣，垂著眸默默點頭。

蕭嵐在嫻妃宮中也聽聞了這件事，聯想到鹿兒今日去了太學，預感這事多半跟鹿兒有關，頓時有點坐不住，告別了嫻妃之後匆匆回到了明玥宮。

林非鹿正在屋子吃著點心看書，見她回來，乖巧地喊了聲，「母妃。」

蕭嵐走過去摸摸她的小腦袋，柔聲問：「今日在太學可有事發生？」

林非鹿默了一下，還是把事情經過跟她說了一遍，當然隱去了自己罵林熙那一段。林熙欺負她也不是頭一次，蕭嵐次次抹淚，只叮囑她少出門，不出門就不會遇到林熙，就不會被欺負。

這次倒是什麼都沒說，也不大能看出平日軟弱垂淚的可憐樣，只是溫柔地朝她笑笑：「沒事就好。」

林非鹿覺得自己這個母妃，是真的變了。

她已經不是當年的蕭嵐，她現在應該是鈕祜祿．嵐！

她這頭沒什麼影響，其樂融融的，林熙那頭可不好過。丟臉就算了，更加讓她生氣的，一是宋驚瀾的「背叛」，二是大皇兄的維護。

那個小賤人到底哪裡好了？大家竟處處護著她！跟她那個娘一樣，長著一張勾引人的狐媚子臉，把大皇兄和四皇兄哄得團團轉！這些男孩子們都被她迷惑了！只有女孩子才能看清她的真面目！

林熙從太學離開並未立刻回宮，畢竟她一回，接下來的半個月都出不了門了，一路哭著去了長公主林念知所在的瑤華宮。

林念知前兩日受了涼，今日便告了假沒去太學，正裹著被子盤腿坐在榻上玩九連環呢，看見自己的三妹哭哭啼啼地進來，一進來就讓她幫自己做主。

林念知今兒沒出門，沒聽說太學的事，一問才知道發生了什麼。

林熙哭著把事情經過說了一遍，上天作證，她半句假話都沒有，林非鹿怎麼嘲笑她的，怎麼罵她的，字字不落地複述了一遍。

本來以為一向跟自己同心的長姐會為自己出頭，沒想到林念知聽聞只是問：「那她進太學了嗎？」

林熙一愣：「沒……沒有，她站在臺階下面。」

林念知：「那妳罵人家做什麼？」

林熙：？

她委屈極了，「我沒有罵她，是她罵我。」

林念知不耐煩：「妳不是罵人家小賤人了嗎？」

林熙驚呆了：「……往常，我們不都這麼說她的嗎？」

林念知乾咳了一聲，又說：「她真的罵妳了？說妳胸無點墨目不識丁才疏學淺？」

林熙狠狠道：「對！」

林念知懷疑地看了她兩眼：「不可能吧？小五連太學都沒去過，沒讀過書也不識字，怎麼會罵這些成語？而且我看她平日裡也不像是這麼伶牙俐齒的人。」

林熙急了，心道怎麼長姐也開始幫她說話啊，她委屈地問：「我什麼時候騙過長姐？難道長姐不信我嗎？」

林念知往後靠了靠，換了個舒服的姿勢，「也不是不信。」她說，「那人家這不算罵妳，不就說了實話嗎？」

林熙：？？？

林念知睏懨懨地揮了下手：「行了，回去吧。大皇兄不是罰妳禁足半月嗎？這半月就別往我這跑了，天氣怪冷的。」

林熙哭著跑走了。

第六章　攻略屁孩世子

林熙哭哭啼啼回了昭陽宮，早已聽聞此事的靜嬪正急不可耐地等在宮門口，見她一回來立刻走上前去問道：「妳去見長公主了？她可說什麼了？妳怎麼在太學讀個書也能惹怒到大皇子！」

林熙有一種全世界都在責罵自己的感覺。

在外面還忍著，回到宮中立刻撒潑似的大哭大鬧起來，先是罵林非鹿，又罵林景淵，最後連林念知和林廷都沒放過，靜嬪連連讓宮女去捂她的嘴，一邊哭一邊罵：「我平日就是太慣著妳了，妳這個不長進的東西！怎麼偏生明玥宮那個小賤人能惹皇子喜愛，妳就做不到！」

林熙哭著說：「母妃，我們去找父皇評理吧？」

不說這個還好，一說這個靜嬪更氣，臉都氣白了。

自從上次鬧邪祟那件事之後，林帝再也沒來過昭陽宮，好像忘了有她這個人似的。她前些日子本想做點拿手的湯點送到養心殿找找存在感，但殿內林帝正跟朝臣在商議政事，她在外頭等了好幾個時辰，實在冷得不行，只能把湯點留下，自己走了。

沒想到傍晚時分林帝就發了時疾，兩個貴妃都去侍疾了。

白天還好好的，怎麼突然病了？聯想到她下午在養心殿外面等了那麼久，漸漸有人說是她身上邪祟未消，把邪祟帶給陛下了。之後皇后派了人過來，委婉提醒她，今後不要再去找陛下了，等過完這個冬再說吧。

後宮佳麗三千，自己又不是最靚麗的那一個，等過完這個冬，陛下還能記得她？

靜嬪已經在宮裡獨自哭了好幾回，但想著自己總歸還是有個公主的，陛下也喜愛這個公主，林熙又跟長公主交好，等來年讓她去陛下面前晃一圈，重獲恩寵也不是不可能。

誰能料想這個沒出息的東西幹啥啥不行，惹禍第一名，竟連一向以儒雅著稱的大皇子都惹怒了，得罪了阮貴妃，能有她們好果子吃？

思及此，兩娘倆在昭陽宮抱頭痛哭。

靜嬪思來想去，覺得這件禍事起因皆是源於明玥宮那對賤人。鬧邪祟是因為她們，現在熙兒被禁足也是因為她們。

不過是抱上了嫻妃的大腿就敢如此囂張，莫說現在還只是個貴人，今後若是晉了位分，豈不是要踩在她頭上作威作福？

她決不能容忍這樣的事情發生！

靜嬪替女兒擦擦臉上的眼淚，狠聲道：「別哭了！這件事，娘總要為妳討個說法的！她們逍遙不了多久了。」

林非鹿猜到林熙這一禁足，昭陽宮那邊會越發恨上自己和蕭嵐，接下來這段時間，勢必要有動作了。

古人常雲，先下手為強。

她覺得是時候澈底把這個麻煩解決掉了。

從頭到尾她都沒把林熙列入自己的攻略列表，雖然要攻略她這種花瓶飯桶很簡單，但沒必要。

她是殺死小公主的兇手，她親手推小公主入水，看著她求救無動於衷，還嘻嘻哈哈以此為樂，人蠢心壞。

都說小孩子最是單純，但小孩子的惡意也最可怕。

她答應過那個小姑娘，會替她報仇。

何況宋國那個漂亮的小質子這次為了幫自己被林熙記恨上，以她狹隘的心性，禁足過後肯定會去找人麻煩，林非鹿覺得自己有守護漂亮小哥哥的責任！

自從砍死徐才人那個小怪後，她的劍就沒出過鞘了，也是時候讓劍見見血了。

大魔王林非鹿如是想。

蕭嵐端著剛出爐的新鮮點心過來時，就看見丁點大的小姑娘坐在門檻上，小手托著下巴，一臉深沉地望著晨起的日光。她噗哧一聲被逗笑了，坐過去餵她點心：「早膳沒吃多少，嚐嚐娘新做的點心。」

林非鹿咬了兩口，「好吃！」

點心還暖烘烘的，十分酥脆，甜而不膩，蕭嵐做點心的手藝越發精進了。

她吃著吃著，突然想到什麼，跟蕭嵐說：「母妃，妳裝一盒點心給我，我要拿去送人！」

蕭嵐好奇道：「送給誰？」

林非鹿笑容真誠：「昨天幫過我的人。」

蕭嵐沒多問，她向來對這對兒女是有求必應的，裝好點心交給青煙，讓她陪著五公主一起去。

青煙一開始不知道是去哪，直到越走越偏，四周連巡查的侍衛和穿行的宮人都少見了，不由得擔心起來。

問道：「公主，我們這是去哪啊？」

林非鹿指著不遠處那片枯黃的竹林：「喏，快到了。」她接過青煙手上的食盒，吩咐道：「妳就在這裡等我。」

青煙是宮中的老人，自然知道那裡住的是誰，當即有些變了臉色，遲疑道：「公主，那地方不太好去，要不還是奴婢替妳送進去吧？」

林非鹿淡淡看了她一眼：「妳在這裡等我。」

青煙莫名其妙被一個小女孩的眼神震住了，垂手立在原地：「是。」

林非鹿這才提著食盒走向翠竹居。

老舊的竹門從裡面上了栓，她推了兩下沒推開，抬手拍了拍。過了會兒有人來應門，是宋鷺瀾身邊那個小廝，喚作天冬，遲疑又戒備地看著她。

林非鹿笑起來，「你不認識我啦？我上次來送過魚的。」

天冬抿了下唇，朝她行禮：「見過五公主殿下。」

林非鹿沒錯過他低頭時眼裡一閃而過的那抹複雜神光。

她沒猜錯的話，大概意思是，又來了一個覬覦我家殿下美色的公主。

不要臉！

不過再不願，他也不敢攔，人在屋簷下不得不低頭，天冬恭恭敬敬地把林非鹿迎進來：「殿下正在讀書，請公主稍等片刻。」

一大早就開始讀書了，真是個勤奮好學的好孩子啊，她那不學無術的四皇兄真應該跟人學學。

林非鹿乖巧點頭。

天冬去通報，宋鷺瀾很快出來了。他還是穿著昨日那身素色白衣，玉冠束髮，少年眉目俊美，氣質溫和，臉上笑意漂亮又乾淨，溫聲道：「五公主怎麼過來了？」

林非鹿提著食盒一蹦一跳地跑過去：「娘親做了點心，我帶一些給你嚐嚐。」

她跑起來，兜帽從頭頂滑落，露出兩個纏著白絲帶的小揪揪，小臉凍得有點紅，臉上的笑容卻十分真誠。宋鷺瀾伸手接過那個看起還有點沉重的食盒，笑著說：「外面冷，公主不介意的話，進屋說話吧。」

林非鹿笑咪咪的：「好呀。」

她跟在他身後進屋，一進去就被屋內柴碳的煙霧薰出一個噴嚏。

宋驚瀾抱歉地看了她一眼，走過去把門窗打開了，兩邊通風，屋內的碳煙散了不少，才終於沒那麼嗆。但溫度也散走了，有些涼颼颼的。

林非鹿對這些柴碳再熟悉不過，之前明玥宮用的就是這種。

她沒多問什麼，只是把食盒打開，端出點心來：「還熱著，殿下快嚐嚐。」

宋驚瀾依言拿了一塊點心吃起來，他的吃相很賞心悅目，是高門貴族常年養成的優雅。他只吃了一個便停了，很溫和地說：「很好吃，多謝五公主。」

林非鹿突然有些為他難過。

這個少年身上挑不出一點毛病，幾乎完美得讓人不敢觸碰。他像是把自己封存在一個框框裡，行事談吐絕不越過框架。這樣永遠不會犯錯，可也活得好累好難。

其實她也能理解。

那麼小就被送到敵國，被家國拋棄不說，在這裡被輕視被欺辱，踏錯一步可能就會喪命。大概很小的時候就學會了收斂情緒，學會了如何在這個危機四伏的地方隱忍地活下去。

可儘管處境這麼艱難，昨天他卻為了幫自己得罪林熙。

難道沒想過後果嗎？

林非鹿眨眨眼，輕聲問：「殿下，昨日為何幫我？」

天冬送了一壺熱水進來。

宋驚瀾不急不緩倒了杯水給她，在繚繞熱氣中笑著說：「公主伶俐可愛，昨日那種境地，誰都會幫的。」

Oh上帝啊，看看這個善良又漂亮的小可憐吧！

宋驚瀾住的地方比明玥宮還偏僻，不知道是不是她的錯覺，她覺得這裡更冷，大概是因為翠竹居附近多水池的原因，較之其他地方要潮濕很多。

本來就冷，還開著窗通著風，碳爐也不暖和，林非鹿坐在那冷得發抖。

全靠宋驚瀾的顏值在堅持。

宋驚瀾察覺了，轉頭溫聲吩咐天冬：「去灌一個手爐來，記得溫度適宜。」

天冬得令，很快就去了，沒多久拿來一個暖烘烘的手爐。宋驚瀾先接過去試了試溫度，怕燙到她，確認無誤才笑著遞給她：「公主拿著吧。」

那手爐跟她用的不一樣，是最原始的灌熱水的那種，容易燙手也冷得快，連隔熱罩都沒有。但很乾淨，大概是常用，外面的銅漆被磨得鋥亮。

她實在是冷，便沒拒絕。伸手的時候，看到宋驚瀾隱在寬袖中的那雙手。

那並不是一雙養尊處優的手。

她之前見過奚行疆的手，因為自小習武的原因，手掌有細微的繭，但算不上粗糙。宋驚瀾的手掌上，有比那更深更厚的繭，因為冬天太冷的緣故，虎口處凍裂出細小的口子，看著都疼。

察覺到她的目光，宋驚瀾不露痕跡掩了一下，林非鹿什麼也沒說，接過暖爐雙手捧著，輕聲問：「殿下，接下來可有什麼打算？」

宋驚瀾知道她問的是什麼，垂眸笑了笑：「無礙，公主不必憂心。」

林非鹿彷彿再次體會到當年追一個養成系小明星發現崽被公司欺負壓迫的心情。心疼，現在就是非常心疼，想把林熙大卸八塊。

宋驚瀾被她驟然變化的目光逗笑了，他站起身道：「我自有打算。天冷，公主早些回去吧，謝謝妳的點心。」

林非鹿病才剛好，不想再感冒，要是在他這裡受了涼，會牽連到他。於是點了點頭，正要把手爐放下來，宋驚瀾說：「拿著吧，這一路風大。」

看他的處境，就知道他只有這一個手爐，林非鹿問：「我拿走了，那你用什麼？」

宋驚瀾笑道：「我不怕冷。」

啊，有被撩到！

林非鹿跟他揮揮手，抱著手爐一蹦一跳地跑走了。

她一走，天冬趕緊鎖上了門，轉過身時嘴裡小聲嘟囔著什麼，宋驚瀾抄著手倚在門口，笑問：「在說什麼？」

天冬表情鬱悶：「一個三公主就夠難纏的了，現在又來一個五公主。」他走近疑惑問道：「殿下，你昨日為什麼要幫五公主？得罪了三公主可不是小事，你忘了她之前怎麼折騰你的？」

宋鷩瀾瞇眼望著遠處天際重障的白雲，唇角還是微微掛著笑，但聲音卻淺，漫不經心道：「林熙蹦不了多久了。」

天冬一臉震驚：「啊？」

宋驚瀾收回目光，很溫柔地朝他笑了下：「她不是這位五公主的對手。」

離開翠竹居，林非鹿沒著急回去，而是轉道白梅園。現在正是白梅盛開的時節，隔著宮牆都能聞到陣陣清幽花香，她心裡有個打算，需要用到白梅花。

自發現公主是去見宋國那位質子，青煙一路憂心忡忡的，有些走神，林非鹿在前面跑得又快，幽道彎彎繞繞，很快竄沒了影。青煙著急喊了兩聲沒得到回應，但好在知道她是要去白梅園，加快步伐趕了過去。

林非鹿已經循著香味一路跑進園子了。

枝頭白梅團團簇簇，迎風而開，煞是好看。她個子矮，搆不到枝頭的梅花，而且也捨不得摘，好在地上落了不少花朵，都還新鮮著，她蹲在樹底下，一朵一朵地撿起來，吹乾淨灰塵，放進自己的小荷包裡。

正撿得起勁，隔著一扇院牆，聽到一個熟悉的聲音。是她傲嬌刁蠻的皇長姐在跟人吵架，氣急敗壞地罵：「奚行疆，你信不信我叫人打你板子！」

另一個聲音十分討打：「妳信不信我超怕，怕得都睡不著覺啦？」

林念知氣得哇哇大叫。

奚行疆？林非鹿想起來了，是那個揉她揪揪的屁孩世子。

你說，送上門的NPC，不去攻略一下，豈不是對不起這趟巧遇？

林非鹿把塞滿白梅的小荷包繫好掛在腰間，朝著院門口跑了過去。樹影參差，遠遠就看見盛裝而立的林念知氣得原地跺腳，身邊的宮人們正在勸著什麼。

對面不遠處的黑衣少年翹著二郎腿坐在橋墩上，表情十分欠揍。

畢竟是大將軍府的世子，又是奚貴妃的姪兒，林念知對上他，其實討不到好。

習武之人耳力敏捷，還沒看到人，只聽到噠噠噠的腳步聲，就轉過頭來，看見院牆裡鑽出一個滿頭白梅的小女孩，先是愣了一下，表情欠揍的臉上驟然露出一個大大的笑容。

他從橋上跳下來，幾步朝她走過去，林非鹿還沒反應過來，頭上的揪揪就被人揉了一把：「小豆丁，又見面了。」

林非鹿捂著腦袋氣呼呼瞪了他一眼，轉身朝林念知跑過去。

林念知還生著氣呢，驟然看見林非鹿，語氣不太好，氣勢洶洶問：「妳怎麼在這？妳來這做什麼？」

林非鹿跑到她面前，仰著頭一臉人畜無害的乖巧，語氣卻凶凶的：「我在白梅園裡聽見皇長姐被人欺負了，來幫妳！」

林念知一愣，為自己之前的語氣感到愧疚，彆扭地轉過頭去沒說話。

林非鹿轉身攔在她面前，張開短短的小手臂，奶凶奶凶地瞪奚行疆：「不准欺負我皇長姐！」

奚行疆環胸抱臂，像逗小孩玩似的，勾著唇角問：「誰叫妳皇長姐脾氣那麼壞，我好端端坐在這，又沒礙著她的路，她非要我讓開，妳說，她是不是活該被欺負？」

林念知氣得又想罵人：「奚行疆你……」

還沒說完，就聽見前面的小豆丁奶聲奶氣擲地有聲地反駁道：「我皇長姐是天底下最漂亮的女孩，漂亮的女孩子脾氣不好也是應該的！」

奚行疆：？

林念知：「……」她扯了下小五的衣角，小聲又不無嬌羞地說：「倒……倒也不至於此啦。」

古往今來，沒有人能抵擋彩虹屁的威力，沒有。

作為因為無聊混過一小段時間粉圈還混成了文案大大的林非鹿，這種初級彩虹屁她可以吹一百句不重複。但很顯然，對付林念知一句最初級的就夠了。

傲嬌公主頭一次連自己都覺得被誇得有點不好意思。

但是又很受用，她竟然一點都不生氣了。什麼奚行疆？who care？沒聽她的小迷妹說什麼嗎？全天下最漂亮的女孩才配擁有全天下最壞的脾氣！

她嬌羞完了，清清嗓子，伸手拉過小五的手，一臉高傲道：「小五我們走，不跟這種人一般見識。」

林非鹿對奚行疆做了個鬼臉，乖乖牽著皇長姐的手打算離開。

奚行疆在後面嘖嘖兩聲，故意挑撥道：「妳說她是天底下最漂亮的女孩子？開什麼玩笑，我覺得妳就比她好看。」

這話的效果真是立竿見影。

林念知果然頓時變了臉色，牽著林非鹿的手指僵了僵，有鬆開的跡象。

林非鹿握著她的手指，轉過身面不改色又不無遺憾地看著奚行疆，奶聲奶氣地感嘆了一句：「年紀輕輕的，怎麼就瞎了呢？」

奚行疆：？？？

看他一副吃癟的神情，林念知笑得肚子疼，剛才生起的那點芥蒂消失得無影無蹤，不再理奚行疆：「小五跟我回瑤華宮吧，內務府早上送了些冬天培育的瓜果，帶妳去嚐嚐。」

林非鹿咂咂嘴，一副小饞貓的神情：「好呀。」

啊，自己這個五妹真是越看越可愛！

奚行疆站在原地看著一行人漸行漸遠，目光一直落在林非鹿身上，勾著唇角哼笑了一聲。

這牙尖嘴利的小豆丁，等下次再遇到她，看他不扒掉她的小揪揪。

走得遠了，林非鹿才想起什麼似的，跟林念知道：「皇長姐，我忘了跟宮女說我跟妳走了，她一會兒肯定會著急到處找我的。」

林念知揮了下手：「多大點事。」她吩咐身後的宮女：「妳去梅園那守著，看到五公主身邊的宮女跟她說一聲。」

宮女領命而去，林非鹿這才抿著嘴乖乖笑起來，她歪著腦袋看了看林念知，突然想到什麼，趕緊把放在袖口裡的手爐拿出來遞給她：「皇長姐，這個給妳暖手，還有一點點溫度！」

林念知瞅了兩眼，看到又是一個手爐。跟上次她給自己的那個不一樣，這手爐看樣式古老得緊，是宮中早就淘汰的東西，現在宮裡誰還用這個啊。

林念知心裡頓時有點不是滋味。

上次那個手爐一直擱在她宮裡，也忘了還給小五。明玥宮物資匱乏，好用的手爐大概就那一個，不然小五現在也不會用著這種早就被淘汰的東西。

她有點彆扭，沒接：「妳自己拿著吧！別又著了涼，還要我幫妳請太醫！」

林非鹿歪著腦袋笑得特別乖，眼睛彎彎的：「謝謝皇長姐，皇長姐真好。」

林念知傲嬌地哼了一聲。

林非鹿第一次來瑤華宮，作為四妃之一惠妃的宮殿，又養育著林帝最喜愛的女兒，瑤華宮同樣精緻奢華。惠妃喜愛蘭花，殿內種滿了各類品種的蘭花，還有冬天開花的，叫做寒蘭，一進去芳香馥鬱，幽香迷人。

林念知見她看得目不轉睛，大方道：「喜歡啊？喜歡一會兒走的時候搬兩盆回去。」

惠妃不在宮內，林念知問宮人：「母妃呢？」

宮人道：「回公主的話，娘娘去梅妃娘娘那裡了。」

惠妃跟梅妃交好，屬於同一派系。

林非鹿記得宮中四妃，淑妃生了二皇子林濟文，嫻妃生了四皇子林景淵，惠妃生了長公主林念知，只有梅妃沒有子嗣。

在這母憑子貴的後宮，沒有生育就晉到了妃位，可見這位梅妃也有幾分手段，是個厲害人物。

林念知此時哪還記得五公主是嫻妃那一派的，是自己母后的對家，高高興興把人領進瑤華宮，又吩咐宮人把什麼好吃的好玩的都拿上來，任由小五挑選。

林非鹿乖乖跪坐在暖烘烘的軟榻上，那個破舊古老的手爐擱在一旁，她看起來有些緊張，吃東西小心翼翼的，但每次對上林念知的目光時，都笑得特別真誠。

那雙水靈靈的眼睛裡，滿滿都是對她不加掩飾的喜歡。

小五第一次見到自己就不由自主誇她好看，看來她是真的很喜歡自己啊。

林念知要是有尾巴的話，這時已經要翹上天了。

她吩咐宮女去把之前那個手爐拿過來，還附贈了一個嶄新精緻的手爐，「這個還給妳，這一個是內務府新供的，比之前的好用，我留了一個，妳拿一個去用。」又看著那個舊手爐說，「那個就扔了吧。」

林非鹿搖搖頭，底氣不足道：「還可以用的。」

林念知心裡怪不是滋味，凶道：「用什麼用！我的宮女都不用這個！」她轉頭跟宮女說，「拿去扔了！」

宮女看了林非鹿一眼，柔聲道：「五公主，我們公主也是心疼妳，這個舊手爐不保暖，而且容易燙手，奴婢拿去幫妳扔了，妳試試這個新款的小爐子，一定會喜歡的。」

林非鹿看了她們一眼，慢騰騰伸手把那個新手爐拿過來捧在掌心，這才乖乖笑了：「好暖和呀。」

林念知語氣驕傲：「以後缺什麼妳直接跟我說，有我在，還能讓妳委屈了？」她看了她兩眼，又問：「妳怎麼又穿這件斗篷？上次我見妳就是穿這個，妳沒有其他冬衣嗎？」

林非鹿小聲說：「這個最暖和。」

林念知立刻吩咐宮女：「把前幾日織錦坊送來的那幾套冬衣送到明玥宮去。」

宮女說：「公主，妳比五公主高許多，尺寸恐怕不合適。」

林念知略一思忖：「那就拿到織錦坊去，讓她們改一改。對了，前些時日舅舅不是送了一張雪狐皮嗎，妳一併拿上，讓織錦坊做件新斗篷給小五。」

林非鹿連連擺手：「皇長姐不用了不用了，我還小，穿不著那些的。」

林念知瞪了她一眼：「什麼穿不著？妳看這宮裡哪個公主有妳穿的寒酸？」說完，覺得這句話可能有點傷人，又補了一句：「妳堂堂五公主，穿什麼都是應該的！」

林非鹿感動得眼淚汪汪地看著她。

林念知有種自己拯救了蒼生的滿足感。

宮女領命去了，林念知把其他宮人都遣退，跟林非鹿兩個人坐在軟榻上嗑瓜子吃點心玩九連環。

她打小就喜歡玩這種東西，很小的時候解開過簡易版的九連環，隨著年齡增加，九連環的難度也相應增加，最近在解的這個是較為複雜的，她已經解了好幾個月都沒解開。

林非鹿啃著點心趴在一旁看，看著看著突然說：「皇長姐，這個釦釦可以反過來。」

林念知一愣，「妳會玩這個？」

林非鹿老實搖頭：「不會，第一次見。」

林念知狐疑地看了她兩眼，依言把環釦反過來，沒想到還真的解開了一個釦子。她有點高興，問林非鹿：「那接下來呢？」

林非鹿抓抓自己的小揪揪，嘟著嘴一臉思考：「我也不知道了，我們研究一下吧？」

林念知高興地點頭：「好！研究研究！」

兩人湊在一起研究九連環。

林非鹿確實沒玩過這個，但架不住腦子好智商高，她當年上小學時就得過青少年六階魔術方塊比賽的冠軍，看林念知玩一下就摸清規律了。

其實她知道怎麼解開，但面對林念知這種人，展現出比她聰明的一面顯示是不明智的。所以只是象徵性的提了點模稜兩可的建議，讓林念知覺得自己腦袋瓜不錯，但比起她還是差了點。

等宮女從織錦坊回來的時候，這個困擾林念知幾個月的九連環就解開了。

林念知高興到不行，頓時對自己這個五妹有點另眼相看。

林熙那個蠢貨，連最簡易的九連環都看不懂，跟她對話彷彿對牛彈琴。小五雖然磕磕絆絆的，要自己邊帶邊教，但她起碼跟得上自己的思考。

以前聽信林熙的挑撥，她很是厭惡這個五妹，現在接觸了才知道，蠢人說的話有多麼不可信。

她想起昨天林熙來告狀的事，問林非鹿：「妳昨日去了太學？」

林非鹿一驚，像是沒想到她會知道這件事，緊張地解釋：「我……我沒進去，我只是在臺階下面看了看……」

林念知安撫道：「我不是在問罪，妳別怕，只是好奇妳去太學做什麼？」

林非鹿垂著小腦袋，頭上兩個小揪揪顯得有些難過，小聲說：「我聽四皇兄說，太學是皇家子弟讀書的地方，我沒有去過，有些好奇，所以想去看看。」

林念知當然也明白這層理。

不受寵的皇子公主沒有得到陛下的恩賜，是沒資格入太學的。但越是明白，就越想不通。

林熙那種蠢貨都能去太學讀書，小五這麼聰明，憑什麼不能去？

林念知的性子風風火火，仗著林帝喜愛，從來都是要什麼說什麼，立刻從軟榻上跳下來，拉著林非鹿道：「走，我陪妳去見父皇，叫他賜妳入太學！」

沒想到小五並沒有很高興，她先是驚了一下，然後拽住她的手腕，著急道：「不行呀皇長姐！」

林念知不悅道：「有什麼不行的？我去跟父皇求情，父皇那麼疼愛我，肯定會答應的。」

林非鹿拉著她袖子，一字一句地輕聲說：「皇長姐，不行的。」

她垂了垂眸，聲音有些難過：「父皇不喜我哥哥，所以也不喜歡我。如果長姐跟我扯上關係，以後父皇見到妳也會想到我，這樣就會牽連到妳。」

她看著林念知的眼睛，軟乎乎的聲音很是堅定：「我不能因為自己，連累到長姐。」

把林念知感動壞了。

這宮中不管是誰，凡是攀附她的，無一不想從她這裡獲利。就連三公主林熙，也是因為打小跟她交好，常常跟她一起常伴林帝左右，所以才更得林帝喜愛。

可小五跟她接觸，僅僅只是因為喜歡她。她想主動為她謀點好處，她還要顧及會不會連累自己。

嗚，什麼乖巧善良的小天使啊。

林非鹿轉而又笑起來：「而且我還小，不著急去太學讀書呀。」

林念知正糾結著，突聽外面宮人恭敬道：「娘娘回來了。」

門外傳來惠妃的聲音：「公主在做什麼？」

宮人說：「公主跟五公主在屋內玩耍。」

惠妃一愣：「五公主？」

她只是讓念兒在外面教訓教訓那小丫頭，她怎麼還把人帶回宮裡來折騰了？萬一出什麼事，畢竟是皇家血脈，皇后陛下追究起來，她可脫不了干係。

惠妃有些著急地往裡走，進來一看。

裡面嗑著小瓜子，吃著小點心，抱著小手爐，別提多溫馨了。

惠妃心裡緩緩升起一個問號。

林念知高興地喊了聲「母妃」，林非鹿乖乖朝她行禮，「小五拜見惠妃娘娘。」

惠妃也是第一次見林非鹿，她先入為主，對嫻妃恨到骨子裡，對她自然也沒什麼好臉色，冷聲道：「起來吧。」又不悅地看著女兒，「不好好練字，在這裡做什麼呢？」

林念知撒嬌：「早上就練完啦，我跟小五玩九連環呢。」她拿起解開的九連環，「母妃妳看，我解開啦！」

惠妃臉上才有了點笑容，陛下喜歡聰穎的皇子公主，女兒生得這樣聰慧，她當然很驕傲。她淡淡掃了林非鹿一眼，淡聲道：「長公主還要讀書，五公主無事就先回去吧。」

林非鹿埋著頭乖乖應聲。

林念知見母妃態度不好，噘了下嘴，但也不敢頂撞，只趁惠妃不注意偷偷朝林非鹿使了個眼色。小五偷摸摸朝她笑了下，然後抱著兩個手爐跑走了。

林非鹿一走，惠妃就教訓女兒：「叫妳在外面教教她規矩就行，怎麼還把人帶回宮裡來了？她懷裡抱的那兩個新手爐，是妳賞的？」

林念知說：「是。」

惠妃不悅道：「少與她往來，妳不知道林熙那丫頭因為她被大皇子責罰了嗎？」

林念知撇嘴：「那是她自己蠢。母妃，我決定以後少與林熙往來了。」

惠妃一愣：「為何？妳們不是從小一起長大的姐妹嗎？」

林念知認真地說：「近朱者赤近墨者黑，我擔心她的蠢會影響到我聰明的腦袋瓜。」

惠妃：「……」

林非鹿從瑤華宮離開，走了沒多遠就在岔路口看見焦急等在那的青煙。看到她出來，青煙趕緊迎了上來，看樣子快急哭了，「公主，妳總算出來了，可有受傷？」

林非鹿把手爐交給她拿著，笑道：「我去的又不是龍潭虎穴。皇長姐待我很好，喏，這就是她送我的。」

青煙鬆了口氣，後怕道：「聽宮女說妳跟長公主去了瑤華宮，可嚇壞奴婢了。若是公主再不出來，奴婢都打算去找嫻妃娘娘了。」

林非鹿偏頭看了她一眼：「妳是宮中的老人，不知道嫻妃和惠妃交惡嗎？」

青煙道：「奴婢自然是知道的，可奴婢擔心公主……」

林非鹿淡淡打斷她：「知道就好，以後可不要做出這種危險的事。妳身後是明玥宮，若出了事，牽連的可不只是自己。」

青煙垂著頭：「是，奴婢知錯了。」

林非鹿這才牽過她的手，軟聲說：「我知道妳關心則亂，但我既然敢去，就是有萬分的把握不會出事。妳跟在母妃身邊這麼多年，我是最信任妳的，妳今後做事要更加考慮周全才好。」

青煙心裡不無觸動。

她此刻才切實感覺到小公主的變化，但這種變化她又是樂於見到的。畢竟明玥宮的日子一天比一天好，她忠心護主，自然是高興的。

她把玩著嶄新的小手爐，邊走邊高興道：「公主，這個手爐真是精緻，回宮奴婢再做個護手袋給妳裝起來，就更保暖了。」

兩人正邊走邊聊，經過白梅園旁邊的那座小橋時，一顆石子突然從天而降打在林非鹿腳邊。

石子落在地上又飛濺而起，啪的一聲，嚇了青煙一跳，她大聲道：「是誰？」

沒人應聲，林非鹿走了兩步，又是一顆石子打在她腳尖前的地面。碎石子的力道和軌跡都掌握得很好，剛好能嚇到她，又不會傷到她，青煙緊張極了，攔在林非鹿前面：「是誰如此放肆，竟敢在宮裡暗傷五公主！」

林非鹿一臉淺淡，看了四周兩眼，想到什麼，突然抬頭將目光投向旁邊的高樹上。

光禿禿的樹枝上果然坐了個黑衣少年，手裡拿著彈弓，正一臉壞笑地對著她瞄準。

這屁孩世子夠有耐心的啊，居然在這等了這麼久。

青煙循著她的目光看過去，認出樹上的少年是誰，臉色一變，趕緊跪下行禮：「奴婢見過世子殿下，請世子殿下不要捉弄我們公主了。」

奚行疆笑了兩聲：「小豆丁，妳不是很凶嗎？這就怕啦？」

林非鹿仰著頭瞪他：「我才不怕你！你下來！」

奚行疆環胸抱臂，二郎腿一翹，往樹幹上一靠：「妳上來啊。」

林非鹿朝他做鬼臉：「猴子才爬樹，難看！」

奚行疆愣了一下，頓時樂了：「誰說我是爬上來的？我是飛上來的！」

林非鹿：「我不信！除非你飛一個給我看看！」

奚行疆：「那我飛一個。」

然後他就從樹上飛下來了。

別說，少年黑衣墨髮，意氣風發，臨空而下時，帥得養眼。

飛完了，落在站在林非鹿面前才覺得不對。

林非鹿笑咪咪問：「你怎麼下來啦？」

奚行疆：？

是啊，他怎麼就下來了呢？

第七章　以牙還牙

奚行疆後知後覺發現自己上了小豆丁的當。

他倒是不怎麼生氣，一邊覺得好笑一邊覺得有趣，伸手就去扒她的小揪揪。林非鹿提前察覺，趕緊捂著小腦袋後退兩步，凶他：「不准碰我的揪揪！」

奚行疆理直氣壯的：「誰讓妳的揪揪那麼可愛。」

小豆丁居然羞了一下，微微別了下頭，但又很快轉過來，繼續凶他：「那也不准碰！」

奚行疆被萌死了，舉著雙手投降：「好好好，不碰。」

他站著跟她說話實在費勁，習武的孩子骨骼發育快，才十二三歲的孩子，身高已經竄得很高，往前一跨步，在她面前蹲下來。

靠近了蹲下，就聞到她身上沁人的清香。奚行疆掃了一眼，目光落在她腰間那個鼓鼓的小荷包上，伸手戳了一下，「什麼東西這麼香？」

小豆丁這下倒是沒跟他叫板，用軟萌的聲音回答：「白梅花。」

奚行疆饒有興趣：「做香囊少少裝一些就夠了，裝這麼多是要做什麼？既不美觀又礙事。」

少年看起來紈褲不羈，心思倒是很縝密。

林非鹿傲嬌地仰著小腦袋：「不告訴你！」

這話剛落，奚行疆嗤笑一聲，一把就把小荷包扯下來了，非常欠揍地說：「不告訴我就不還給妳。」

林非鹿著急地就去搶，他大笑一聲站起身來，手臂舉得高高的，在半空慢悠悠地晃：「說不說？」

小豆丁快被他氣死了，奶凶奶凶地瞪了他半天，突然想到什麼，又噘著嘴特別委屈地抱怨了一句：「你不是說了我們是朋友嗎？朋友怎麼可以欺負朋友？」

奚行疆樂死了：「現在記得我們是朋友了？剛才幫妳皇長姐欺負我的時候怎麼沒聽妳說我們是朋友啊？」

小豆丁搖頭晃腦，小揪揪也跟著晃：「嗨呀剛才不是忘了嗎。」

奚行疆：「……」

受不了，太萌了。他蹲下身來，低著頭幫她把荷包繫回腰間，邊繫邊問：「小豆丁，妳叫什麼名字啊？上次沒告訴我。」

林非鹿說：「騙人，你都知道我是五公主了，怎麼會不知道我的名字？」

奚行疆繫完荷包，拍拍手，半蹲著笑盈盈地望著她：「我沒有向別人打聽過，我想聽妳親口告訴我。」

她哼了一聲，抬著小下巴，過了會兒才不無彆扭地說：「我叫小鹿。」

「小鹿。」奚行疆在口中念了兩回，笑著揉了她的腦袋一把：「真是個可愛的名字。」

他看了天色一眼，把剛才戲弄她的彈弓遞過來，笑吟吟道：「我要走了，這個送給妳，當我們的見面禮。」

真是個直男啊，送的是什麼見面禮。

林非鹿在內心默默吐槽一番，面上很高興地接了過來，奚行疆又說：「我送了見面禮給妳，妳回贈我什麼？」

她歪著腦袋想了想，抿了下唇，撚起那個小荷包說：「這裡面的白梅花我要用來做護手霜，等做好了，送你一盒吧。」

奚行疆奇怪道：「護手霜？那是什麼東西？」

小豆丁不耐煩了，一臉嫌棄：「哎呀到時候你就知道了，快走吧。」

奚行疆笑個不停，朝她揮揮手，終於轉身大步離開。林非鹿握著那彈弓，小手拉開弓弦，瞄著他背影「biu」了一聲。

青煙在旁邊看得膽戰心驚，心裡卻更佩服小公主了。

好像沒有她搞不定的人。

專治紈褲少年。

她看了看那小荷包，也好奇問：「公主，護手霜是什麼？」

林非鹿邊走邊道：「一種絲滑的膏體，抹在手上可以保護手掌，不容易乾裂受傷。」

青煙覺得很神奇：「公主真厲害，什麼都知道，奴婢還是第一次聽說這東西呢。」

林非鹿笑了笑：「偶然在母妃的藏書裡看到的，不是什麼新鮮玩意。」

她以前沉迷過一段時間的手工ＤＩＹ，什麼香皂精油護手霜都自己做過，知道製作方法。在這裡有些材料可能會欠缺，但只是做個簡易版的護手霜，用蜂蠟就可以解決，問題不大。

回到明玥宮時，林瞻遠抱著小兔子站在門口，一看見她就鬧脾氣：「妹妹出去玩不帶我！」

林非鹿笑咪咪安撫他：「妹妹不是去玩，是去辦正事啦。」她把荷包取下來：「香不香？」

林瞻遠瞬間忘了生氣，吸著鼻子聞個不停：「香！」

林非鹿笑著摸摸他懷裡的兔子。

進屋之後，她用筆墨把製作護手霜需要的材料寫了下來，然後交給雲悠，讓她去一趟內務府取材料。都是些不打緊的小東西，應該很容易取到。

又讓青煙去裝了一籃銀碳，送到翠竹居去。

明玥宮現在有了嫻妃庇護，銀碳存量很富裕，拿一些送人倒是沒關係，但青煙想到翠竹居裡住的是誰，就有些遲疑。公主同皇子世子交好是應該的，可為何要去關心一個敵國的質子呢？

跟這樣的人扯上關係，可不是什麼好事。

但林非鹿現在在明玥宮的威信比蕭嵐還重，青煙儘管心有不解，也不敢質疑，裝好銀碳之後，林非鹿又把自己之前用的那個手爐放到碳盒裡，讓青煙一併送去。

青煙頭一次來翠竹居，心裡七上八下的，在緊閉的竹門前站了好一會兒，才鼓起勇氣敲門。

天冬正在幫自家殿下研墨陪他練字，突聽敲門聲，又是一驚。

他不喜歡有人拜訪。

這地方險象環生，危機四伏，沒一個好人。有人來，就意味著不太平。

宋驚瀾筆尖未停，墨色在紙上留下行雲流水的字跡，薄唇勾了個笑，悠悠道：「我們有暖碳了，去開門吧。」

天冬依言跑去開門，門外站了個宮女，把碳盒往地上一放，說了句「五公主讓奴婢送來的銀碳」就轉身跑了。天冬嘖嘖稱奇。

他立刻燒了炭搬進房間，冷冰冰的屋子裡終於暖和起來。宋驚瀾練完一幅字，走過來將乾裂又通紅的雙手伸在爐上烤了烤，天冬難受地說：「殿下，你手上的凍傷更嚴重了，最近先別練劍了吧？」

宋驚瀾不甚在意：「無礙。」

天冬把那個小手爐遞給他：「殿下看，這是那位五公主還回來的手爐，跟咱們那個不一樣。」

宋驚瀾伸手接過來把玩。

那手爐林非鹿用得久，早已沾染她身上的淡香，放在這個時代來看，已經算是女子私物了。她沒什麼時代觀念就算了，宋驚瀾彷彿也不覺得哪裡不對，讓天冬添上碳後，怡然自得地塞進自己袖口裡。

臨近年關，天氣越來越冷，就在林非鹿送來銀碳後沒幾天，今年的第一場雪落了下來。

北方天寒，雪一落，不到來年開春是不會化了。

往年落雪時節是翠竹居最難熬的，燒炭太嗆，不燒又冷。宋國地處南方，就算冬天也沒有這麼冷的，兩人剛來大林朝的時候根本適應不了。

這幾年下來倒是稍微習慣了一些，好在殿下常年習武身體好，除了手上的凍傷外，倒是沒有大礙。今年有了銀碳可以燒，終於可以過上一個暖和的冬天，天冬心裡面對那位五公主的芥蒂少了很多。

同樣是覬覦殿下美色的公主，三公主只會頤指氣使讓殿下幫她做這做那，陪她去這去那，從不會為殿下考慮半分。

但五公主就不一樣了，自認識以來，從未要求殿下為她做過什麼，還時不時地往這裡送溫暖。

這不，雪剛落下，人又來了。

天冬開門看見林非鹿，眼裡頭一次沒了戒備，林非鹿笑咪咪的：「你們殿下呢？」

天冬道：「殿下在屋內讀書。」

又在讀書，真是個勤奮好學的孩子啊。

林非鹿跟著天冬往裡走，推門進去，屋子裡終於不再冰冷潮濕，有了一絲絲溫度。但也不夠暖和，僅僅是有溫度而已。她瞟了一眼，看見那碳爐裡只燃著幾塊銀碳，將將能保暖而已。

他們是在省著用。

宋驚瀾從內間走出來，臉上笑意溫和：「天氣這麼冷，五公主怎麼過來了？」又吩咐天冬：「去給碳爐里加些碳。」

林非鹿趕緊說：「不用不用，我送個東西過來，馬上就走。」

她小跑兩步走到他面前，從袖口裡掏出一個胭脂盒遞給他：「這是我做的護手霜，殿下拿去用吧。」

宋驚瀾看著那小盒子，眉梢稍稍挑了一下，不動聲色接過來打開一看，先是聞到一股清香，像是白梅的香味。盒子裡裝著白色柔軟的膏體，模樣十分精緻。

他溫聲問：「這是公主做的？」

林非鹿歪著腦袋笑咪咪的：「對呀。上次見到殿下手上的凍傷，這護手霜質地柔和濕潤，可以保護手掌，殿下記得時時塗抹。」

宋驚瀾乾裂的手指微不可查地顫了一下。

眼前裹著斗篷的小姑娘彈彈兜帽上的落雪融化的水珠，朝他揮揮手：「那我走啦。」

他垂了下眸，轉而又溫柔笑開：「多謝五公主。」

林非鹿禮物送到，一蹦一跳地跑走了，跑到門口想到什麼，又回過頭來，開心地說：「對了殿下，這是今年的初雪呢。我聽聞初雪日許願，願望就會實現，殿下別忘了許願呀。」

宋驚瀾一愣，笑著點了下頭：「好。」

天冬把人送到院外，看見在外面等她的宮女，目送五公主走遠才鎖上門回來。

屋內宋驚瀾正在研究那盒護手霜。

果然如她所說，質地十分輕軟，抹在手上的傷口上時，乾裂感消減了不少。

天冬嘖嘖稱奇，又問：「殿下，五公主說的是真的嗎？今天許願都會成真嗎？」

宋驚瀾抹完護手霜，把小盒子放進懷裡，「你可以試試。」

天冬趕緊跑到門口雙手合十許了個願，又回頭問他：「殿下，你有什麼願望？趁著雪大，快來許了吧。」

宋驚瀾漫不經心看了落雪的天一眼，聲音很淡：「我的願望，無需靠上天。」

林非鹿離開翠竹居，並沒有立刻回明玥宮。

一夜之間，雪已經積了起來，琉璃紅瓦被掩在銀裝素裹之下，煞是好看。道路兩邊有宮人掃雪，倒是比往日還要熱鬧不少。

快到瑤華宮的時候，林非鹿打發青煙先回去，「我去找皇長姐說說話，外面冷，妳先回宮吧。」

青煙知道小公主和長公主關係好，不再擔心，應了一聲就離開了。林非鹿攬了攬斗篷，小手揣著手爐，步履輕快地走了過去。

守在門口的宮人看見她，對視了一眼，行禮之後林非鹿問道：「皇長姐可在？」

宮人道：「請五公主稍等片刻，奴婢這就去通報。」

林非鹿點了點頭，沒多久宮女就出來了，低著頭道：「五公主，惠妃娘娘在裡面等妳。」

這瑤華宮，還真是個不友善的地方啊。

林非鹿在內心感嘆一番，面上一副乖巧神色，踩著小步子走了進去。

穿過前殿一進院子，就看見惠妃坐在門前的屋簷下，腳邊擺著取暖的碳爐，手裡抱著一個皮手籠，懶洋洋靠在椅子上，面色冷淡地瞅著她。

身邊站著兩個宮女，看這架勢，像三堂會審似的。

林非鹿脆生生對她行禮：「拜見惠妃娘娘。」

惠妃不輕不重地應了一聲，連坐姿都沒變，淡聲問：「妳來找長公主？」

林非鹿垂著頭，斗篷上的兜帽微微搭下來，像將她整個人藏在斗篷裡，顯得又小又瘦，「是。」

惠妃又問：「找長公主做什麼？」

林非鹿回答道：「小五做了一些東西，想送給皇長姐。」

惠妃哼笑一聲，撐著頭說了句：「妳倒是有心。」她居高臨下地睨了她一眼，淡聲道：「長公主在午睡，妳既如此有心，就在這裡等她睡醒，再親手交給她吧。」

雪還下著，且有越下越大的趨勢，說話這麼一下子的時間，林非鹿身上已經落了一層雪。聽到她如此為難，斗篷下的小身影有些微微發抖，但最後只是脆生生回答了一句：「是。」

惠妃勾著唇角看了她一會兒，像是覺得無趣，吩咐宮女：「回屋吧，本宮乏了。」

她一走，整個院子只剩下林非鹿一個人。

四周無聲，只有雪落下的輕響。林非鹿垂頭站著，小手揣在袖口裡捧著手爐，百無聊賴打了個哈欠。

這惠妃不太好對付。

主要是她跟嫻妃的恩怨太深了，自己最先投靠了嫻妃，在她眼裡自己已經是嫻妃那一派的了。她常在宮中亂竄，人又小，往草叢一蹲沒人能發現，由此偷聽了不少牆角八卦。

聽說惠妃與嫻妃之所以如此勢如水火，是因為當年惠妃在東宮時曾懷下首胎，最後卻因為嫻妃的緣故流產。那本是林帝的第一個孩子，說不定還是個兒子。

惠妃本有誕下皇長子的機會，卻因嫻妃毀於一旦，直到後來林帝登基，多年以後她才再有孕生下長公主。

若是個皇子，又是長子，如今坐在貴妃位上的，說不定就是她了。

如此深仇大恨，這一生不死不休。

林非鹿思來想去，覺得攻略惠妃的難度有點大，除非她跟嫻妃交惡。但這兩人都是妃位，各方面相差不大，換與不換都差不多，還是算了吧。

有個長公主就夠了。

不過這惠妃，看起來也是智商不太高的樣子。明知道女兒與自己交好，還如此為難自己，這不是在主動分裂她跟女兒的關係嗎？

林念知雖然敬她愛她，但終歸心裡會有些埋怨的，對自己也會更加憐愛。

如果她是惠妃，她就使勁寵自己，忽視長公主，讓長公主眼睜睜看著母妃的關愛轉移到另一個人身上，還要時常將兩人做比較，踩一捧一，保證不出三日，長公主就會發飆絕交，再無往來。

唉，後宮這些嬪妃，還是太嫩了。

林非鹿在這胡思亂想神遊天際，倒沒覺得難捱。這些古人大門不出二門不邁，走兩步都要喘，身體實在是差，雪地罰站對於她們而言就算是重罰了。

但林非鹿自從來了便沒停過運動，最近還拉著蕭嵐練瑜伽，小公主病弱的底子早就被她增強了，除了有點冷，其他倒也沒什麼。

但在別人眼裡可就不是那麼回事了。

林念知身邊從小貼身伺候的宮女，就是上次送雪狐皮去織錦坊讓林非鹿做衣服的那個，喚作抱柚的，在廊下看著都快變成小雪人的五公主，心裡快急死了。

她知道主子跟五公主關係好，等主子午睡起來看見這光景，指不定多難受生氣呢。

她一直瞅著正屋的動靜，看到惠妃身邊的大宮女輕手輕腳掩門出來，猜測惠妃應該是睡下了，咬了咬牙，最終還是回到林念知的房間，掀開紗簾叫醒了她。

林念知有起床氣，半途被叫醒，睜眼就想發火。抱柚趕緊跪下，壓低聲音道：「公主，五公主半個時辰前來找妳，惠妃娘娘讓她在院子裡候著，已經站了許久了。外面雪大，五公主還站著……」

林念知的瞌睡頓時沒了，翻身坐起來讓她拿衣服來：「妳怎麼不早叫我！」

抱柚低聲道：「惠妃娘娘剛歇下……」

林念知知道母妃為何厭惡小五，但她覺得這事跟小五有什麼關係啊，小五是因為跟林景淵玩得好，才得了嫻妃一份關照。母妃由此遷怒，不是不講理嗎？

那要照這麼看，嫻妃豈不是也要因為小五與自己交好，遷怒小五？

小五左右不是人，真是可憐啊！

她一邊穿衣服一邊吩咐抱柚：「去叫小五進來！說我醒了！」

抱柚趕緊去了。

很快就把林非鹿領了進來。

她在外面已經抖過身上的落雪了，但斗篷毛茸茸的，還沾著碎雪，一進屋溫度變暖，瞬間融成水珠，凝在她身上，一滴一滴往下淌。

林念知看見小五嘴唇都凍紫了，趕緊伸手拉她到爐邊烤火。她袖口裡那個手爐也變得冰涼，林念知又氣又心疼，讓抱柚去把手爐換新碳，又凶林非鹿：「母妃讓妳站著妳就站著，不知道走啊？我睡了妳就下次再來啊，或者讓妳身邊的宮女傳個信，這麼冷的天，也不怕凍傻了！」

林非鹿抿著唇，傻乎乎地朝她笑。

另一個宮女倒了熱茶過來，她捧著杯子咕咚咕咚一口氣全喝了，林念知不停地說：「慢點喝！還有！妳慢點別嗆著！」

喝了好幾杯熱茶，又烤了火，身子才漸漸回暖，林非鹿從懷裡摸出一個淡粉色的小盒子，乖乖地遞給她：「皇長姐，這個給妳。」

林念知好奇地接過來：「什麼東西？胭脂？」她擰開一看，發現是淡白色的膏體，又香又軟，拿到鼻尖嗅了嗅，「好香啊。」

林非鹿說：「這是護手霜，塗抹在手上可以保護雙手。」她垂了下眸，有點不好意思地補了一句：「我自己做的。」

林念知已經挖了一坨拍在手背上塗抹起來，塗完之後，雙手果然滑嫩了不少。

沒有女孩子不喜歡又香又軟的東西。

她看了看護手霜，又看了看小五，心情一時十分複雜，頓了頓才問：「妳只是來送這個給我的？」

小五抿著唇笑：「對呀。」

林念知感動壞了。把她拉過來，替她拍了拍揪揪上凝著的水珠，佯怒道：「下次讓妳的宮女送就是了，哪要妳親自跑一趟。」

林非鹿小聲說：「我還想看看皇長姐嘛。」

林念知臉紅了。

兩人在屋內說了會兒話，林念知擔心母妃醒來又要為難小五，就讓抱柚送她回去了。

果然，惠妃睡醒後第一件事就是詢問林非鹿的情況，宮女如實稟告，惠妃想著女兒平時這個時間才會醒，怎麼今天提前醒來了？

她梳洗好去女兒的房間，見她坐在榻上把玩一個胭脂盒子，詢問道：「那是什麼？」

林念知見她過來，順手把盒子塞進懷裡：「沒什麼。」

惠妃：？？？

女兒跟自己從來沒有祕密的，這是她一手養大的孩子，她們母女一條心，怎麼現在還瞬著眼說瞎話呢！

惠妃生氣道：「是不是那個小賤人送妳的東西？」

林念知不悅地皺了下眉：「母妃，小五好歹也是公主，是父皇的女兒，妳這麼說她，若是被旁人聽到，恐會落人口實。」

惠妃氣笑了：「妳為了那個小賤人責備妳母妃？」

林念知認真地看著她：「我是在關心母妃。小五還是小孩子，她跟宮裡的這些是非恩怨都無關，希望母妃以後不要再為難她了。」

惠妃氣得話都不想跟她說，轉頭走了。

林念知默默嘆了聲氣，覺得自己好難。

自那日落雪之後，京城的天氣就再也沒放晴過。大雪覆蓋了這座王城，年關也越來越近。

每年年底，皇后都會在後宮舉辦終年宴，算是對這一年的總結。蕭嵐往年是沒有受邀的，畢竟宮中妃嬪多，那些不受寵的妃子就跟隱形人一樣，沒人記得。

但今年不同往日，有嫻妃在，蕭嵐也被列入了名單。皇子公主們也要出席終年宴，蕭嵐自然是要帶上林非鹿一起。

這應該算是林非鹿出生後，第一次參加宮內的宴會，也算是她第一次正式亮相，當然不能馬虎。嫻妃送了不少新緞子新首飾到明玥宮，讓蕭嵐好生準備。

各個宮裡都熱熱鬧鬧地為終年宴做準備，只有靜嬪的昭陽宮顯得有些蕭條。

因為鬧過邪祟的事，來昭陽宮的人本來就少，後來林熙又被大皇子責罰禁足，大家不願因為她得罪大皇子與阮貴妃，更是繞道走了。

整個昭陽宮在大雪中透著一股陰冷的氣息。

冬日天黑得早，傍晚時分，黑暗與碎雪一起降了下來。昭陽宮裡燈光忽明忽暗，時而傳出低語的人聲。沒有人發現，幽靜冰冷的房檐上，有個人影抱劍斜立。

直到夜色完全籠罩王宮，那人影才不緊不慢，比漫空飛舞的雪花還要輕，一點聲音也沒有地飄了下去。

翠竹居內，天冬掌了燈去燒熱水，準備服侍殿下洗漱。

影子從院牆飄進來的時候，從他頭頂經過，天冬一點都沒有察覺。直到影子進了屋，在屋內看書的宋驚瀾才意有所感抬頭看來。

一看，臉上露出笑：「紀叔，你回來了。」

抱劍而立的男人面無表情，冷冰冰扔出一句話：「昭陽宮。」

宋驚瀾笑道：「紀叔一回來就幫我聽牆角去了？」

男子高冷的神情溢出一絲彆扭。

紀涼是宋驚瀾舅舅容珩的好友，天下第一劍客。

當年宋驚瀾被選做質子送往大林朝，容家滿門擔憂的都是容家前程福蔭，只有容珩一人擔心外甥的安危。

於是一步一禮，親拜蒼松山，請紀涼出關保護宋驚瀾。

說是好友，其實兩人的交情並不深厚。不過是紀涼年輕時曾遭人暗算，被容珩搭救。劍客重義，欠了容珩一條命，是無論如何也要還的。

自五年前出關下山，便一直暗中跟在宋驚瀾身邊保護他。

雖是大林皇宮，但他的武功造詣早已臻化境，天底下沒幾人是其對手，在王城出入如入無人之境。要不是前幾年宋驚瀾被人加害掉入深井，紀涼不得不現身相救，恐怕連宋驚瀾都不會察覺他的存在。

不過那日之後，宋驚瀾便開始隨他習武。

紀涼沒有收徒的打算，但見他天賦驚人，平時願意在夜裡現身指點一二。現身的次數多了，宋驚瀾對他的稱呼就從一開始的「紀大俠」變成了「紀先生」，後來又變成了「紀叔」，紀涼也不覺得哪裡不對。

他一生習武，猶如劍癡，無妻無子，宋驚瀾這麼喊他，他心裡其實還挺高興的。

所以後來宋驚瀾若無其事拜託他在這宮中四處偷聽牆角，作為天下譽贊一代劍客的紀涼，好像也不覺得哪裡不對？

甚至還養成了習慣？

前月是師父的祭日，他回蒼松山拜祭，離開兩月至今才回來，一回來就自覺去昭陽宮聽牆角了。

習慣真是可怕的東西！

天冬把熱水燒上，進屋看到牆旁有個人影還嚇了一跳，待反應過來，頓時驚喜道：「紀先生，你回來啦？」

殿下剛來大林朝那兩年，幾次危在旦夕都化險為夷，後來才知道是這位紀先生暗中相助。有紀先生在，他才覺得安心，紀先生不在這兩月，天知道他有多麼的提心吊膽。

紀涼略一點頭，臉上神情冷冷的，襯著懷裡那把寒劍，格外不近人情。

但天冬知道紀先生就是外冷心熱，也不在意，傻乎乎笑了會兒，又跑出去煮熱茶給紀先生。回來的時候正聽到自己殿下問：「紀叔聽到昭陽宮何事？」

因為三公主林熙總是找宋驚瀾的麻煩，昭陽宮在紀涼眼裡是重點觀察對象。

天冬立刻豎起耳朵，神情嚴肅，卻聽紀涼道：「與你無關。」

林熙有一段時間沒來找殿下麻煩了，既然與殿下無關，那也就不關他們的事了。

宋驚瀾卻凝了下眉，不知想到什麼，問紀涼：「是明玥宮？」

紀涼有點驚訝，但他驚訝的神情很淡，不是熟悉他的人，完全看不出他的表情有變化，

「是。」

天冬訝然道：「五公主？她們要對付五公主？」

紀涼看了他一眼：「五公主？」

天冬熱情道：「紀先生你不知道，你走的這兩月，又有位公主看上我家殿下！」

紀涼：？

宋驚瀾：？

天冬猶然不知，繼續熱情解釋：「這位五公主跟三公主不一樣，人是極好的，你看這屋內燒的銀碳就是她送來的。她還送了點心和護手霜給我們殿下，對了紀先生，你不知道護手霜是什麼吧，就是……」

宋驚瀾不得不出聲打斷他：「天冬。」

天冬這才閉嘴。

宋驚瀾轉頭看著紀涼溫聲問：「紀叔，她們打算做什麼？」

紀涼臉上沒什麼表情，一五一十把聽來的話轉述了一遍。

宋驚瀾神情還是淺淺的，天冬卻是在旁邊聽得目瞪口呆，等紀涼說完，忍不住罵道：「這也太惡毒了吧！」

宋驚瀾若有所思，紀涼看了他一會兒，問：「你要幫她？」

宋驚瀾沒說話，只很淺的笑了下，紀涼搖頭：「這不像你。」

宋驚瀾俯身拿起火鉗，夾了夾爐裡的銀碳，讓它燃得更旺一些。弄完了，他伸手在碳爐上空烤了烤。手上乾裂的口子已經癒合了不少，被火爐烤著時，融散出淡淡的白梅清香。

他抬頭笑問：「紀叔，暖和嗎？」

紀涼點點頭。

宋驚瀾看了忽明忽暗的火星一眼，笑了笑：「我也覺得很暖和。」

林非鹿是在睡夢中驚醒的。

有人砸她的窗戶。

「砰、砰、砰」，像是石子打在窗欞上。她起先以為在做夢，睜眼時還愣了一會兒。滿室黑暗，伸手不見五指，唯有石子砸窗的聲音愈發清晰，不緊不慢地響在窗邊。

她蹭的一下翻身坐起，本來下意識想喊人，但不知為何，話到嘴邊又頓住了。

她下床穿鞋，摸黑去開窗。走到窗邊時，聲音驟然停了，等她拉開栓子推開窗戶時，一顆石頭從她耳邊呼地一聲飛進來，落在屋內，落地時彈了幾下。

窗外一輪冷月，枯枝像剪影投在夜空，細細的碎雪隨著風飄進來，冷得她哆嗦。

她什麼也沒看見，那聲音也沒再響起，她回頭，借著一縷清月，看見落在地上的石頭。

林非鹿悄悄關上窗，走過去把石頭撿了起來。石頭上包著一層白布，她把白布取下來，沒掌燈，而是走到燃著銀碳的爐邊，借著火光看清上面的字。

光線太暗，不太好看，那字跡也歪歪扭扭的，她費了好大功夫才看完。

夜裡寂靜無聲，只有碳爐時而濺起一抹火星，碎在窗外若有若無的風中。林非鹿看完一遍，緩緩將白布捏在掌心，撿起那塊石頭走到窗邊開窗去看。

外面依舊什麼也沒有。

她壓著氣音問：「喂，能聽見嗎？」

回答她的只有風雪。

她看著夜裡的迷霧，也不管有沒有人聽見，輕聲說：「謝謝。」

林非鹿將石頭扔出去，然後關上窗，走到火爐邊將那張寫滿字跡的白布扔了進去。火光舔舐而上，白布很快燃燒起來，在半空中竄起一抹火苗，映進她清幽的瞳孔。

翌日天亮，林非鹿還睡著，聽見打掃庭院的雲悠在外面驚訝道：「窗外哪來的這麼多小石頭？」

青煙說：「別是老鼠吧？欸妳別用手，當心髒，快，快掃了這醃臢東西。」

林非鹿在被窩裡翻了個身。

下午時分，織錦坊送了不少新冬衣過來，都是之前林念知讓他們改的衣服。既然一開始是做給長公主的衣服，錦緞花色樣式當然都是最好的，現在改小給了五公主，依舊樣樣不落俗。

林念知送她的那張雪狐皮也做成斗篷一併送來了。斗篷用了大紅色的料子，擺上繡了幾枝梅花，雪狐的毛又白又軟，沒有一絲雜質，做成了領子和帽檐，保暖又好看。

蕭嵐一見就喜歡得不行，連忙讓林非鹿試穿。她皮膚白，穿紅色尤為好看，穿著紅斗篷走在雪地裡時，漫天雪景都成了陪襯。

雲悠忍不住道：「小公主生得真是好看，終年宴便穿這件斗篷吧？」

蕭嵐起先還笑著，聽到這話笑容淡下來，輕聲說：「不宜出風頭。」

雲悠一驚，這才道：「娘娘說的是。」

蕭嵐幫自己和林非鹿準備的終年宴服飾都很簡潔清雅，一律以青藍白為主，既不失雅致，也絕不搶眼。嫻妃賞的那些首飾珠寶她沒怎麼用，還被林非鹿要走了一半。

蕭嵐沒問她要這些做什麼，女兒現在儼然已經是她的主心骨。

終年宴是後宮妃嬪的宴會，皇后禮佛，一年也就辦這麼一次宴會，自然是要辦得盛大隆重。不僅有妃嬪獻藝，還安排了煙火秀。這年頭煙花可不常見，不提形狀顏色，能衝上天已經很厲害了。

林念知就愛這些，說起來眉飛色舞的，林非鹿十分捧場：「好厲害哦！好想看哦！」

林念知驕傲得像煙花是她製作的一樣：「等酒宴結束，所有人都會去天星苑賞煙花，到時候妳就跟著我，我們站最好的位置！」

林非鹿連連點頭。

很快就是終年宴，這一年的最後一天。

受邀的各宮妃嬪按時赴約。林非鹿牽著蕭嵐一步一步走進宴殿，臉上有屬於這個年紀小女孩的好奇和喜悅。

各宮的位子是按照位分來排的，蕭嵐算是所有受邀嬪妃中最低的一個，畢竟在她之後只有一個淑女了。林帝近兩年操心國事，沒有再選美人，所以也沒有承寵的新人。以前但凡受點寵的，都早已晉升了，再不濟也是個才人。

所以蕭嵐的宴桌在靠近門口的位置，宴殿又大，分左右兩排，最上面是皇帝和皇后，林非鹿算是視力好的了，往桌子那一坐，抬眼都看不到人。

連妃位的都看不見，更別說再往上了。

她還想近距離觀摩觀摩兩位貴妃的風姿以及非常厲害的皇帝呢，結果什麼也看不到。

抬眼望去，烏泱泱的全是插滿首飾花兒的腦袋。

百花爭豔也不過如此了。

皇帝怎麼能有這麼多女人呢？這還只是受寵的，睡得過來嗎？

三聲鐘響，終年宴正式開始，別說人看不到，就是皇后皇帝在前面說了些什麼，林非鹿都沒聽清。門口風大，呼呼的吹，皇帝皇后畢竟還是注重儀態的，不可能扯著嗓子吼。

蕭嵐第一次參加這種規模的國宴，倒是不顯得緊張，別人起身她便起身，別人敬酒她便敬酒，最後禮畢落座，就低頭不語安靜吃飯，夾菜給林非鹿。

旁邊的妃嬪都知道她不受寵，是靠著嫻妃才有資格上殿，沒有主動來攀談。只不過對她身邊的五公主有些好奇，多有打量。

母女倆都作素淨打扮，卻絲毫掩不住天生麗質。特別是這位五公主，不過五歲大的年紀，卻生得這般精緻可愛，若是叫陛下見到了，肯定喜歡。

不。

心中酸酸的妃嬪們轉瞬否定，見到她陛下就會想起那個傻子，那可是陛下心中的一根刺，不然以蕭嵐的美貌，何至於此。

思及此，妃嬪們豔羨的目光無趣地收回去了。

舞女很快上殿獻藝，席間觥籌加錯，言笑晏晏。

皇子公主們都坐在自己母妃身邊，林景淵那裡林非鹿是看不到了，將將能看見嬪位的靜嬪和林熙。她看過去的時候，恰好林熙也在看她，隔著滿室悅聲色影，其實並不能看清她的表情。

但林非鹿依舊感覺到她視線裡的惡毒。

她歪著腦袋笑了下，端起茶杯，遙遙朝林熙一敬。

舞女表演完，又有妃嬪上去獻藝，彈琴跳舞的都有，林非鹿感覺自己看了一場元旦跨年晚會，可惜只有美女，沒有帥哥。

她突然有點想念自己曾經追過的崽了。

酒宴結束時，天也大黑了，正是賞煙火的時間。國事繁忙，林帝提前離席，舉著酒杯說了幾句話便離開，林非鹿覺得怪像長官致辭的。

他一走，之前還談笑風生的酒宴突地安靜了不少，畢竟皇帝都走了，表現給誰看呢？皇后見狀，起身吩咐道：「走吧，隨本宮去賞煙花。雪景賞煙火，不失為一樁美談。」

賞煙火的天星苑距離宴殿還有一段距離，不過走過去的這一段路早就被宮人們掛上了花燈，不僅亮堂還好看，也算是一道夜景了。

坐在首位的林景淵早就迫不及待，皇后一離席，他一路橫衝直撞跑到末席來了。蕭嵐正在替林非鹿繫斗篷，林景淵喊：「小鹿，我們一起去看煙火！」

林非鹿歪著腦袋軟聲道：「好呀，和皇長姐一起。」

林景淵怪不情願的：「誰要跟她一起啊……」但見林非鹿笑咪咪的樣子，也就反駁不了了，無奈妥協：「好吧好吧，那就一起吧！妳吃飽了嗎？我還揣了兩塊糕點，一會兒邊看邊吃！」

林非鹿乖乖點頭。

正值此時，殿外突然跑進一個眼生的宮女，她容色有些著急，四處張望一番，看到蕭嵐時臉上一喜，疾步朝她走來，走近便道：「見過嵐貴人，嵐貴人可還認識奴婢？」

蕭嵐跟林非鹿對視了一眼。

而後轉過頭溫聲道：「我竟不識，不知妳是？」

宮女喜道：「貴人不識也正常，奴婢本是蕭家本家的丫鬟，被蕭夫人賜給了謝家姑母。後來謝小姐入宮，被封了淑女，奴婢便也隨謝淑女進宮來了，一直在她身邊伺候著。」

林非鹿快被這關係繞暈了。

蕭嵐一喜，道：「妳是母親身邊的丫鬟？我也聽說過敏兒進宮的事，只是這些年身體一直抱恙，不曾去拜訪過。」

那宮女笑道：「是的，淑女也總惦記著貴人，說起兩人小時姐妹情深。」說罷臉上又是一憂，「只是淑女入宮便未得臨幸，也無臉來見貴人，還請貴人見諒。」

蕭嵐溫柔道：「怎會？都是一家姐妹。妳找我可是敏兒有事？」

宮女這才說明來意，一臉喜色：「貴人不知，是淑女的母親進宮來了，還替蕭夫人帶了話和信件，蕭夫人托夫人務必親手轉交給貴人，奴婢可不來請了。」

蕭嵐一怔，臉上竟有幾分動容：「妳……妳是說，母親托姑母來看我了？」

宮女道：「是啊！貴人快隨奴婢去吧！」

自蕭嵐誕下癡傻兒導致失寵，蕭家便與她斷了往來，她與父母多年未見，連書信往來都沒有。此時聽說蕭母帶了話，豈不震動。

想來大概是聽說她近來與嫻妃交好，有復寵的可能，才有此一舉。可儘管如此，蕭嵐還是很激動，轉頭對林非鹿道：「鹿兒，妳先隨四皇子去看煙火，我去見見姑母。」

林非鹿一臉乖巧：「好。」

兩人相視一笑，蕭嵐便隨那宮女離開了。

林景淵在旁邊早等得不耐煩，拉著她的手腕往外跑。

妃嬪們按照位分井然有序地離開，邊走邊賞花燈夜景，時而笑語連連。林非鹿追上隊伍，笑咪咪跟林景淵說：「景淵哥哥，我們來玩踩影子遊戲吧！誰先踩到對方的影子，誰就贏啦！可以找對方要一個禮物！」

林景淵皮猴似的：「好啊！」

說罷就來追她。

兩個小孩玩得不亦樂乎，前方有宮女端著茶酒走過，見到妃嬪過來，都規矩地立在一邊行禮等她們經過。林非鹿從其中一個宮女身邊跑了過去，林景淵也跟著追，不知怎的撞到宮女，那宮女身子一歪，端著的茶酒盡數灑在從旁走過的靜嬪身上。

宮女慌張下跪：「娘娘恕罪！娘娘恕罪！」

靜嬪新作的衣服全被打濕了，憋著一肚子火，但撞人的是四皇子，嫻妃在前面看著，又是大好的日子，皇后向來寬容，她不敢過分苛責宮女，只能忍了。

皇后溫聲寬慰：「不礙事，煙火還有會兒時間，靜嬪先去換身衣裳，謹防濕衣傷身。」

靜嬪行了下禮：「是。」

身邊的宮女便領著她去換衣服。

臨走時，她有些奇怪地朝前方遠處的竹林看了幾眼，像是有些急切，又有些期待，但濕了的衣服穿在身上實在不舒服，只能快步跟著宮女離開。

林非鹿看著她離去的背影，垂眸笑了下。

從此地到天星苑，一路幽道蜿蜒，以這些妃嬪小巧的步子，要走半個小時。林景淵方才撞了人，嫻妃便不准他再亂跑，把他拘在身邊，倒是林念知偷偷從前面溜出來，跑到後邊跟林非鹿走在一起。

大家一路說說笑笑賞花燈，快到天星苑時，旁邊不遠處的花林裡突然傳出一聲叫聲。這叫聲轉瞬即逝，而後便只剩下簌簌作響的小動靜，行走的隊伍一停，皇后在前面皺眉問：「方才是何聲響？」

大家搖頭，紛紛朝花林那邊打量。

花林多樹枝，影影幢幢的，皇后吩咐身邊的宮人：「去看一看。」

兩名宮人便提著燈籠往那邊走。

走近了，燈光照過去，當即一愣，驚得燈籠落在了地上，又趕緊撿起來，手忙腳亂地爬了回來。

大家見狀驚奇，皇后皺眉道：「看見何物？」

那宮人顫抖著說：「回……回皇后娘娘的話，好像是……是一男一女……」

他話沒說完，在場的人都變了臉色。

一男一女，深夜花叢，還能是在幹什麼？

皇后臉色一沉，厲聲道：「是何人膽敢在此汙了宮闈！給本宮拿下！」

旁邊幾個太監衝了上去，很快將花林裡的一男一女押了上來。大家定神一看，眼珠子驚得差點落下。

那女的，居然是靜嬪！

此時的靜嬪已經換了一身衣服，但外衣凌亂，髮髻也散著，臉色潮紅，眼裡淚光連連，像剛跟人雲雨一番，叫人不忍下眼。

而那男子則做侍衛打扮，外衣盡褪，低著頭沉默不語。

皇后差點氣暈過去，捂著胸口半天沒說出話來。

在場所有人都驚呆了，只有靜嬪撲通一聲跪在地上，哭著喊：「皇后娘娘救命！嬪妾方才途徑此處，被賊人擄進花林，差點……差點……」她連連磕頭，「求皇后娘娘給嬪妾做主啊！」

皇后順了半天氣，才終於說出一句完整的話：「為何就妳一人？妳身邊伺候的宮女呢？」

靜嬪哭道：「被這賊人打暈了。」

聽聞此話，旁邊一直低著頭的侍衛突然抬頭看了她一眼。他一抬頭，在場眾人才看清他的臉，並不像想像中兇神惡煞，反而帶著一絲俊朗，侍衛臉上神情十分複雜，只一眼，又低下頭去。

若真是賊人，能是這個表現？

在場的人心中頓時起了疑，靜嬪哭著磕頭：「求皇后娘娘做主啊！」

皇后沉默著不說話，畢竟這場面衝擊力實在太大了。靜嬪心中知道，就算今日她們信了自己的話，從此自己在這後宮也再無立足之地了，林帝更不可能再寵幸她。

這一招太毒，本是……本是她為蕭嵐安排的！

她猛地偏頭看向旁邊的侍衛，眼神怨毒無比，「是你！你這畜生下賤胚子故意陷害我！」

此時此刻，她已然明白，自己設下的這個計，被對方將計就計了。

本來應該在竹林裡等著的侍衛出現在了花林，故意被她派人引去的蕭嵐不見蹤影，反而是她，親自上演了自己安排的這場戲。

怎麼會？怎麼可能？

是誰，是誰破了她的計？

靜嬪方寸大亂，一邊嚎哭咒罵一邊對著身邊的侍衛拳打腳踢，而他只是沉默著，低著頭一言不發。

突然，靜嬪餘光看見人群中，有個小小的身影端端立在那。

花燈掩映之下，小女孩神情乖巧可愛，像是察覺自己的目光，她抬眸看來。極輕地笑了一下。

第八章　奪寵

分明是乖巧又漂亮的笑容，靜嬪卻被這笑嚇出了一身冷汗，狡辯的字眼卡在喉間。

怎麼會，怎麼可能？

這不過是個乳臭未乾的小丫頭而已，怎麼可能破了她的計後又反將一軍？若真是如此，這哪是什麼小孩？分明是惡鬼才對！

是了，一切都是從那一日林熙推她下水開始。

她當然知道女兒推人下水差點淹死對方，也知道那丫頭發燒昏迷不醒。等這丫頭再醒來，緊接就是林熙撞鬼，她宮裡鬧邪祟。失寵、禁足，以致如今的陷害，接踵而來，不就像惡鬼復仇索命？

靜嬪失魂落魄，連林熙撲上來哭著喊她都沒反應。趁著她發愣的空檔，宮人在花林旁找到了那名被打暈的宮女。

這宮女是一直在昭陽宮服侍靜嬪的，被人喚醒之後還愣了一會兒，待看見眼前場景，臉色一白，立刻跪下了。

皇后厲聲問道：「本宮且問妳，方才發生了什麼，妳又是如何暈倒的？從實招來！」

宮女根本不知道發生了什麼事，哆哆嗦嗦把剛才的經過複述一遍：「奴婢……奴婢方才陪著靜嬪娘娘趕往天星苑，途徑此處時，突然聽見花林中，有……有人喚娘娘。娘娘讓奴婢等在原地，奴婢便一直站著，不知為何突然就被人打暈了。」

阮貴妃插嘴問：「這麼說，靜嬪是自己走過去的？妳可看見是誰喊她？」

這宮女一直安分守己，哪見過這陣仗，絲毫不敢撒謊，哭著道：「奴婢沒看見，只聽見是個男子的聲音……」

這可跟靜嬪剛才所說不一樣啊。

這哪是被擄，分明是自己走過去的。

皇后的臉色已經很難看了，她管制的後宮竟然發生這樣淫穢之事，還被人當場撞見，實在有失天家顏面。

靜嬪此刻終於從林非鹿那個恐怖的笑容裡回過神來，聽到宮女原話轉述，瘋了一樣尖叫著打她：「賤婢！胡說！妳誣陷我！妳們都誣陷我！」

她是看見本該在竹林的侍衛卻出現在花林，一時大驚失色，才走過去質問他為何擅自離開。卻不料侍衛驟然出手打暈宮女，還將她擄到林中捂住口鼻。

可這話要怎麼跟皇后說？說她設計陷害蕭嵐卻反被陷害嗎？

宮女哭到不行，連連磕頭，現場一時十分混亂。

皇后叫宮人上去將靜嬪制住，聲音還維持著鎮定，又厲聲責問一直在旁邊不吭聲的侍衛：「你是在哪處當值的侍衛？跟靜嬪是何關係？」

所有人的目光投過去，侍衛面色有點白，卻比靜嬪理智多了，只見他雙拳緊握，緊緊咬著牙，過了好半天才下定決心似的，朝皇后一磕頭：「屬下不認識靜嬪娘娘，方才一時鬼迷心竅才擄了娘娘，屬下願以死謝罪！」

說罷，他轉頭深深看了還在哭鬧的靜嬪一眼，竟是不等眾人反應，突地拔出自己腰間佩刀，自刎了。

動作太快，沒人反應過來去攔，在陣陣尖叫聲中，鮮血飛濺而出，侍衛轟然倒地，他的眼睛還固執著睜著，朝著人群中看來。

最後不知落在何處，竟笑了一下，而後再無氣息。

目睹一切的嬪妃們嚇得花容失色，甚至有當場嚇暈過去的。皇后沒料到事情竟會是這個走向，現場混亂不堪，好在巡邏的禁衛及時趕到，各宮宮人趕緊帶著自家主子離開，只留下禁衛處理現場。

林非鹿走在最後面，混亂人群中，她一動也不動看著靜嬪被押走，又看向那具被抬走的屍體，最後還是林廷經過她身邊時拉了她一把，用溫熱的手指捂住她的眼睛，低聲說：「別看了，走吧。」

林非鹿有些呆呆的，林廷沒看見她身邊的宮女，吩咐身邊的宮人送她回明玥宮。半路遇到來接她的青煙，青煙跟雲曦宮的宮人道過謝，才牽過林非鹿的手往回走。

心有餘悸道：「公主，奴婢聽說出了人命，嚇死奴婢了。」

林非鹿找回自己的聲音：「母妃呢？」

青煙道：「娘娘今日晚宴飲了酒有些頭疼，早些時間就回宮了，聽說出了事，趕緊讓奴婢來接妳。公主沒瞧見什麼不乾淨的東西吧？」

現在消息還沒傳開，林非鹿默默搖了搖頭。

回到明玥宮時，蕭嵐一臉擔憂地等在門口。看見她回來，趕緊走過去一把抱起她，安撫似的拍了拍她的後背，走進了屋。

林非鹿埋在她頸窩，進了屋好半天才說話：「母妃，他死了。」

蕭嵐身子有些抖，抱著她不說話。

她又說：「他死前看著我，是在提醒，我和他的約定。」

蕭嵐不知是怕還是難受，眼淚流了出來，牙齒卻咬得緊緊的：「不怪鹿兒，不是我們的錯。我們只是為了自保，是她要害我們，今日不是她，死的就是我們！」

林非鹿摟著她的脖子，很累很累地嘆了聲氣，最後才小聲說：「母妃，我第一次看見死人，有點怕。」

蕭嵐緊緊抱著她：「鹿兒不怕，有娘在。」

她點點頭，等兩人都鎮靜一些，才又問道：「母妃，那個宮女可有發現妳的異樣？」

蕭嵐搖搖頭：「沒有，我藉口頭疼擺脫了她。不過明日靜嬪的事情傳開，她應該會有所察覺。」

林非鹿笑了下：「那又如何？難道她還敢說出事實嗎？恐怕再也不敢登我們明玥宮的門了。」

哪有什麼蕭夫人蕭姑母，不過只是騙蕭嵐出去的藉口。知道蕭嵐這些年思母心切，便用這理由將她騙去賞煙火途徑的竹林。

靜嬪安排了侍衛藏在裡面，時機一到，便將蕭嵐拖入竹林。

如果不是有人扔石子將此事告知林非鹿，今晚被眾妃嬪當場捉姦的就是蕭嵐了。

靜嬪這一手，根本沒有留活路給她們。

她不留活路給她們，也就不要怪她心狠手辣，以牙還牙。

林非鹿找到那侍衛的時候，他一開始並不承認。直到這個只有五歲的小女孩鎮定自若地說出計畫的細枝末節，他才漸漸慌了。

他進宮當值是為了他從小相依為命的兩個妹妹，其中一個妹妹已經死了，如今只剩下一個，在靜嬪宮裡當差。為了保護妹妹，他只能任由靜嬪差遣。

林非鹿還記得自己問他：「你妹妹無辜，我母妃就不無辜嗎？用這樣惡毒的法子，害我母妃、害我哥哥、害我，甚至會連累我蕭家整個家族，你不為此愧疚嗎？」

侍衛不說話，只是不停地朝她磕頭。

她並沒有惱怒，而是扶起他淡聲道：「何況靜嬪那樣狠毒的人，你真的相信她今後會好好待你妹妹嗎？你陷害我母妃，自己也難逃一死，你一死，這世上便只剩你妹妹一人。靜嬪並不確認你是否有將這個計畫告訴你妹妹，你覺得待你死後，她又會如何對你妹妹？」

侍衛聽得冷汗涔涔，他關心則亂，被林非鹿一言點醒，才知自己走的是絕路。

可已然無法回頭了，他不做，靜嬪依然會找其他人做這件事。而已經得知這個計畫的他，甚至他妹妹，以靜嬪的手段，絕不可能放過他們。

所以他答應了林非鹿的反間計。

因為林非鹿告訴他：「靜嬪讓你害人，是她心術不正想害人。而我讓你害她，是為了保護我的家人。我從無害人之心，不過和你一樣，希望自己愛的人平安罷了。你死後，靜嬪不死也會進冷宮，昭陽宮作鳥獸散，我會把你妹妹要到明玥宮來。有我在一日，便護她一日。」

那小女孩才到自己膝蓋，但身影挺得筆直，眼神如炬，一字一句都令人信服。

侍衛做了選擇。

他選擇相信這個傳言乖巧善良的五公主，而不是那個手段狠毒的靜嬪。

林非鹿早料他有一死，但她沒有想到他會當眾自殺。他死前說的那句話，看起來是在為靜嬪開脫，實則是澈底將靜嬪踩在恥辱柱上，用自己的死，讓她永世翻不了身。

靜嬪將這場陷害設計得太好，除了策反侍衛，林非鹿什麼也不用做。就連那個撒了茶酒的宮女，她也僅僅是故意將林景淵引過去撞了她而已。

就算那時沒有端著茶酒的宮女經過，她也有別的法子讓靜嬪回去換衣服。

看起來，似乎連老天都在幫她。如今侍衛一死，她便完全置身事外了，除了那個扔石子幫她的人，再無第二人知道她參與其中。

她不僅破解了這個死局，還反殺了Boss，但心中並不高興。

我不殺伯仁，伯仁卻因我而死，道理她都懂，可畢竟是和平年代長大的，真的看見死人，心中還是難過。

好好一場終年宴最後竟然鬧成這樣，皇后一度暈厥過去，宮中目睹此事的妃嬪幾乎全部病倒，林非鹿也萎了好幾天沒出門。

林帝聽聞此事震怒不已，都沒審問被關押的靜嬪，直接一杯毒酒賜死了。

侍衛的死坐實了他二人的關係，林帝甚至懷疑三公主林熙是不是自己的血脈。眼不見為淨，一道旨意發落到皇陵為先祖守陵，恐怕終生都回不了宮了。

靜嬪家族也因此受到牽連，貶的貶辭的辭，自此沒落。

這件事畢竟算是皇家醜聞，林帝和皇后封鎖了消息，只說是靜嬪擾亂宮紀欺君罔上，當夜在現場的人閉口不言，總算沒有傳得人盡皆知。

靜嬪一死，昭陽宮自然也就沒了。林帝嫌那宮殿不吉利，直接一道旨意封了，在宮裡伺候的宮人們將由內務府重新分配。林非鹿尋了個機會，去給嫻妃請安的時候，把侍衛的妹妹松雨要了過來。

宮中公主都有貼身婢女，只有林非鹿是蕭嵐身邊的兩個丫鬟照料，嫻妃也沒起疑，讓內務府把人送了過去。

松雨跟侍衛的關係宮中無人知曉，她自然沒有因此受到牽連。

她的年齡不過十五六歲，一雙眼睛因為長時間哭過顯得紅腫。林非鹿知道她為什麼哭，但她什麼也沒問，開開心心地把她拉進來，天真可愛地說：「以後妳就是我的宮女啦！我們要好好相處呀！」

松雨在昭陽宮伺候久了，早已習慣林熙的蠻狠，還是頭一次遇到這麼乖巧的公主。

她小聲地應了一聲，林非鹿高高興興帶著她去看兔子。

來到明玥宮的第三日晚上，松雨偷偷走到碳爐邊，趁著無人，將貼身藏在懷中的一封書信扔進了爐子裡。

火苗竄起來，很快將信紙燒成了灰。

耳邊響起哥哥生前交代的話。

──「我死後，若明玥宮五公主棄妳不顧，便設法將此信交給皇后。若五公主將妳要到身邊好生對待，便燒毀此信，切記不要讓任何人得知，包括五公主，並衷心服侍她。」

松雨並不識字，她不知道信裡寫了什麼。

她只是聽哥哥的話，流著眼淚，燒掉了它。

一年的最後一天發生如此晦氣之事，皇后思來想去，覺得實在不吉利，於是開年的第一天請了高僧來宮中作法祈福。

林非鹿發現大林朝跟歷史上的南北朝很像，十分信奉佛教，當年大詩人杜牧就寫詩說，「南朝四百八十寺，多少樓臺煙雨中」。

雖然這個四百八有誇張成分，但也可想像當時盛況。大林朝如今不遑多讓，還設了專門的國寺，叫做護國寺，來宮中作法祈福的就是護國寺的高僧。

後宮一時之間連空氣裡都充斥著檀香味，林非鹿以前不信這些，如今也多少心存敬畏，老老實實跟蕭嵐一起念經祈福。

靜嬪的事雖然被封鎖了消息，但當夜目睹現場的人不少，私底下常有議論。特別是跟靜嬪交好的那些妃嬪們，對此事還是心存疑慮，覺得靜嬪有可能是被陷害了。

可把宮中妃嬪想了個遍，都猜不出這事是誰做的。手段果斷狠絕，絲毫不給對方還手之力，說起來，倒是像靜嬪自己的風格……

絲毫沒有人懷疑到明玥宮頭上。

是啊，一個失寵多年的軟弱貴人，帶著兩個拖油瓶，簡直集齊了弱病殘，直接被無視掉了。

蕭嵐唯一擔心的就是那個扔石子將此事告知她們的人，心裡惦記著這件事，禮佛的時候走神了，直到香灰落下來砸在她手背上，香灰燙手，燙得她一個激靈，才趕緊念了兩聲「阿彌陀佛」，把香插進香爐。

林非鹿在旁邊瞅著，拉過她的手輕輕吹了吹，安慰她：「母妃，不會有事的，都過去了。」

蕭嵐皺著眉輕聲道：「我心裡總是不放心。宮裡還有誰會幫我們呢？對方是好意還是惡意？為什麼要這麼做？」

林非鹿倒是不在意：「無論是誰，無論他是好意還是惡意，如今事情已結，逝者已逝，就算他別有所圖，也沒證據拿我們怎麼樣，母妃寬心便是。」

其實她大概能猜到是誰，也知道對方沒有惡意。

她在這宮中有好感度的人就那麼幾個，能半夜翻牆進來的必然身懷武功。她還記得宋驚瀾掌心的繭，比從小在將軍府習武的奚行疆還要厚。

他這些年能在宮中活下來，當然會有不為他人所知的保命技能。

只是沒想到他會冒著風險來幫她，這可跟上次在太學殿前不一樣。

就因為她送的那幾塊銀碳嗎？

唉，真是一個知恩圖報做好事不留名的美少年啊。

對方既然不願意現身，她當然不會去逼問，就當做不知道是誰好了。

做好事不留名的美少年並沒有資格參加終年宴，當然也就沒有目睹當夜那一切。隨後宮中雖然封鎖了消息，但有紀涼這個愛聽牆角的第一劍客在，宋驚瀾還是知道了事情的詳細經過。

天冬聽完驚呆了，「這是反噬嗎？」驚完之後又看向自家殿下，遲疑著問：「是殿下出手相助的嗎？」

宋驚瀾懶懶地靠著椅背翻書：「我只是把靜嬪的計畫告訴她而已。」

他原本以為，那位五公主能避開這場禍事就好。她畢竟年齡小，能對付林熙，但對付不了靜嬪，先避開這一次的陷害，今後再想辦法補回來。

但怎麼也沒想到，這位五公主藝高人膽大，居然借此機會將計就計，直接將對方滅了。

看來他還是小看那個小丫頭了。

天冬根本不知道殿下口中的「她」說的是五公主，他天真又感嘆地說：「沒想到嵐貴人如此厲害，這大林後宮的妃嬪們，果然沒一個好惹的。」

宋驚瀾笑了下，並沒有拆穿，換了個舒服點的姿勢，手指翻過書的下一頁。

林非鹿因為侍衛的死萎靡了好幾天，每天除了禮佛祈福，就是在房間裡讀書練字，連門都不大願意出。

這日正在房間裡教松雨寫她的名字，半掩的窗戶突然被石頭砸響。

砰砰砰幾聲，像急雨似的，松雨性格安靜內向，被這動靜嚇得不輕，卻還記得護主，鼓起勇氣立刻想過去查看。林非鹿聽這聲響先是想到宋驚瀾，又轉瞬否定。

這青天白日的，不像是小漂亮能做出來的事。

她把松雨叫回來，自己走過去打開窗。這時沒再下雪，太陽難得從雲層裡探出頭來，薄薄灑下幾圈光暈。房檐樹枝積雪未化，白茫茫一片，院牆之外一身黑衣坐在樹上的奚行疆格外顯眼。

他手裡拿了一個彈弓，正瞄著她的窗戶，見她開窗探身，才笑吟吟收了弓，朝她吹了聲口哨。

林非鹿氣呼呼罵：「登徒子！」

奚行疆也不惱，兩隻腳悠閒地晃來晃去，笑咪咪問：「小豆丁，我的禮物呢？」

這段時間發生這麼多事，她倒是把這件事給忘了。奚行疆見她有點心虛地垂下小腦袋，頓時大叫道：「哇，妳不會忘了吧？妳這個小騙子。」

說完，腳掌朝樹幹一蹬，整個人便臨風而下，從樹上飛下來輕飄飄落到她窗前。

他上半身扒著窗櫺，抬手就去扯她頭上的揪揪。

林非鹿捂著頭連連後退，凶他：「誰忘了！」

奚行疆毫不客氣地伸手：「那妳給我！」

林非鹿瞪了她一眼，轉頭吩咐旁邊被這一幕驚嚇到的松雨：「去把我妝奩裡的護手霜拿來。」

松雨很快取了過來，奚行疆聽她提過護手霜便一直有些好奇，等拿到手上擰開一看，又香又軟的，頓時一臉嫌棄：「這是什麼玩意？」

林非鹿說：「護手霜！塗在手上保護手掌不被凍傷的！不要還給我！」

奚行疆瞅了她一眼，塞進自己懷裡：「誰說我不要了？」

他笑咪咪湊過來，手肘撐著窗子支著頭，上半身扒在窗上：「小豆丁，我聽說妳們宮裡前幾天死人啦？」

他只是隨口一問，沒想到林非鹿聽聞此言神情頓時有些不自在，連她身邊的宮女都有些僵硬地垂下頭去。

奚行疆一愣，之前還輕浮的姿態立刻變得有些無措，慌裡慌張的：「欸不是，我就隨便問問，妳害怕啦？」他伸手摸她的小腦袋，用他直男式的方式安慰：「沒事啊沒事，不就死個人嗎，我在戰場上見多了。」

林非鹿：「……」

這種人就是註定孤獨一生的存在。

她擔心松雨難過，轉頭吩咐：「去煮杯熱茶給世子。」

松雨領命去了，奚行疆還說：「我不渴。」

林非鹿沒理他，轉而問起自己好奇的點：「你上過戰場？」

奚行疆語氣不無驕傲：「當然，我幼時曾隨我爹在邊關生活過幾年。妳知道邊關嗎？可比這冷多了，冰封三尺不化，冬天士兵都可以在冰面上行走。」

他說起邊關景象時眉飛色舞，不知是心中嚮往，還是為了轉移之前讓她害怕的話題，比說書先生還要口若懸河。

「雍國老惦記我們邊疆那點地，時不時派人來騷擾一下。我爹決定給他們一個教訓，率了三千騎兵去搞突襲，我便藏在配送糧草的軍馬裡，等到了駐紮地才被我爹發現。那時候再送我回去已經來不及了，爹就讓我待在營中不要出去。」

林非鹿插嘴道：「我猜你肯定出去了。」

奚行疆瞪她：「妳不要打斷我！」

林非鹿：「……」

他繼續道：「半夜的時候雍國人便來營地偷襲，他們不知道其實我爹是故意做出弱守的姿態，就等他們自投羅網甕中捉鼈！那一仗我們以三千兵馬斬了雍國萬餘人，屍體血水遍布整片雪原！」

林非鹿：「嘔……」

奚行疆說著說著就跑偏了，看她被噁心到才意猶未盡地打住，不知想到什麼，不無興奮地問她：「我帶妳去獵場騎馬吧？妳騎過馬嗎？」

真的沒騎過。

林非鹿問：「哪裡有獵場？」

奚行疆說：「宮中就有，就是平日妳哥哥們練習騎射的地方，妳沒去過？走走走，我帶妳去！我還養了一匹小馬駒在那呢，帶妳去見識見識。」

林非鹿也有段時間沒出門了，閒著也是閒著，確實需要出去走走活動筋骨，沒有拒絕，跟蕭嵐打了聲招呼，便裹好自己的斗篷跟著奚行疆走了。

雖未再下雪，但寒風呼嘯不止。天氣冷，加上終年宴上那件事，各宮最近都不大願意出來，整個皇宮顯得十分寂靜冷清。

獵場在周邊，有些距離，林非鹿走到一半就後悔了。太冷了，風颳得她臉疼。她不想去，奚行疆可不答應，拽著她就是一頓長跑。

林非鹿就算常鍛煉，哪比得上他日日習武，跑得上氣不接下氣，大口喘氣時又喝進幾口冷風，頓時嗆得大咳不止，眼淚都咳出來了。

奚行疆這才手忙腳亂地鬆開手，蹲在她面前拽著自己袖口笨手笨腳幫她擦眼淚：「不去就不去，妳別哭啊！」

林非鹿氣死了：「誰哭了！我嗆到了！」

奚行疆噗地笑出來，往她面前一蹲，「叫聲世子哥哥，揹妳過去。」

林非鹿懶得理他，重新繫好自己的小斗篷，邁著小短腿往前走去。

獵場外的高牆已經若隱若現，這個天氣這個時間，就算常練習騎射的皇子們也不會過來，除了幾個守衛，獵場空蕩蕩的。有奚行疆在，守衛當然不會攔，只是好奇地打量縮在斗篷裡的小女孩兩眼。

兩人一進去，本來以為空無一人的獵場裡突然傳來一陣馬蹄聲，緊接著利箭劃破空氣，蹭的一聲朝著林非鹿身後那塊箭靶而來。

射箭那人也沒想到突然有人進來，嚇了一跳，但已經開弓，來不及收箭，只能厲喝一聲：「讓開！」

千鈞一髮之際，聽到奚行疆說：「別怕！妳長得矮！」

林非鹿：？？？

然後那箭就從她頭頂掠了過去，蹭一下插進了箭靶。

她確實被嚇到了，畢竟沒經歷過這種事，緩緩轉頭時，看見旁邊的奚行疆咧著嘴笑得十分燦爛。

他說：「妳看，我就說妳矮嘛。」

奚行疆還有心情逗她，當然是自信那根箭不會傷到她。

騎射之人高坐馬背，箭靶高高聳立，以小豆丁的個頭，除非對方是個瞎子，把箭往地上射，才有可能射到她身上，不動反而安全。

只是用他這種直男方式說出來，林非鹿有點想跳起來打他膝蓋。

她這頭還在大眼瞪小眼，前方一陣「吁」聲，馬一聲嘶鳴，前蹄高揚停住了，馬背上的少年翻身躍下，疾步朝他們走來，急道：「可有傷著？」

林非鹿這才看向來人。

他年紀約莫跟奚行疆差不多大，身高也相差無幾，穿一身暗紅色的騎裝，腰纏玉帶，領繡雲紋，打扮貴氣又俐落，背上揹著的箭囊金邊鑲嵌，手握的弓箭在冬日泛著漆黑的光，一看就知不是凡品。

林非鹿心中剛冒出一點猜測的念頭，就被旁邊的奚行疆證實了。

他拱手行了一禮：「太子殿下。」又笑吟吟道：「沒受傷，遠著呢。」

果然是她的三皇兄，皇后的兒子，當今太子林傾。

林傾略一點頭，見兩人安然無恙站著，俊朗眉眼間的急切緩緩散了。林非鹿之前聽宮人說起這位太子，讚他芝蘭玉樹，溫良恭儉，又謙和好學，十分得林帝喜愛。

如今一見，確實如此。雖身為太子，滿身貴氣，但舉手投足很是儒雅知禮，一點都沒有身居高位就目空一切的高傲狂妄。只是那雙眼睛看人時有些深，像藏著許多心思在裡面，有著不符合這個年紀的沉著。

林非鹿也學著奚行疆，乖乖朝他行禮，脆生生道：「小五見過太子殿下。」

她方才在打量林傾，林傾當然也在打量她。見小女孩生得唇紅齒白，粉雕玉琢，一雙眼睛充滿靈氣，抿嘴一笑梨窩若隱若現，十分討人喜愛。

他見林非鹿是奚行疆領來的，不由得問道：「行疆，這是你妹妹？」

奚行疆一副見了鬼的樣子：「不是吧殿下？自己妹妹都不認識啊？」

林傾一愣，又看了林非鹿一眼，不知想到什麼，才搖頭笑道：「倒是有幾分眼熟，可是我五皇妹？」

林非鹿乖巧道：「是。」

奚行疆抄著手站在旁邊，嘖嘖兩聲：「殿下有個這麼可愛的妹妹居然不知道，真是讓我好生嫉妒。我要是有這麼個妹妹，肯定每天要抱抱舉高高。」

林非鹿：「……」

林傾：「……」

感覺有被噁心到。

好在他沒有繼續這個話題，而是轉頭看向四周插滿箭矢的箭靶，問林傾：「天氣這麼冷，殿下怎麼會獨自來這裡練習騎射？」

林傾微微一笑：「不敢荒廢功課。」

奚行疆大咧咧的：「不會是想偷偷進步，在開春狩獵上拔得頭籌吧？」

林傾眼神明顯滯了一下，但只是一下，很快恢復如常，垂眸笑道：「行疆說笑了。」

林非鹿突然覺得，若林傾是君，奚行疆是臣，要不了多久，林傾就要砍他腦袋了。

奚行疆還想說什麼，林非鹿縮在斗篷裡打了個小噴嚏，兩人果然中斷對話朝他看來，林傾問：「五妹可是受了涼？」又無奈地對奚行疆道：「天氣寒冷，你帶她來這裡做什麼，這兒比別的地方都要風大些。」

奚行疆說：「帶她來看看我的小馬駒，順便教教她騎射。」

林傾半開玩笑半責備：「胡鬧，五妹年紀才多大，你自己頑劣就算了，還想帶壞我妹妹。這會兒受涼了，還不送她回去。」

奚行疆說：「別啊，來都來了，要不殿下和我比試一番？」

林非鹿：「……」

這個人以後怎麼死的自己都不知道。

林傾沒有說話，只是那雙眸子越發的深，林非鹿看不下去了，扯了扯他的衣角奶聲奶氣問：「小馬駒呢？」

奚行疆這才想起今天來的主要目的，終於沒再作死，笑著跟林傾說：「算了，我帶小鹿看馬駒去，擇日再找殿下討教。」

林傾還是那副謙謙君子的模樣：「隨時恭候。」

林非鹿抱著小拳頭，小身子歪歪扭扭地朝林傾行禮：「小五告退。」

一下子把林傾逗笑了，虛手一扶：「五妹不必多禮，看完馬駒早些回去吧。」他想到什麼，取下掛在腰間的一枚成色極好的玉佩遞給她，「此玉受過高僧護持，寓意平安，初次見面匆促，便將此物贈予五妹吧。」

林非鹿抿著唇，看了看玉，又看了看他，眼睛撲閃撲閃的，雙手接過之後才軟聲說：「小五身上沒有帶東西，等下次再還殿下禮物。」

林傾笑道：「不必，有心就好。」

這麼一耽擱，林傾也沒再繼續練習，讓侍衛把馬牽回去，在兩人的目送中離開了獵場。

林非鹿看了會兒玉佩，還聞見玉上有淡淡的檀香，太子所賜不能大意，玉又容易碎，她妥帖地放進懷裡，拍了拍小胸口，抬頭跟旁邊的奚行疆說：「太子殿下人真好。」

奚行疆正領著她往馬廄走，聞言附和：「我也覺得，是挺好的。」

林非鹿：「……」

你也覺得個屁。

你一句話得罪人家兩三次，哪天死在人家手上都不知道為什麼。

林非鹿覺得這是她進宮以來遇過最蠢的人了，林景淵都比他會看眼色。想想他還是鎮北侯府的世子，以後還要接大將軍的帥印，等將來林傾登基，他還是現在這樣沒腦子，恐怕好日子就要到頭了。

林非鹿感覺自己真是為了這些NPC操碎了心。

奚行疆養在獵場的這匹馬駒通身漆黑，品種極佳，見有人過來，身子都不動一下，十分高傲地仰著頭，連主子的帳都不買，奚行疆伸手去摸牠，被牠噴了一臉鼻息。

他倒是不惱，還回頭笑著跟林非鹿說：「烈馬要馴，等牠長大了，我馴馬給妳看。馴服了再送予妳，如何？」

林非鹿說：「好啊。」

奚行疆笑咪咪道：「那妳先叫聲世子哥哥來聽。說不定我一高興，現在就把牠送給妳了。」

小豆丁氣呼呼喊他名字：「奚行疆！不要臉！」

奚行疆一愣，樂得不行：「妳罵我什麼？妳這個目無尊長的小豆丁。」

林非鹿朝他做鬼臉。

早上方停的雪被寒風一掃又飄飄灑灑落下，太陽縮進雲裡，半點光線都沒有。奚行疆擔心一會兒雪下大了不好走，沒再多逗留，拎著林非鹿斗篷上的帽子帶她離開了獵場。

那日之後又下了幾天的大雪，積雪都快堆了半人高，宮裡四處都能聽見掃雪的聲音。

林非鹿跟著蕭嵐去給嫻妃請安的時候聽她念叨了幾句，若雪再不停，民間恐要生雪災了。林帝為此愁得不行，每日都與朝臣商議解決之法，因此許久沒踏入後宮。

後宮妃嬪們當然不關心民計民生，只盼著皇帝能多進幾次後宮，多翻幾回牌子。

嫻妃說著，不知話題怎麼轉到蕭嵐身上，看了看她垂眸繡花的樣子，突然笑著問：「嵐貴人已經有許多年沒見過陛下了吧？」

蕭嵐手指微微一顫，針差點扎到手，低聲回道：「回娘娘的話，是有四五年了。」

嫻妃又看向在旁邊吃點心的林非鹿，嘆氣道：「這麼說來，就連小鹿也是多年未見她父皇了。」

嫻妃緩聲道：「近兩年未進新人，陛下來後宮的次數也少，多是些熟面孔，大概也乏了。妳雖是宮中老人，容貌卻不輸當年，想來陛下見了也是喜歡的。」

蕭嵐仍是低聲：「娘娘說笑了。」

嫻妃拉過她的手，意味深長地笑道：「近日宮中紅梅開得甚好，伴著大雪別有一番景致，尋個日子，妳陪本宮賞梅去吧。」

林非鹿吃完了手上的點心，聽見蕭嵐說：「是。」

宮中妃嬪一直擔心嫻妃會把蕭嵐重新推到林帝眼前分寵。

她們擔心的事，終是要發生了。

第九章　為你寫詩

回明玥宮的路上，蕭嵐多是沉默。

從主動親近嫺妃那一刻開始，她其實就有心理準備。但當這一刻真的來臨，心情多少還是有些複雜。可她明白，她應當立起來。為了兩個孩子，她該立起來。

袖下冰涼的手指被一雙又暖又軟的小手握住，女兒小聲又關心地問她：「母妃，妳不願意見父皇嗎？」

蕭嵐愣了愣，將她的小手裹住，笑了下：「哪有願意不願意的，陛下是君，豈是我們說了算。」

宮人方掃了雪，路面乾乾淨淨的，只有枝頭偶爾掉落幾團積雪，聲音碎在風裡。林非鹿問：「母妃，妳之前告訴我，妳進宮之前已有心儀之人，妳是還掛念那位心儀之人所以才難過嗎？」

蕭嵐沒想到自己自言自語的傾訴被她聽去還記了這麼久，沉默半晌，才輕輕嘆了聲氣，邊走邊道：「剛進宮時是有些難過，這兩年卻已經釋懷了。他早已娶妻，聽聞他妻子為他生下一雙兒女，如今琴瑟齊鳴兒女雙全，娘很是為他高興。」

她頓了頓，才又道：「只是君恩難測，一旦踏入後宮爭寵紛爭，今後的日子，恐怕會不太平很多。」

她只是擔心，憑她的能力，保護不好這兩個孩子罷了。

林非鹿捏捏她的手指，笑著寬慰她：「母妃不怕，還有我呢。」

蕭嵐摸摸她的腦袋，心裡感慨不已。兒子被人下藥毒害變成癡傻，女兒卻生得這樣聰敏伶俐，想來，也是老天對她的補償吧。

大雪下了幾天之後終於停了，只是積雪堆得厚，將梅園的樹枝全都裹了起來。滿院殷紅梅花就像從團團白雪中開出來，別有一番景致，十分好看。

林帝這些時日為了預防雪災傷神傷腦，許久沒有出殿轉轉，聽了宮人來報，決定去賞賞雪景梅花。

這大雪搞得他焦頭爛額，也只能賞賞雪散散心補回來了。

林帝是一個謹行儉用的皇帝，不喜歡擺排場。他最大的心願就是後世寫史能把他寫成一代明君，流芳百世，所以在位時很是注重自身行為，絕不給後世留下任何筆伐口誅議論是非的汙點。

去梅園賞景，身邊只帶了一個太監，是林帝親信之人，喚作彭滿。

彭滿是林帝身邊的總管太監，手下帶著三個徒弟，其中一個小徒弟得了嫻妃的恩惠，悄悄將林帝的行蹤透露給嫻妃。

所以當林帝來到梅園時，嫻妃已經帶著蕭嵐在裡面賞花了。

林帝沒起疑心，畢竟好景共賞，沒有只許他來不許別人來的道理。在院牆外時便聽見裡面說笑的聲音，彭滿便道：「陛下，裡頭好像有人了。」

林帝略一揮手：「無妨，聽這聲，似是嫻妃。朕也許久沒考察景淵的功課，問問也好。」

便從拱門走了進去。

院內紅梅開得極豔，像這冰天雪地裡唯一的顏色，嫻妃面朝拱門而立，正笑吟吟在說什麼。她面前也站了名女子，穿了身淺白色宮裝，背影纖弱，盈盈而立。只是一個背影，便叫人浮想聯翩了。

能與嫻妃在此說笑的，必是宮中妃嬪，可林帝瞧著這背影卻陌生得很，這兩年他勤於國事沒有選妃，竟不知宮中還有這等他不認識的美人？

他往前走了幾步，嫻妃瞧見他，神情一驚，又湧上喜色，趕緊朝他行禮：「嬪妾拜見陛下，陛下怎得過來了？」

她身前那女子也轉身行禮，因一直低著頭，林帝沒看清模樣，一邊走近一邊笑道：「就許妳喜歡賞花，不許朕來？行了，都起來吧。」

兩人這才起身。

蕭嵐仍是垂頭，林帝便道：「妳抬起頭來。」

蕭嵐緩緩抬頭。

她並沒有過多打扮，不過略施粉黛，素衣墨髮，眉如遠山之黛，眼若含情秋波，竟是比這漫天冰雪還有多出幾分晶瑩剔透之感。

恰頭頂一株紅梅探了出來，她就在這豔豔梅花之下挽唇淺笑，白得純粹，紅得明豔，可算是美得驚人了。

蕭嵐的美貌在宮中是頂尖的，不然也不至於失寵多年還被妃嬪們記恨針對。她當年入宮不過十六歲的年紀，如今也才二十有三，正是女子最好的年齡，豈不叫人心動。

別人動沒動不知道，反正林帝心動了。

他第一眼覺得陌生，心裡還奇怪，真的有個自己沒見過的美人。

便問道：「妳是何人？」

蕭嵐輕聲細語：「嬪妾蕭嵐，見過陛下。」

林帝一愣，正回想，嫻妃在旁邊笑道：「陛下竟連自己親封的貴人都不記得了。」

蕭嵐，嵐貴人？

林帝再看，終於覺得有些面熟了。

他想起來了，是給自己生了個癡傻兒子的嵐貴人。

臉色頓時沉了下來。

當年蕭嵐入宮，美貌驚人又有才情，雖然性格不討喜，總是沉默寡言，強顏歡笑，但他還是願意寵幸她的。第二年她便為自己生下一子，林帝大悅，當即便給她晉了貴人。

以林帝的想法，最終晉到嬪位是沒問題的。畢竟蕭嵐的父親只是太常寺的一個小官，入宮第二年便封貴人已經算厲害了。

但不想隨著孩子長大，竟逐漸顯出癡傻症狀。雖說是早產，身體弱一點便也罷了，怎麼腦子還出問題了呢？

林帝這樣注重名聲，如何能忍？

又有其他妃嬪吹枕邊風，說林帝真龍天子，血脈高貴，瞧瞧前頭那些孩子，哪個不是出類拔萃。怎的到了蕭嵐這裡，便出了這種事？恐怕是她命裡不祥，惹了神怒，才將此懲罰。

林帝信佛，不然也不會大力扶持護國寺。本就對癡傻兒子不喜，再聽這麼一說，頓覺有理，自此冷落蕭嵐，再未踏入明玥宮一步。

不過那時蕭嵐已經又有了身孕，只是月份淺還沒察覺。後來他聽宮人來報，說嵐貴人誕下一女，他心裡厭惡，覺得恐怕又是一個傻子，乾脆將其無視。這一無視，就是五年。

五年了，如今再見，他竟一時沒將蕭嵐認出來。

五年時間，並沒有對她的美貌造成任何影響，反而眉眼之間少了當年那股他不喜的鬱鬱之氣，顯得格外溫婉毓秀。

美是美，心動是心動，但林帝向來不是個沉迷美色的昏君。

想到那個癡傻兒，他就喜歡不起來。

林帝的神情肉眼可見地沉了下來，嫻妃心中驚了一下，還不待說話，便聽林帝淡聲道：「梅花雪景，妳們好賞，朕還有奏摺等著批閱，走了。」

嫻妃只能拜送。

等人一走，再看旁邊的蕭嵐，忍不住嘆了聲氣。

她可沒錯過剛才陛下眼中的驚豔，可走得如此決絕，分明是想起那位六皇子，心中不喜。算是白費了她這一場精心安排，心中不無遺憾。

這嵐貴人恐怕是扶不起來了。

不過她喜愛林非鹿，沒有遷怒蕭嵐，還拉著她的手寬慰：「陛下國事繁忙，滿心都撲在政事上。等這寒冬過去，本宮再安排妹妹與陛下見面。」

蕭嵐自己其實也清楚不可能了，倒也沒有失落，笑著點了點頭。

宮中人多口雜，林帝與蕭嵐梅園相遇的事情很快傳了出去。後宮妃嬪都明白，這是嫻妃安排的美人偶遇，但誰能想陛下不買帳啊。

聽聞此事的嬪妃們暗地裡笑了幾回，笑嫻妃押錯了寶，笑蕭嵐自取其辱。她們之前還怕蕭嵐復寵呢，現在可是半點都不擔心了。只要有那個傻兒子在的一日，陛下就絕無喜歡她的可能。

自以為抱到了嫻妃的大腿就能重登高枝，還真是癡人說夢。

宮中這些嘲諷的風言風語把嫻妃氣得不行，懲罰了幾個討論此事的宮女，但對蕭嵐倒是沒多大影響。她還是安靜做自己的事，只是減少了去嫻妃宮中請安的次數。

對林非鹿就更沒什麼影響了，她原本就沒對蕭嵐抱期待。

攻略宮內最大NPC這種事，還是要自己來。

不過這事不能急，畢竟在林帝之前，還有很多小NPC等著自己去攻略呢，比如前不久剛剛觸發的太子。

這位太子殿下跟她之前遇到的皇子們不一樣，是個心機深厚之人。想來也正常，畢竟打小立了儲君，被所有人盯著看，萬事不可踏錯一步，自然要謹慎些。

這可不是她一個笑一句哥哥就能拿下的人，有些難度。

不過她就喜歡挑戰不可能，有趣多了。

之前林念知往她這送衣服的時候，還送了幾盆蘭花過來。林非鹿這幾天沒幹別的，把那些蘭花採了下來，試圖做成乾花，又讓蕭嵐縫了一個十分精緻的香囊。

雪停之後，太學又恢復上課。

林景淵每天最痛苦的事情就是起床了。

好在他的小鹿妹妹每天早上都不辭辛勞跑來長明殿喊他起床。聽著那一聲聲又軟又甜的「景淵哥哥」，林景淵覺得自己還可以再活五百年！

有了林非鹿的監督，林景淵創下了連續七日沒有遲到早退的記錄，深得太傅讚賞，今日放學還獎勵了他一支做工非常精巧的毛筆。

雖然他並不喜歡這個獎勵，但他很想讓小鹿看看他被誇獎了。

一臉興奮從太學跑出去的時候，看到他的小鹿妹妹站在落滿白雪的青柏下，正仰著頭朝他三皇兄笑。

有風吹過，吹落青柏枝頭的白雪。

有一團雪朝著她頭頂落下來，林傾抬頭幫她擋了一下，小女孩笑得更甜了。

林景淵：「……」

聽，雪落下的聲音。

是他心碎的聲音。

林景淵邁著沉重的腳步走向談笑風生的三哥和五妹。

走近了，正看見林非鹿把一個做工精緻的香囊遞給林傾。她笑起來的時候眼睛像月牙一樣，梨窩又甜又淺，令人心生好感。

「殿下，這是小五的回禮。」

林傾彈了彈方才落在手背上的雪花，笑道：「不是說不用嗎？」

話是這麼說，還是接過了那個香囊。蕭嵐的針線活比織錦坊的匠人還要好，做的香囊也十分別緻精巧。林非鹿說是贈給太子殿下，蕭嵐就更用心了，用最好的絲線繡了玉蘭修竹在上面。

香囊裡鼓鼓的，他拿到鼻尖聞了聞，果然有一股十分清淡的蘭花香，還混著其他香味，分不太清，但十分好聞。

便笑道：「為何送我這個？」

林非鹿小手背在身後，半仰著頭看他，眼眸靈動又純粹：「《離騷》有云，扈江離與辟芷兮，紉秋蘭以為佩。太子殿下芝蘭玉樹，當佩秋蘭。」

林景淵：？

什麼兮什麼蘭什麼玩意說的都是什麼？

林傾眉梢微微挑了一下，沒想到五妹竟熟讀古書，談吐如此不俗。世人都贊他芝蘭玉樹，林非鹿這幾句馬屁拍的恰到好處，林傾心裡對她的好感又多了幾分，不由分說便將那香囊繫在腰間。

看得林景淵眼眶要滴血了。

啊！好嫉妒啊！為什麼他沒有！

他不情不願地拱手朝林傾行禮：「三哥。」

林傾這才看見他，笑道：「四弟出來了。對了，太傅方才留你做什麼？你又沒寫功課？」

林景淵暴跳：「誰說的！太傅留我是誇了我，還獎勵我一支毛筆呢！」

他把毛筆從袖口拿出來給他看。

林傾拿過去打量一番，點頭讚道：「好筆。」

林景淵：「三哥喜歡嗎？喜歡的話，用你的香囊跟我換怎麼樣？」

林傾：「……」

林非鹿：「……」

林傾默默把毛筆遞回去，用行動表示拒絕。

林景淵嘴巴噘得能掛水桶了，特別幽怨地看了林非鹿一眼。林非鹿抿了下唇，甜甜喊：「景淵哥哥——」

他哼了一聲。

林非鹿又蹭過去扯扯他的衣角，「景淵哥哥——」

林景淵差一點就要投降了，但餘光看見林傾腰間那個漂亮的香囊，想著那是小鹿一針一線親手做的，裡面的蘭花也是她一朵一朵挑的，自己都沒有這樣的待遇，又氣上了，昂著頭不說話。

林傾忍不住笑道：「你在跟五妹置什麼氣？」

林景淵心說你還有臉問，生氣地大吼道：「她都沒有送過我禮物！」

林非鹿：？

我那本《論語》是餵了狗？

她忍不住小聲反駁：「我有送的，我送了你《論語》，還有……」

話還沒說完，林景淵不可置信地打斷她：「《論語》也能叫禮物？」

林傾：「……」

林非鹿：「……」

他又生氣又委屈：「就跟這支毛筆一樣，只會讓我頭疼難受！」

小屁孩鬧脾氣怎麼辦？

別人：打一頓就好了。

林非鹿：演一場就行。

她眼眸一眨，眼眶就紅了，眼淚掛在睫毛上要落不落，紅著鼻子哽咽著說：「景淵哥哥不喜歡，那就還給我吧。還有書裡面的那朵海棠花，也一起還給我吧。」

林景淵：！

他頓時不敢鬧彆扭了，手忙腳亂地哄妹妹，「我……我不是不喜歡，我只是，哎呀！妳別哭，四哥錯了，四哥不凶妳了啊！」

林非鹿吸吸鼻子，可憐兮兮地問：「那你還生氣嗎？」

林景淵恨不得豎起手指發誓：「不生氣了不生氣了！《論語》也是極好的！」

林傾在一旁嘆為觀止。

林非鹿這才破涕為笑，三人便一道離開太學回宮去。

林傾身為太子，如今住在東宮，所有皇子中只有他有自己的封殿。三人順路，林傾在路上考了幾句四弟的功課，發現他的確有長進，想到之前宮中傳言五公主監督四皇子讀書，不由得又對自己這個五妹高看了幾分。

他喜歡聰明人，和聰明人交往省心又省事。

這個年紀小小的五妹，比他另外幾個姐妹聰慧多了。

三人正說說笑笑的，經過小斷橋時，架在冰湖上的亭臺裡突然傳來爭執的聲音。

最近大雪封湖，這片夏季開滿蓮花的湖面也結了冰，枯萎的蓮枝立在冰面上，很有些禪意，是以後宮的妃嬪們也愛來這裡賞景。

抬眼看去，挽著白紗簾的亭臺裡站了四五個女子，而她們面前則跪著兩個人。因都垂著頭，林非鹿第一眼看過去，還沒認出來是誰。只覺得有些眼熟，頓了頓才反應過來，可不就是她娘和青煙！

只聽那為首著粉衣的女子趾高氣揚道：「我叫妳跪著，妳便得跪著，跪到我滿意為止！」

青煙不住朝她磕頭：「我們主子無意衝撞菱美人，請美人恕罪吧。」

蕭嵐低聲阻止：「青煙。」

青煙這才停了動作，默默流淚。

粉衣女子身邊還有兩個妃嬪，掩著嘴笑，眼裡不無嘲弄。

菱美人往前走了兩步，在宮女的攙扶下半蹲下身子，把蕭嵐的手一把扯到眼前，邊打量邊問：「聽說妳這雙手倒是很巧，做了不少漂亮衣服給嫻妃娘娘？」

說完，掰著蕭嵐的手指往下一使力，蕭嵐手指彎曲成可怕的弧度，疼得臉色發白，硬是沒吭一聲。

菱美人譏笑一聲，還要有動作，身後突然有個小身影橫衝直撞跑過來，一把推開了她。

菱美人半蹲著重心不穩，直接被推了個趔趄，要不是身邊宮女眼疾手快扶著，就要撞上一旁的石桌子了。

周圍的人驚呼一聲，手忙腳亂地去扶她，趁此期間，衝過來的林非鹿已經把蕭嵐拉起來了。

蕭嵐沒想到會被女兒撞見這場面，臉色有些不好看。

她今日氣悶，讓青煙出來陪她走走，聽說這裡的枯蓮很有禪意，她又是向佛之人，便往這裡來了。

沒想到剛到亭臺就遇到位分比她高兩階的菱美人。上次梅園的事她淪為大家的笑柄，都知道她再無復寵可能，自然少不了人落井下石。

她想把女兒拉到身後去，但林非鹿卻擋在她身前紋絲不動，雖然個頭小，張開雙臂護著她時卻氣勢洶洶，小臉充滿憤怒瞪著對方。

菱美人大呼小叫地被扶起來，嗓音又尖又細：「是哪個不長眼的東西竟敢如此放肆！」

這話剛落，就聽見身後一聲厲斥：「本宮看妳才放肆！」

眾人轉身一看，瞧見是太子和四皇子，趕緊行禮。

林傾年齡雖然不大，但已有東宮風範，發起火來有幾分林帝的模樣：「見公主不拜，欺壓妃嬪擾亂後宮！母后平日的教導妳們都當做耳旁風了嗎！」

菱美人更是瑟瑟發抖，正想狡辯兩句，抬眼一看，四皇子咬牙切齒地瞪著她，看樣子恨不得衝過來扒了她的皮，嚇得趕緊低下頭去。

林傾厲聲道：「父皇為前朝政事忙碌，母后操勞後宮瑣事，身為妃嬪本該恪守宮紀維護安寧，妳們卻興風作浪，真當這宮中規矩是擺設嗎？」

幾名妃嬪紛紛求情：「請太子殿下恕罪！」

林傾冷哼一聲：「此事我定當回稟母后，由她發落！」

等幾人花容失色地離開，林非鹿包著一眶眼淚轉身拉著蕭嵐的手輕輕呼了兩下，「母妃，妳的手沒事吧？疼嗎？」

林景淵也跑過來，看了兩眼，急道：「回去請太醫看看！」

蕭嵐笑著安撫她：「娘沒事，不疼。」又朝林景淵和林傾行禮，「多謝太子殿下，多謝四皇子殿下。」

林傾略一點頭，算是受了她的禮，撤去方才的威嚴，又變回謙和有禮的模樣，對林非鹿道：「小五陪嵐貴人回去，叫太醫好生看看。」

林非鹿點頭應了，水汪汪的眼睛裡滿滿都是感激。

林傾又安撫幾句才獨自離開，林景淵擔心路上又遇到事，索性一道陪她們回去。

好在林非鹿推的及時，那菱美人還沒來得及下狠手，蕭嵐的手指沒有大礙，太醫開了點活血化瘀的外塗藥給她。

林景淵這才放下心，跟林瞻遠一塊玩了會兒兔子才離開，走之前還惦記著小鹿妹妹親手做的那個香囊，期期艾艾道：「我也不是不喜歡那本《論語》啦，但它跟親手所做的意義不同，我……我也想要妳親手做的禮物。」

林非鹿滿口答應：「好！」

林景淵歡歡喜喜地走了。

再說那頭，林傾離開後先去了皇后所在的長春宮，將今日之事稟明。

皇后雖說潛心禮佛，平日裡都是兩位貴妃在協助六宮。但既是太子遇見，出聲訓斥，自然要上心，一道懿旨下去，今日為難蕭嵐的那幾名妃嬪便被罰了月供，禁足半月。

林傾這才回了東宮。

身為儲君，他的功課比其他皇子都要重，他自己也深知不可懈怠，才能長久得父皇喜愛，對自己要求十分嚴格，一回宮就開始看書練字。

午膳時分，林帝恰好得空，便來東宮考察太子功課。

最近民間鬧雪災，父子兩一問一答，談的是民生之道，林帝對他的表現很滿意，臨走前對他腰間那個與眾不同的香囊起了興趣。

林傾老老實實摘下來遞給父皇。

林帝聞了聞，覺得這香味十分清淡舒適，笑道：「看樣子還是嶄新的，內務府新供的？」

林傾道：「不是，是五妹贈予兒臣的。」

林帝愣了半天，沒想起來五妹是誰。

看他一臉茫然的樣子，林傾不得不提醒：「是嵐貴人的女兒，父皇的五公主。」

哦，那個傻子。

林帝臉色淡了下去，看了看手中的香囊，突然覺得也不是那麼別緻了，興趣索然地還給了兒子。只是心裡第一次對自己這個女兒有了印象，林非鹿在林帝這，終於不再是查無此人。

林傾重新把香囊掛回腰間。

他還挺喜歡的，每日都戴著，唯一的不好就是每次遇到四弟，都會接收到他幽怨的目光。

好在沒過兩天，林景淵也終於收到了小鹿妹妹親手製作的禮物——一盒護手霜。

聽她將製作護手霜的流程娓娓道來，林景淵頓時覺得滿足了！這可比做香囊麻煩多了啊！自己果然還是小鹿妹妹最愛的人！

直到他在課堂看見長姐林念知拿出一個同款盒子擦手。

又聞到同桌奚行疆手上熟悉的白梅香味。

林景淵：她好像只是很短暫地愛了我一下。

太學一直快到過年時才終於停課。

林非鹿感覺這有點像放寒假，更有意思的是，在放假之前，居然還有類似期末考的測驗。

在這裡叫做年終考察，每年太傅出的題都不一樣，今年的考題叫做「指物作詩」，學子們兩兩一組，互相出題給對方，指到什麼就要以其為主題賦詩一首，共作九首。最後由太學太傅們評出最佳，呈給林帝過目，前三名以示嘉獎。

林非鹿覺得這比當年要考七八門課的自己難多了。

詩那玩意，是說作就能作的出來的嗎？

很顯然，林景淵也這麼想，他愁得小小的腦袋上全是大大的問號：「為什麼今年不考背書了？不考辯論了？不考書法了？我背了書準備了辯論還練了字，結果最後考作詩？」

他可是打算今年好好表現讓大家對他刮目相看啊！

太欺負人了。

他都想裝病蹺課了，到了考試那一天，還是在林非鹿的監督下才不情不願去了太學。

這一次大家沒有進入太學殿內，太傅將考場設置在另一處庭院，冬日雖冷，雪景甚好，既是作詩，自然要雅。

不用入大殿，林非鹿跟著也無妨。這還是她頭一次完整地看到在太學讀書的皇家貴族子弟們，足有幾十人。為了防止學子們作弊，伴讀小廝也是不能帶的。

林非鹿實屬對古代的期末考試有點好奇，才想跟著去見識見識，進去的時候還被老太傅攔了一下。

好在林傾、林廷都在旁邊，有太子和大皇子說情，太傅得知是小五公主，便也沒攔，只交代她安靜站在一旁，不要打擾。

林非鹿乖乖應了，進去之後已有十多張案桌陳列在空曠的空地上，案桌上筆墨紙硯一應俱全。太傅讓學子們自行兩兩組隊坐下。

林傾看了林廷一眼，笑道：「皇兄，你我一起？」

林廷默了兩秒，不知在想什麼，最後還是點頭。

林非鹿遠遠看著林景淵不知在和奚行疆說什麼，最後兩個不學無術的紈褲大眼瞪小眼地坐在一起。

她在旁邊瞅著的時候就覺得人數有點不對，粗略點了一下，好像是奇數。等各自組完隊紛紛落座，大家一看，果然單了一個人。

宋驚瀾獨自一人坐在最旁邊的案桌前，沒人跟他一起。

太傅這才想起，名冊上的三公主林熙早已離宮了。

其他人看了兩眼，又隨意收回目光，對這樣的情況早已司空見慣。在太學殿裡，這位宋國的質子也是自己獨坐，以前常愛纏著他的林熙上課時都不願跟他坐，覺得有辱身分。

大家說說笑笑，氣氛友好，唯他這一方小天地安靜又沉默。

可他臉上還掛著笑，眼眸低垂，挽著白色寬袖不急不緩地研墨。

像極了以前上學時被班上同學拉幫結派孤立的小可憐。是可忍，顏狗不能忍。

原本揣著小手爐站在樹下旁觀的林非鹿踩著小步子噠噠噠跑了過去，跑到太傅跟前，乖乖舉了下手：「老師，這裡少了一個人。」

太傅正愁呢，本來打算叫個屬下補上，見她過來，眼睛一亮，喜道：「好好好，五公主便補在這裡吧。」

林非鹿歪著小腦袋：「可是我不會作詩。」

太傅道：「無礙，妳為他指物便可。」

林景淵當即不幹了：「太傅，我跟宋驚瀾換！」

奚行疆：？

他也舉手：「我也要跟宋驚瀾換！」

太傅看著這些問題學生就頭疼，「不許胡鬧，四殿下與奚世子快坐好吧，考試馬上便開始了。」

沒見過五公主的其他人好奇地打量了兩眼便收回目光，林非鹿提著自己的斗篷，把衣角抱在懷裡，開開心心在宋驚瀾對面坐了下來。

他研墨的手不知道什麼時候停了，坐姿優雅又端正，垂眸看著她。

林非鹿不太習慣跪坐，挪了好一會兒才找了個舒服的姿勢，抬頭對上他的視線，彎著眼睛笑起來：「殿下，你穿白衣服真好看！」

宋鷺瀾也笑了一下。

門口的官員敲響自己手上的鑼，示意考試開始。

剛才還哄鬧的庭院頓時安靜下來，只有偶爾寥寥幾句小聲交談。

宋鷺瀾把宣紙在面前鋪好，用一方硯臺壓住，執筆道：「五公主，請吧。」

林非鹿覺得怪有趣的，眼眸晶亮，轉著小腦袋東看西看，最後指著宋鷺瀾身後一枝枯萎的紫荊藤，「就它吧。」

宋鷺瀾回頭看了兩眼，略一思索，提筆作詩。

林非鹿微微傾身，小手托著下巴，看他一筆一畫，字跡行雲流水一般，有一氣呵成的漂亮。

跟上次扔石頭進來的字跡不一樣。

忍不住想，難道那次是用左手寫的？

他很快寫完一首，提紙晾乾放在一旁，又說：「繼續。」

林非鹿又指著不遠處的枯井：「那個。」

宋鷺瀾略一思索，不出片刻，又是一首。

他動作快得跟作詩就像吃白米飯一樣簡單，林非鹿趁著他寫字的時候看了一圈，林景淵跟奚行疆還互瞪著，一個字都還沒寫出來。

又是一首之後，林非鹿忍不住問：「殿下，你作詩這麼容易的嗎？」

宋驚瀾眉梢微微揚了一下，漂亮的深色眸子裡笑意淺淺：「隨便寫寫而已。」

他說隨便寫寫，好像真的只是隨便寫寫。林非鹿伸手拿了其中一張過來看，字跡是漂亮，但詩句以她的文學修養來看確實普通了一點。

難道是自己背多了李白、杜甫，才覺得他寫的一般？

但是像「姹紫嫣紅花開遍」這樣的，自己也會啊！

連做八首，都是這樣十分淺顯套路相通的詩句，以他這個寫法，林非鹿覺得自己也可以現場表演作詩三百首。

宋驚瀾鋪開宣紙，用硯臺壓了壓，笑意溫和看著她：「最後一物。」

林非鹿用手指指了下自己。

宋驚瀾愣了一下。

聽到她用氣音說：「我。」

他執筆的手頓在半空中，有一滴墨從筆尖滴了下來。但很快反應過來，搖頭笑了下，將染墨的宣紙撤去，換了一張新的，鋪好之後溫聲對她說：「好。」

這一首用的時間並不比之前多多少。

林非鹿覺得他就寫了幾句類似「小女童，白又白，蹦蹦跳跳真可愛」這種的吧。

寫完之後她探著腦袋想看，宋驚瀾卻已經拿起宣紙，將這一張放在最下面，然後將九張試卷交給太傅。

學子們陸陸續續交卷。

林景淵和奚行疆拖到最後還在互掐，互相指責對方為難自己。奚行疆覺得跟這個小自己幾歲的小屁孩吵架有失風度，毛筆一扔不再理他，大咧咧朝不遠處的林非鹿喊：「小豆丁，去獵場騎馬嗎？」

林景淵更氣了：「這麼冷的天，妳想把我五妹冷死嗎！」

奚行疆看了他兩眼，慢悠悠嘲諷道：「弱不禁風林景淵。」

氣得林景淵哇哇大叫，撲上去想跟他幹架，被林傾在旁邊厲聲喝止了。

一時間十分吵鬧。

林非鹿站起身揉揉跪麻了的小腿，還惦記著最後那首詩，問宋驚瀾：「殿下，你最後寫了什麼？」

宋驚瀾整理好紙筆，還是那副溫和笑著的模樣，「我才疏學淺，隨手所做，公主不必在意。」

林非鹿噘了下嘴：「第一次有人為我寫詩呀，意義非凡。殿下沒聽過一首歌嗎？」

宋驚瀾好整以暇地看了看她：「嗯？」

林非鹿清清嗓子，用她奶聲奶氣的聲音唱：「為你寫詩，為你靜止，為你做不可能的事。為你我學會彈琴寫詞，為你失去理智。」

宋鷩瀾：「……」

林非鹿：「……」

尷尬。

她該改改喜歡調戲漂亮小哥哥的毛病了。

宋驚瀾著實愣了一會兒，然後搖頭笑了起來。

他總是笑著，林非鹿也早見慣他笑的樣子，可此刻他這樣笑出來，她才覺得原來笑是不一樣的。

好像眼睛有了溫度。

太學放假之後，林非鹿不用為了監督林景淵上學而早起了，盡情感受被窩的封印。停了幾天的雪又洋洋灑灑飄下來，但不比之前大，恰好到賞雪的程度，林帝擔心的雪災沒有發生，心情大好，連去後宮的次數都多了。

最近宮內忙忙碌碌，在為過年皇家團圓宴的宴席做準備。之前的終年宴是後宮妃嬪之間的宴會，大年三十那天晚上的團圓宴則會宴請所有皇親國戚，規模十分盛大。

聽蕭嵐說，團圓宴上會有九十九道菜，意味著九九歸一，又稱歸一宴，是大林的傳統，著實讓林非鹿饞了一把。

可惜以她的身分，是去不了了

沒過幾天，太學這一年的考試結果就出來了。

太傅們從上百首詩作中挑了十首呈給林帝，最後由林帝決出前三名。

都是匿名，不知道是誰寫的。

但往年都被林廷和林傾包攬了前三。

林帝看完，毫不猶豫挑了十首之中寫女童的一首，對太傅道：「這首不凡，當屬首位。是朕哪位皇子所做？」

太傅翻過名冊查看，有些驚訝：「回陛下，此詩乃宋國皇子宋驚瀾所作。」

林帝一愣，又拿起來看了一遍，「宋國皇子？朕記得他才學平庸，往年從無佳作。」他神情略沉，「把他另外八首拿來給朕看看。」

太傅將另外八首呈上，回道：「說來奇怪，這位宋國皇子所作九首詩，其他八首皆平平，落入俗套，唯有寫女童這一首出類拔萃，辭無所假。」

林帝一一看過，神色終有緩和，淡聲道：「看來不過撞巧。」他沉思一番，「既如此，便將這首列為第三吧。該賞的還是要賞，別落了大林氣度。」

太傅恭聲領命：「是。」

第十章　攻略皇帝老爹

太學考試的最終結果是太子林傾第一，大皇子林廷第二，宋鷩瀾第三，林帝的褒獎依次送到了各宮。

宋鷩瀾在眾人眼中不過泛泛之輩，不稂不莠，這次突然冒出頭，倒是令人震驚。不過林帝都說了是撞巧，驚訝過後也就不以為然，開開心心準備過年了。

林廷和林傾是眾皇子中最為優秀的，林帝又單獨將他們叫到殿中誇獎一番，分別賞了兩個兒子新貢的珍物。從養心殿離開時，外頭冬陽鋪了一地，林傾笑著對林廷說：「這次又堪堪贏了皇兄一回，我還是更喜歡皇兄那首〈詠梅〉。」

林廷靦腆地笑了下：「不比三弟的〈新竹〉。」

林傾眼富深意地打量他，卻發現自己這位皇長兄一如既往的真誠單純，每次在這種時候心中升起的淺淺芥蒂和猜疑就在他溫柔的笑容中消散了。

林傾踩著臺階笑語飛揚：「皇兄，開春圍獵我們再比，你可不要讓著我。」

林廷搖搖頭：「你知道我不喜狩獵。」

林傾聳了下肩：「好吧，那到時候我獵隻山兔回來給皇兄，給你的兔子作伴。」

林廷這才眼角彎彎地笑：「好。」

他得了父皇誇獎和賞賜，心中也是開心的，邁著輕快的步子回到瑤華宮時，發現宮裡來了客。

每年過年前阮家都會遣人送些東西進來，阮貴妃雖然什麼都不缺，但對母家的心意還是在乎的。這次來的是她一位姑母，兩人拉著手高高興興在殿中說話。

瞧見大皇子過來，阮氏姑母笑吟吟地朝他行禮，林廷虛收了，禮貌地將人扶起來。

阮貴妃瞧見他手上的東海玉硯臺，笑著問：「陛下賞的？」

林廷回：「是。」

她又問：「賞了太子什麼？」

林廷抿了下唇，聲音不自覺低了幾分：「三弟和兒臣一樣，只是多了一枚古玉扇墜。」

阮貴妃的笑容淡了一些，阮氏姑母察言觀色，趕緊笑著打圓場，對林廷道：「丞相時刻惦記殿下，這不，知道殿下喜歡小動物，前陣子得了這隻品相乖巧的小狗，一直在府裡好生養著，就等著我進宮時送來給殿下。」

林廷起先還沒注意，聽她一說，才看見屋子牆角邊上放著一個籠子，籠子裡趴著一隻純白的小狗，模樣狀似狐狸，甚是乖巧可愛，看他看過來，歡喜地朝他搖尾巴。

林廷眼神滯了一下，像害怕似的，很快將目光收回來，垂下眸去。

阮貴妃看了他一眼，對著姑母笑道：「父親有心了。」

說了會兒話阮氏姑母便離開了，臨走前笑吟吟跟林廷說：「殿下，這狗有名字的，叫長耳。」

等她一走，懶洋洋倚在軟榻上的阮貴妃便吩咐宮女：「把狗送到大皇子房間去。」

林廷手指顫了顫，上前兩步跪下了，低聲說：「母妃，兒臣不想養。」

阮貴妃睨著自己的指甲，淡聲問：「為何不養？你不是最愛這些？」

林廷跪著不說話。

阮貴妃看過去，聲音逐漸嚴厲：「怕我又讓你殺了牠是嗎？」

林廷後背繃得筆直，牙關緊咬，好半晌才鼓起勇氣道：「是。兒臣不想養，也不想殺，請母妃成全。」

阮貴妃被他氣得笑了一聲，端坐直身子看著他半晌，沉聲道：「廷兒，你起來。」

林廷咬著牙緩緩站起身，抬頭時，微紅的眼眶裡有屬於少年固執的倔強。

阮貴妃嘆了一聲氣，伸手將他拉到身邊，放輕了嗓音問：「母妃上次讓你殺了那隻兔子，你心裡記恨母妃嗎？」

他不說話，只搖頭。

阮貴妃看著他道：「你現在覺得母妃心狠，是你還不理解皇家生存之道。你這般軟弱心腸，生在尋常人家倒還好，可你生在皇家，這個人人都要拿刀佩劍的地方。你對別人心軟，別人可不會善待你半分。你今後的一切，都要靠你自己去爭，你不狠起心來，這樣任人拿捏的性子，拿什麼去爭？拿什麼去搏？」

林廷低聲說：「兒臣從來都不想爭什麼。」

阮貴妃自嘲似的笑了一下：「你想爭也好，不想爭也罷，你生在這個位子，一切早已註定。」

林廷紅著眼眶還想說什麼，她揮了下手，又懶懶地坐回去，「好了，我這幾日犯了頭疾，不與你多說。你既不想養，就拿去扔了吧。」

林廷心裡一喜，這喜還沒湧上眼睛，就聽母妃冷冷說：「扔到獸園去。」又吩咐身邊的掌事太監：「汪洋，你陪著殿下去，親眼看著他扔，再回來稟告。」

獸園是宮中飼養凶禽猛獸的地方。

這樣一隻弱小的小狗，扔進去只會變成猛獸的食糧。

林廷不敢置信地看著自己敬愛的母妃，動了動唇，卻一個字也說不出來了。

抱著小狗去獸園的路上，林廷一言不發。汪洋對阮貴妃忠心耿耿，自然不會違背命令，只能勸道：「殿下，娘娘也是為了你好，等殿下今後長大了便明白了。您就當這是個死物，閉著眼睛扔過去就完了。」

林廷不理他。那小狗乖乖縮在他懷裡，伸出粉色的小舌頭舔他的手指。

他從小喜歡動物，動物也親近他，無論是貓狗鳥雀，都願意主動接近他。

可是他卻保護不好牠們。

他眼睛紅紅的，把小狗往上抱了抱，親親牠動來動去的小耳朵，細聲說了幾句什麼。

汪洋走在前邊，聽到聲音回頭看了兩眼，又嘆著氣回過頭去，心道，難怪娘娘要用這樣的方式逼他，殿下實在是太心軟了。

獸園的位置很偏僻，經過一座荒草雜生的庭院時，一直沉默的林廷突然將小狗從破敗的院牆上扔了進去。

院裡鋪了幾層厚的枯枝落葉，小狗沒有摔傷，落地時嗚嚶了兩聲，又蹬著小腿爬起來，三兩下跑沒影了。

這附近又荒又偏，還有很多廢棄的枯井，聽說以前淹死過不少人，汪洋反應過來哪敢去追，急道：「殿下！」

林廷冷冷看著他：「隨便你怎麼告訴母妃！」

說完，轉身就走。

汪洋看了看破敗幽冷的院子，又看看走遠的林廷，跺了跺腳，只能回宮覆命。

瑤華宮內，阮貴妃正躺在軟榻上休息，宮女跪在一旁幫她按揉頭上的穴位，聽汪洋如實覆命，丹鳳眼尾微微一挑，竟沒有生氣，只是懶笑著說了句：「倒是硬氣了一回。」

林廷沒回瑤華宮，獨自藏在某座遺棄的庭院裡哭了一小會兒，才擦乾淨眼淚往明玥宮走去。

快到時，遠遠就聽見院牆內傳來小五和小六笑鬧的聲音，走近一看，原是他們在院子裡打雪仗。

瞧見他推門進來，林非鹿毫不客氣地把手中的雪球朝他砸過來，林廷愣愣地也不避，被砸了個滿懷。

林瞻遠在旁邊拍著手笑：「兔子哥哥輸了！」

他原本低落難受的心情這才好轉一些，林非鹿笑著跑過來拉他的手：「大皇兄，給你看我堆的雪娃娃！」

這時候哪有什麼雪人，林廷也是第一次見，覺得小五真是厲害極了。

他一進來林非鹿就發現他哭過，帶著他玩了一會兒，見他眼裡漸漸恢復笑意，才拉他進屋，小大人似的摸摸他腦袋問：「大皇兄，你怎麼啦？」

小五大概是這宮裡他唯一願意分享心事的人了。

林廷低落地把事情經過告訴她。

他心裡不贊同母妃的說法，可他不知如何反駁。他想孝順聽話，也想保護他心愛之物。

他是林帝的長子，是這宮裡年齡最大的皇子，他在弟弟妹妹面前永遠是溫柔大哥哥的模樣，可他其實才十二、三歲，是個大孩子罷了。

林非鹿聽他講完，並沒有多說什麼。

這是他自己的人生，有他母妃插手已經夠多了。

她只是牽起他的手，笑著說：「大皇兄，我們去把小狗找回來吧！」

林廷愣了愣：「可是……那裡十分偏遠，小狗早已跑走，不知該去哪裡找了。」

林非鹿牽著的手往外走去：「今天找不到，我們就明天再去找，明天找不到，就後天再去找，一直到我們找到為止！」

林瞻遠還在院子裡堆歪歪扭扭的雪人，看見他們出門，噠噠噠跑過來，仰著小腦袋問：「兔子哥哥和妹妹去哪裡？」

林非鹿笑咪咪地說：「我們去找小狗，找回來陪你玩。」

林瞻遠不知道跟誰學會了撒嬌，去扯林廷的衣角：「我也想去。」

林廷就拉過六弟冰涼的手握在掌心，一手牽著妹妹，一起拉著弟弟，又變成那個令人安心的溫柔哥哥：「好，一起去。」

林瞻遠長這麼大，離開明玥宮的次數屈指可數。

外面的風景於他而言是陌生又驚奇的，他心裡有些怕，牽著兔子哥哥的手亦步亦趨，小心翼翼打量這個他沒見過的新世界。

林廷便問他：「六弟喜歡出來玩嗎？」

他知道自己是六弟，用力地點點頭：「喜歡！」

林廷溫聲說：「那以後常帶你出來。」

林瞻遠說：「帶妹妹！」

林廷笑起來：「好，帶妹妹一起。」

放走小狗的地方靠近皇宮邊緣，連巡邏的侍衛都異常嚴肅凶煞，林廷走到那破敗庭院的門外，輕輕推開半敞的紅木門，喊了兩聲：「長耳。」

本想從這裡開始找起，結果三人一進去，一團小白影子就從堆積的厚厚的枯葉中拱出來，搖著尾巴衝到林廷腳邊，用小腦袋拱他腳踝。

林廷又驚又喜，一把把牠抱起來，也不在意牠純白絨毛上裹滿的灰塵碎葉，開心地問：「你是在這裡等我嗎？」

不知是不是聽懂了，尾巴搖得更歡了。

林廷鼻尖紅紅的，湊下去親牠，又轉頭壓制著激動跟林非鹿說：「找到牠了。」

她笑咪咪地摸摸小狗的腦袋：「長耳乖。」

林瞻遠沒見過這樣的乖巧好看的小狗，在旁邊眼睛都看直了。林廷抱了一會兒，就把小狗遞給他，輕聲說：「以後長耳就交給六弟照顧了。」

林瞻遠不可置信地指指自己，聽懂兔子哥哥的話，歡天喜地接過小狗。

林廷一直到傍晚才回瑤華宮。

儘管心中難過，但他還是知禮，去向母妃請了安才回房。阮貴妃沒對他多說什麼，只是等他走了才問汪洋：「你說殿下今兒下午都在哪裡？」

汪洋恭聲回到：「回娘娘的話，明玥宮。」

「明玥宮？」阮貴妃實在對這個小宮殿沒什麼印象，直到旁邊宮女提醒了一句梅園，才想起是那個不受寵的嵐貴人住的地方。

汪洋繼續道：「殿下似乎與五公主相處甚好。」

她知道那位年紀小小的五公主，聽說四皇子就是在她的監督下才開始勤奮好學的，深得嫻妃喜愛。阮貴妃對此不甚在意，止了話題未再多問。

年關越來越近，內務府也增加各宮用度以便過年之用，林非鹿又讓青煙送了一筐銀碳到翠竹居去。

青煙早已習慣公主時不時往那頭送溫暖的舉動，現在都跟守門的小廝熟識了，不再像頭次那麼慌張，還會跟小廝笑聊幾句。

這是林非鹿來到這裡後過的第一個年。她對過年沒什麼情懷，以前過年都是在世界各地旅遊，沒有年夜飯，也沒有守歲走親戚。

現在不一樣了，蕭嵐老早就拉著她一起剪窗花貼對聯，總是冷清的明玥宮在冰天雪地間染上了幾分喜慶。

就連院子裡那兩個歪歪扭扭的雪人，蕭嵐都用剩下的布料邊角縫了一條紅圍巾，戴上之後怪可愛的。

林非鹿自從聽她說了團年宴會上的那九十九道歸一宴，就有點饞。

歸一宴是大林建國以來的傳統，九十九道菜肴無一重複，能一直流傳到現在，想必十分美味！

不過團年宴除了邀請皇親國戚，能去的妃嬪就只有皇后、貴妃以及四妃，皇子公主們也不是都能去，必須林帝賜宴才有資格上殿。

她是沒資格了，去長明殿給嫻妃請安的時候，撒嬌讓林景淵到時候偷偷帶出來給她嚐嚐。

林景淵滿口答應了，又嫌棄地說：「其實歸一宴很難吃的。」

林非鹿：？

他說：「又油又膩，而且因為宴席太大，端上來放了太久，冷冰冰的，我每年吃了肚子都不舒服。」

林非鹿：「……」

那你們還每年都辦？

察覺她的疑惑，林景淵主動解釋道：「雖然味道不好，但因是祖宗們傳下來的規矩，吃了歸一宴來年國家才會風調雨順，所以就算父皇不喜，每年也都會勉強自己每道菜都嚐一口的。」

林非鹿驚訝了一下：「父皇也不喜歡吃嗎？」

林景淵：「對啊，父皇跟我口味一樣，吃不得太膩的。」說到這裡，他壓低聲音偷偷跟她分享小祕密：「父皇每年宴席中途都會離場，其實就是去宴殿對面的梅園吹風解膩去了。」

他偷偷跟過兩次，還看見早有宮人在梅園設了茶臺，煮茶讓父皇解膩呢。

只是這種事不好對外人道，林帝都瞞著，只有林景淵這種膽大包天的性子才敢搞跟蹤。

林非鹿起先還在計畫，等過完年，也該是時候想辦法接觸接觸這個最大ＮＰＣ了。沒想到無意間得知這個祕密，簡直就像是老天雙手奉上的機會。

看林景淵的眼神不由得多了幾分喜愛。

真是自己的小福寶呀。

林景淵：小鹿妹妹好像更崇拜我了，害羞。

很快就到了大年三十那一天。

明玥宮喜氣洋洋，蕭嵐還親自下廚，跟雲悠一起做了一桌子菜。吃過飯，天色漸漸暗下來，起先洋洋灑灑的細雪也有越下越大的趨勢。

蕭嵐早早就讓青煙關了殿門，屋內炭火燃得旺，準備跟大家一起守歲。

去喊林非鹿的時候看到她換上了林念知送她的那件紅斗篷，提著一個籃子，上面蓋著布也不知裝了什麼，一副出門的打扮。

蕭嵐一驚：「天都快黑了，妳這是要去哪？」

林非鹿沒跟她說實話：「我跟四皇兄約好了，他會帶歸一宴出來給我吃。」

蕭嵐哭笑不得：「妳這小饞鬼，天又黑又冷的，為了口吃的往外跑。明日再吃不行嗎？」

林非鹿嚴肅搖頭：「不行，明日冷了就不好吃了！」

蕭嵐道：「那我讓青煙和松雨陪妳過去。」

林非鹿搖頭：「天還沒黑呢，我自己去就行，宴殿那邊人多口雜，叫旁人看見不好。今夜巡邏侍衛多，不會有事的。」

蕭嵐還想說什麼，她已經提著花燈一路跑走了。

今夜宴殿燈火通明，歌舞昇平，堪比現代春節電視節目。

林帝端坐高位，看著歸一宴一道道端上來，面上不做表露，心裡已經開始嘆氣。又來了。

御膳房的廚子就不能把歸一宴做得好吃些嗎？怎麼能難吃到這個地步呢？

他生來便是太子，也就是從會說話開始就在吃這歸一宴了，一年復一年，三十多年了，想到今後還要再吃幾十年，簡直要命。

偏生這只是他的口味問題，除了他的老四，其他人似乎覺得還不錯。

不愧是模樣最像他的老四，連口味都與自己一樣，能體會到自己的心情。

思及此，林帝不由得看向坐在下方動來動去像屁股上長了根刺的林景淵，端起酒杯誇了嫻妃幾句。

把嫻妃誇得滿心茫然。

等九十九道菜肴全部上齊，林帝一一嚐過，完成今年的任務，就迫不及待離席了。

大家都習慣他每年中途離席休息的舉動，林帝不在，皇親國戚們反而自在些，殿內笑語連連。

走到殿外，宮人已經提著燈等在外面了，細聲詢問：「陛下，還是去梅園嗎？」

林帝忍著腹內的油膩之感，點了點頭。

因今晚雪大，他也就沒叫宮人提前去煮茶，打算吹吹風聞聞梅香就好。走到院牆外時，突然聽到裡面傳來小小的說話聲，雪花簌簌，那聲音也細細碎碎的，聽不大清。

身邊的宮人正想出聲趕人，林帝略一揮手止住了。

雪下得這麼大，天又這麼黑，他倒要看看，是誰這麼好興致來這賞梅。

他放輕腳步走進去，透過簇簇豔麗紅梅，看見梅樹下跪著一個裹著紅斗篷的小女孩。

小小的一團，被斗篷裹起來，樣子都看不清。

而她身後居然用雪堆著四個雪娃娃，從大到小，有鼻子有眼睛，還纏著紅圍巾，有種煞有其事的可愛。

林帝還是頭一次看見雪人，心中不無驚奇，正立在原地打量，就聽到那小女孩跪在地上奶聲奶氣地許願：「神仙娘娘，祢能聽見嗎？能聽見的話，祢就吹一吹風。」

雪夜本就有風，她這話一說，風聲不停，於是一臉高興道：「神仙娘娘祢聽見啦？那我開始許願了哦！」

林帝：「……」

只見小女孩認真地拜了拜，合在身前的小手凍得通紅，一字一句道：「一願父皇聖體安康，世間清平。」

說一個願望，她便磕頭拜一拜。

「二願母妃吉祥如意，笑顏常在。」

「三願哥哥無憂無慮，無病無災。」

林帝聽到她說父皇時驚訝地看了過去，心道這竟是自己的孩子嗎？可他怎麼不記得……不對，是有一個。

是嵐貴人生的那個五公主。

原以為跟她哥哥一樣是個傻子，可此刻看來，竟是口齒伶俐，絲毫沒有癡傻症狀。

他從未見過這個女兒，現在見到，聽她誠心許的這三個願望，竟是將自己排在第一位，小小年紀卻願世清平，心中不無震驚。

這三個願望許完，最後一個便輪到她自己。

林帝心道，朕倒要看看妳所求的是什麼。

就聽見小女孩吞了吞口水，一副饞到不行的樣子，可憐兮兮地說：「四願……四願小鹿可以嚐一嚐歸一宴！神仙娘娘，一口就好！」

林帝忍不住，噗一聲笑出來了。

這笑聲驚嚇到她，她飛快朝拱門處看了一眼，手忙腳亂地爬起來，轉頭就往梅林裡鑽。

林帝快步上前，開口道：「妳別跑。」

身邊的太監舉起宮燈往前照去，林帝走到那四個雪人跟前，抬頭一看，被驚嚇到的小女孩不知何時爬上了樹，正抱著一根粗壯的枝芽，小心翼翼地往下看。

斗篷從兩邊滑落，她抱樹的姿勢憨態可掬，看起來又笨又可愛，花燈映照下的眼眸水汪汪的，膚如雪白，小嘴巴抿成一條線，可憐兮兮地看著他。

林帝不由得樂道：「妳爬上去做什麼？不怕摔了？」

她抿著唇看了他一會兒，小聲問：「你是誰？」

她不認識自己。倒也正常，她從未見過自己。

林帝有心逗她，便道：「我是神仙娘娘派來實現妳願望的。」

誰知她瞪著水靈靈的大眼睛奶凶奶凶地凶他：「我看起來那麼好騙嗎！」

林帝哈哈大笑。

她噘了下嘴，不知是不是力氣用光了，身子滑了一下，差點從樹上掉下來。

林帝趕緊走到樹下伸出手道：「妳先下來。」

小女孩可憐極了：「我……我不敢。」

林帝說：「跳下來，我接著妳。」

她看著他，聲音軟軟的，不確定地問：「真的嗎？你真的會接住我嗎？」

林帝說：「真的，來。」

只見她深吸了口氣，做出一副英勇就義的表情，眼睛一閉鬆開手，小小一團就朝他懷裡落下來。

林帝也是習武之人，這梅樹不算高，接個小女孩還是沒問題的。

滿樹梅花隨著她的動作簌簌而落，小團子裹著紅斗篷掉進他懷裡，豔麗紅梅落了她一身，像從梅花林裡跑出來的小精靈。

她睜開眼，黑溜溜的眼珠子四下看了一圈，然後甜甜朝他笑起來：「你接住我啦！」

梨窩若隱若現，漂亮又乖巧，林帝突然有種自己白瞎了這麼多年的悔感。

小團子在他懷裡扭了扭，奶聲奶氣說：「謝謝伯伯。」

林帝如今三十七八，是個正值壯年的魅力大叔，看他那幾個兒女就知道他顏值不低，總得來說還是十分英明神武的。

他挑了下眉梢，把小團子放下來，丁點大個小人兒，個頭還不如他的腿高，紅斗篷襯得肌膚似雪眉眼如星。

她一仰頭，兜帽就從腦後滑下來，露出頭頂兩個小揪揪。揪揪上纏了兩根紅絲帶，乖巧地垂在耳邊，粉雕玉琢玲瓏可愛，簡直像年畫裡走出來的小仙童。

他想起蕭嵐的美貌，這小團子倒是繼承了十分。

林帝在她面前半蹲下來，摸摸她的小揪揪，笑問：「妳叫小鹿？」

小團子點點頭：「是呀。」

林帝又問：「這麼晚了，又下著雪，妳在這裡做什麼？」

小團子下意識回答：「我在等……」她突地抿住唇，把後面的話憋了回去。

林帝失笑：「等什麼？」

小團子緊抿著小嘴巴搖頭，大眼睛撲閃撲閃的，不說話。

林帝想了想，又指了指旁邊四個雪人：「這是妳做的？」

她這才開口，聲音軟萌萌的：「對，這是雪娃娃！」

林帝仔細打量了幾眼，發現雪娃娃的眼睛是果核，鼻子是一根胡蘿蔔，脖子上還纏著紅圍巾，有種又醜又怪的可愛之感。像是這小團子能做出來的事。

他指著那個最大的雪人問：「這是誰？」

小團子說：「那是我父皇。」她不等他繼續問，自己邁著小短腿噠噠噠跑過去，挨個挨個指給他看：「這是我母妃，這是我哥哥，這個是我。」

說完了，非常自豪地說了一句：「一家四口，整整齊齊！」

林帝想起蕭嵐和那個傻兒子，眼底不由有些複雜，但眼前的小團子又實在可愛，他內心一時間五味陳雜。

這時提燈的太監走了過來，燈光照過來，驅散了大雪中的黑暗。小團子還自顧蹲在雪娃娃前興奮地跟他說這雪人是怎麼堆的，轉過頭來時，不知瞧見什麼，神情突地頓住了。

林帝正偏頭聽著，見她停了，笑問：「怎麼了？」

卻見她目光落在自己衣服上。

今日團年宴，他自是穿著正式，黑紅衣袍上繡著龍紋。

小團子可愛的眉頭漸漸鎖起來，看了看龍紋，又看了看他，過了好半天，才遲疑著小聲問：「你……你是……陛下嗎？」

真是個冰雪聰明的小團子啊。

林帝笑道：「妳說呢？」

小團子方才輕快可愛的神情頓時消失，她像是有些緊張，又有些害怕，愣愣地往後挪了挪，離得遠了一些，遠不如剛才同他的親近，然後在雪地跪下來，端端正正地朝他行禮。

「小五拜見父皇。」

細聽，那奶聲奶氣的聲音裡還有些顫抖。

看來是自己把她嚇著了。

林帝走過去把她拉起來，蹲在她面前細細打量，感慨道：「朕的五公主，原來長這個模樣。」

剛才生動伶俐的小團子此時垂下了眸，不敢像剛才那樣同他說話，小身影縮在斗篷裡，連頭上的小揪揪都顯得有些可憐。

林帝摸摸她的腦袋，不由放柔聲音道：「朕是妳父皇，妳不必怕朕。」

她抬頭看了他一眼，又飛快低下頭去。

旁邊太監提醒道：「陛下，時間到了，該回去了。」

畢竟是團年宴，中途放風結束，還是要回去繼續參加。

林帝剛點了點頭，就聽小團子迫不及待地小聲說：「小五恭送父皇！」

林帝樂了：「趕朕走呢？」

她垂著小腦袋搖頭，一搖揪揪也跟著晃。

林帝站起身，彈了彈身上的落雪，吩咐身邊的太監：「找兩個人，送五公主回宮。天黑路滑，小心照看。」

太監還沒說話，小團子有些著急地說：「我不回去！我還在等人！」

林帝瞅了她兩眼：「哦？等誰？」

她這下知道他是父皇，不敢隱瞞了，小聲道：「等四皇兄拿吃的出來給我……」

林帝差點笑出聲。

這小團子是真的饞，難怪方才在殿上老四坐立不安頻頻往外看，合著是兩人約好了。

雪夜團年，倒不好掃了兩個小傢伙的興。這小團子初見自己，本就有些害怕，還是不要留下讓她更怕他的印象了。

過年巡邏侍衛多，宮中倒是安全，思及此，林帝便也沒強求，囑咐她幾句之後便隨著太監離開。等他回到殿上時，往嫻妃的方向一看，林景淵果然已經離席。

他的臉上不由得帶了些笑意。

席間眾人見陛下心情大好，又是一番敬酒祝賀，宴席之上好不歡樂。

而另一頭，提著小食盒偷溜出來的林景淵也在約定的地方看見了林非鹿。

他有些高興，腳步快了一些，跑到她身邊時，卻見她看著遠處夜色走神，連他來了都沒發現。

林景淵伸手在她眼前虛晃了一下：「小鹿！」

她嚇了一跳，回神看到他，抿唇笑起來：「景淵哥哥，你出來啦。」

林景淵在她身邊坐下，趕緊把東西拿出來：「妳快嚐嚐，還熱著，我挑的都是味道不錯的那幾樣菜。」

林非鹿點點頭，接過筷子吃起來，嚐過之後軟聲對他說：「好吃，謝謝景淵哥哥。」

話是這麼說，但林景淵總覺得她好像一副心事重重的樣子，她明明很期待歸一宴的，如今嚐到，怎麼並不是很高興呢？

不由得問道：「小鹿，妳怎麼啦？是不是有人欺負妳了？」

林非鹿夾菜的動作一頓，抿了下唇，抬眸看了他一眼，像是想說什麼，卻欲言又止，最後只是勉勵笑了一下，小聲說：「沒有啦，就是有點冷。」

他雖然神經大條，還是察覺她沒說實話，但小鹿不願意說，他也就沒有追問，只道：「那妳快吃！吃完了我送妳回去！」

林非鹿乖巧點頭。

大年夜的雪翌日早上就停了，新年的第一天，天光放晴，是個好兆頭。

昨夜守歲，大家都是凌晨才睡去。明玥宮一向門可羅雀無人拜訪，蕭嵐也就不著急起床，大家一起睡懶覺。

沒想到臨近中午，緊閉的殿門突然被敲響。

守夜的青煙趕緊批了衣服去開門，待看清來人，嚇了一跳。

門外站的竟是在皇帝身邊服侍的太監，他身後還跟著一群宮人，手裡都端著食盒，太監笑吟吟道：「請姑娘早，陛下賜了歸一菜肴給五公主，御膳房剛做出來的，還熱著呢。」

青煙眼睛瞪大。

好在是宮裡的老人，沒失了儀態，趕緊將人迎進來，又急急去請蕭嵐。

蕭嵐也是一臉震驚，趕緊洗漱穿衣，稍微收拾妥貼出門的時候，那十幾道菜肴已經擺上桌了，太監站在門口笑道：「奴才們就不打擾公主用膳了，告退。」

蕭嵐回過神來，朝青煙使了個眼色，青煙掏出一袋銀子遞給太監。

太監假意推脫兩下便收了，帶著一群人離開。

待人一走，青煙才茫然地問蕭嵐：「娘娘，這是什麼情況啊？」

蕭嵐想到昨夜女兒的行為，心頭一時十分複雜。她吩咐青煙：「去叫遠兒起來吃飯吧。」

自己則走進林非鹿的房間去叫她。

林非鹿還睡著，被蕭嵐喚醒，剛揉了揉眼睛，便聽蕭嵐問：「鹿兒，妳昨晚見到陛下了？」

林非鹿緩了一會兒，笑起來：「父皇賞了什麼給我？」

蕭嵐道：「歸一宴。」

她從床上爬起來，蕭嵐便替她穿衣，趁著洗漱期間，她將昨夜的事情大概說了一遍。她沒有告訴蕭嵐這是她故意為之，只說是在等林景淵的時候無意撞見。

蕭嵐沒起疑，嘆著氣摸摸她的頭說：「妳生得這般聰明，娘也不知是好是壞。今後與陛下相處，要萬事小心。」

林非鹿認真地點點頭。

明玥宮今日的午膳便是歸一宴了，她如願以償，每道菜都嚐了一遍。這十幾道菜是林帝從九十九道菜肴裡挑出的他覺得不錯的那幾道，又是新出鍋的，味道自然極佳。

林非鹿大飽口福，心情大爽，後宮卻因為此事炸開了鍋。

不是說蕭嵐絕無復寵的可能嗎？怎麼開年第一天，陛下就往明玥宮賞東西了？

更加叫人疑惑的是，賞的不是什麼珍寶錦緞，而是十幾道菜？

陛下這是什麼路數，好叫人摸不清頭腦啊！

直到午後時分才傳出消息，說那十幾道菜肴不是賞給嵐貴人，而是賞給五公主的。

眾人一聽，更加好奇。

這位五公主在陛下面前一向查無此人，怎麼突然無聲無息就進入陛下視線，還受了賞賜？

雖說跟嵐貴人無關，但一旦五公主獲寵，母憑子貴，蕭嵐的好日子還會遠嗎？後宮之前落井下石的那些妃嬪一時有些惶惶。

嫻妃聽聞此事倒是很高興，在宮裡跟宮女聊了幾句，恰好被林景淵聽到。

林景淵本就一直在猜測昨晚小鹿妹妹的異樣因何而起，此時聽聞此事，聯想到昨晚她的欲言又止，頓時坐不住了，一溜煙地跑去明玥宮。

林非鹿正抱著長耳坐在門檻上餵食。

見他過來，剛喊了一聲「景淵哥哥」，就聽他迫不及待問：「妳昨晚見到父皇了？」

林非鹿本來笑吟吟的，聽他這話，神情一怔，頓時有些緊張地低下頭去，一副做錯事手足無措的表情。她埋著小腦袋，小氣音哽咽地傳出來：「景淵哥哥……對不起……」

她抬頭看著他，眼眶有點紅，小鼻樑也紅紅的，小奶音斷斷續續說：「我……我只是……想見一見父皇……我從來沒有見過他……」

林景淵心疼死了，趕緊哄她：「不哭哦不哭哦。」

她抽泣著道：「我本來，本來昨晚就想告訴你……可我怕你生氣……」

林景淵大聲反駁：「我怎麼會生妳的氣！何況這有什麼好生氣的！」他一副同仇敵愾的語氣，「妳自出生以來，就沒見過父皇，連他長什麼樣都不知道，平日又總聽我們說起，想見他也是情有可原啊！」

他說完，撓了撓腦袋，忍不住問：「那妳是怎麼見到父皇的？你們都說了什麼？」

林非鹿睫毛濕潤，掛著淚滴，認認真真道：「我藏在梅園的樹上，只想偷偷看一看父皇，但是沒想到被他發現了。」

林景淵：「妳怎麼能爬樹！多危險啊！」

林非鹿省去一些步驟，把經過說予他聽。

林景淵聽完，一臉不可思議：「所以妳見著父皇，就跟他說妳想吃歸一宴？」

林非鹿：「對呀。」

林景淵恨恨鐵不成鋼地看著她：「妳是不是傻啊！有見父皇的機會，妳要什麼歸一宴，妳朝他要入太學的資格啊！」他痛心疾首看著自己的傻妹妹，「大好的機會，都被妳浪費了！」

第十一章 綠茶*VS*綠茶

林帝一有什麼風吹草動，都會被整個後宮注視。自從歸一宴往明玥宮一賞，之前嘲諷踩踏蕭嵐的風向就變了。

不說交好，起碼不再結仇，之前是看在幾位皇子的面子上才對這位五公主也恭恭敬敬的，現在倒是真心將她當做公主看待起來。

感覺到宮裡風向的轉變，林非鹿還是平常心。萬事不能操之過急，她沒著急再去林帝面前刷臉，初遇是故意為之，後面就可以隨緣了。

她近來也有事做，就是教林瞻遠寫字讀書。

他是林帝的心中刺，日後兩父子肯定有見面的時候。她不指望林帝能喜歡這個傻兒子，但至少不再像以前那麼厭惡。林瞻遠會長大，不可能一輩子生活在蕭嵐和她的庇護下，她還是希望他能多一些依仗的。

林瞻遠不識字，蕭嵐也從未教過他，起初林非鹿教他，他還怪不情願的。

他的心智不過三四歲，只想玩，對於讀書識字當然是抗拒，林非鹿教了他兩天，感同身受了幼師的無奈。

先是佯裝生氣，哥哥不讀書我就不理哥哥了！

所謂威逼。

後來又說，只要哥哥能會寫自己的名字，我就帶哥哥去滑雪。

所謂利誘。

一番威逼利誘之下，林瞻遠總算有所進步。一大早就拿著寫滿名字的宣紙跑到妹妹的房間來，把她從溫暖的被窩裡拖出來：「名字！滑雪！」

然後林非鹿和他一人端著一個盆子，來到她早就選好的適合滑雪的場地。

就在她當初初遇長公主林念知那個亭子旁邊的高坡上。這上面宮人不太好上去掃雪，也就沒管，坡面積滿了雪，坡度也不算陡，她那天試了試，用來滑雪剛好合適。

從大年初一那天開始雪就停了，現在這地方的積雪已經有融化的跡象。緩坡距離地面不到兩公尺的距離，就算翻了問題也不大。

林非鹿興致勃勃拉著林瞻遠爬上去，自己先坐在盆子裡，做了個示範，然後呲溜一下從坡上滑了下去。

林瞻遠看得目瞪口呆，反應過來後興奮地拍手，但他有些怕，等林非鹿再次爬上坡來，才在妹妹的幫助下坐進盆裡。

林非鹿在後面拽著他，大聲問：「準備好了嗎！」

林瞻遠：「好了！」

然後她笑著鬆開手，把他推了下去。

林瞻遠興奮地哇哇大叫，一到底就抱著盆子重新往上爬。

兩個人玩得不亦樂乎，笑聲飄出去好遠。

宋驚瀾跟天冬從內務府領了東西往回走的時候，聽見飄在風裡的笑語。

天冬倒是機靈，一下子就聽出來了：「好像是五公主的聲音。」

宋驚瀾透過亭臺飛簷往那邊看了看，聽這笑聲，有些好奇：「去看看。」

兩人繞過亭子走過去，一走近，就看見高坡上五公主坐在盆子裡，兩隻小手抓著盆沿，從坡上一路風馳電掣地飛滑下來。

天冬哪見過這種玩法，驚訝得眼珠子都瞪大了。

只可惜這一次她沒把握好平衡，快到底的時候翻了車，盆子一歪，她整個人從盆裡飛了出來，身子落在雪地上呲溜一下滑出去老遠，然後摔在剛好走近的宋驚瀾腳邊。

宋驚瀾：「……」

林非鹿：「……」

他忍住笑，半俯著身問：「五公主，這是在做什麼？」

林非鹿：「……」她趴在地上可憐兮兮地看著他：「小鹿摔到了，要殿下親親才能起來。」

宋驚瀾：「……」

天冬：「……」

啊啊啊啊啊啊殿下被調戲了！

宋驚瀾好笑地搖了下頭，半蹲下身子將她從雪地拉了起來，又替她拍了拍沾在衣裳上的碎雪。他蹲下來的時候，身高剛好與她持平，平行對視時，恰好能看到他溫柔的眼睛。

他問：「好玩嗎？」

林非鹿說：「好玩！殿下要不要試試？」

宋驚瀾笑起來：「我就不試了，這盆裝不下我。」

林非鹿「昂」了一聲，看見天冬手上提的東西，「殿下去內務府了？」

他點點頭：「是，去領了些份利。」

眼前的小姑娘立刻做出一副奶凶奶凶的表情，小手插著腰問：「他們沒有為難你吧？」

宋驚瀾失笑：「沒有。」

林非鹿不放心地看著他：「以後殿下缺什麼，告訴我就好了，我讓人送來給你。內務府那幫人最會看菜下碟，殿下去了，免不了被他們剋扣。」

她現在看他就跟看自己以前的崽一樣。

只是不能衝上去喊崽崽好帥媽媽愛你了。

宋驚瀾微微垂了下眸，溫聲說：「公主送來的東西已經夠多了，我什麼也不缺。」

唉，多麼懂事知足的好孩子啊。

宋鶩瀾：？

小不點眼裡突然出現猶如母愛般的憐惜是他看錯了嗎？

好在身後一路哇哇大叫滑下來的林瞻遠打斷了詭異的氣氛，他抱著盆子嘡嘡嘡跑過來，一邊拍手一邊開心地說：「妹妹好笨！妹妹摔倒了！」

林非鹿吐舌：「略略略。」

她見宋鶩瀾在打量林瞻遠，笑著介紹道：「殿下，這是我哥哥，他叫林瞻遠。」

又跟林瞻遠說：「哥哥，這是七殿下。」

林瞻遠眨眨眼睛看了看他，突然開心喊道：「弟弟！」

宋鶩瀾笑著挑了下眉，林非鹿糾正他：「不是弟弟，是七殿下。」

林瞻遠指指自己：「六。」又指指宋鶩瀾，「七。」

他開心地拍手：「七弟！」

宋鶩瀾失笑，對林非鹿道：「妳哥哥很可愛。」

林非鹿腦袋一歪，準備不乖，笑咪咪地問：「那殿下覺得，是我哥哥可愛一點，還是我更可愛一點呢？」

沒想到宋鶩瀾很鎮定地說：「五公主最可愛。」

本來調戲的人有種自己反被調戲的羞恥感。

林瞻遠著急地扯她的衣角：「滑雪！滑雪！」

宋驚瀾笑了笑，站起身來，溫聲道：「五公主去玩吧，小心一些，別再摔到了。」

林非鹿近距離欣賞完神仙顏值，心滿意足地揮揮手。

兩人一直玩到午時，青煙來找他們回去吃飯才意猶未盡地結束了這次的滑雪。第二天一早林非鹿還睡著，又被拿著寫滿自己名字的宣紙的林瞻遠搖醒了。

她痛苦地捂住腦袋：「哥哥！這個約定已經過期了！寫你的名字沒用，要學新的字了！」

林瞻遠：「不管！滑雪！滑雪！」

林非鹿：突然體會到養孩子的辛酸。

新年伊始，事事歸納重啟，六部官員人事更迭，去年專案彙報進度，林帝只清閒了兩天，後面開始忙起來了。他畢竟是一個想名垂青史的皇帝，在政事上十分兢兢業業。跟太子一樣，對自己的要求十分嚴格。

自從大年夜那天晚上在梅園見過自己的五公主後，就一直沒機會再看到她。

畢竟他心裡對於蕭嵐和林瞻遠還是有所芥蒂，想到去了明玥宮就會見到他們，便不想去了。但他忙著，也不好傳話把小團子叫過來，她知道自己的身分後就不太自在，若是貿然將她傳來，大概會嚇哭。

這日太子來養心殿請安，林帝隨口詢問了幾句課業，突然瞄見他腰間佩的那個精緻的香囊。

林帝想起來，上次太子說，這是五妹送的。

他狀似不經意地開口問道：「怎麼次次見你都佩著這香囊？」

林傾不明白為什麼話題突然從功課轉到了香囊上，但還是恭聲回答：「兒臣很是喜愛這香囊的繡花和香味，所以便日日戴著。」

林帝乾咳了一聲：「上次聽你說，是五公主贈予你的？」

林傾說：「是。」他主動解釋道：「兒臣與五妹在獵場初遇，送了她一枚香玉，五妹便回贈了兒臣香囊。」

林帝：「她親手做的？」他淡聲道：「取來給朕看看。」

林傾不得不取下香囊遞過去，小心打量父皇的臉色。

打量著打量著，就看見林帝一臉若無其事地把香囊繫到自己腰間。

林傾：？？？

他忍不住小聲道：「父皇……」

林帝拿起一本奏摺開始批閱，沉聲道：「朕近來心緒不寧，聞這香囊的味道，倒是清明醒目了不少。」

林傾：「……」

過了一會兒，他聽到自己父皇奇怪地問：「你還有什麼事嗎？」

林傾：「……沒有。」

林帝：「哦，那便退下吧。」

林傾：「……」

他盯著香囊看了兩眼，一臉幽怨地告退了。

太子一走，林帝立刻放下手上的奏摺，取下香囊美滋滋打量起來。朕的五公主真是心靈手巧吶，又會堆雪人，又會做香囊！

絲毫不覺得從自己兒子手裡搶東西有什麼不對。

林傾從養心殿出來時，看著外面晴天冷陽，忍不住開始懷疑人生。

他腳步沉重往東宮走時，在半路上碰到了林景淵。

這大冬天的，他卻滿頭大汗，不知道又跑去哪裡瘋玩。見到他先是行了個禮，然後下一刻果然眼神灼灼掃向他的腰間。

林傾只覺腰間一痛。

就聽見老四問：「三哥，你的香囊呢？怎麼不見你戴？你是不是不喜歡啦？不喜歡的話，送給我啊！」

林傾：！！！

這些人到底是怎麼回事！怎麼一個兩個都覬覦自己的香囊！

林傾身為太子，一向少年老成，嚴於律己，此刻也經不住顯露幾分屬於這個年紀的活力，慫著壞慫恿林景淵：「被父皇拿去了。你想要去找父皇要啊。」

林景淵果然不說話了，目不斜視往前走，邊走邊喃喃自語：「還好我還有《論語》、海棠花和護手霜，我真幸福。」

林傾：「……」

感覺受到一萬點暴擊。

他不再理林景淵，一甩袖憤怒地回到了東宮。

宮內的宮人本來恭恭敬敬地等著太子殿下，見他一臉不高興地回來了，還以為是他在林帝那邊受了責罵，惶恐之下不敢多問，只能更加小心地伺候。

午睡過後，按照慣例，林傾便要起床讀書，宮人們行走都是輕手輕腳的，不敢發出動靜打擾到太子。門口坐著的小太監正撐著腦袋打盹，突然有個小身影走進殿來，推了推他。

太監驚醒，待看清眼前的人是誰，反應過來後，趕緊朝她行禮：「奴才見過五公主，五公主吉祥。」

林非鹿笑咪咪的，歪著頭問：「太子殿下可在？」

太監道：「在的，殿下正在讀書，五公主隨奴才來。」

林非鹿點點頭，小太監便領著她往裡走。

這還是她第一次來東宮，不如那些嬪妃的後宮奢華精緻，反倒有點像太學，透著一股莊嚴肅穆之感。想到林傾也不過十來歲，一個人住在這樣的地方，難怪性子養得那麼沉著持重。

上了臺階，走到殿門外，小太監低聲道：「五公主在這裡稍等片等，奴才這就進去為公主通傳。」

林非鹿乖巧點頭，小太監便提著衣角埋著頭一路小跑進去。

林傾睡了一覺之後心情平復了很多，覺得自己為了區區一個香囊計較，難免失了大體，便不再去想。正坐在書桌前看書，瞧見小太監跑進來，淡聲問：「什麼事？」

小太監恭聲道：「殿下，五公主來了，在外面等著呢。」

林傾訝了一下，沒叫他傳，而是起身朝外走去。

走到前廳時，就看見殿門外的小女孩兩隻小手正扒著門探頭探腦地偷偷朝裡看。

暗中觀察.GIF。

林傾忍不住笑起來：「五妹，進來吧。」

林非鹿在門口抿唇斂首朝他笑了下，邁著小短腿跨過門檻走進來。

林傾吩咐太監去倒酥茶拿點心水果招待小五，領著她往裡走，走到平日休息說話的軟榻處，一坐上去，便看見林非鹿手腳並用地往上爬。

他失笑，起身過來把小五抱了上去。

林非鹿還是第一次被她的哥哥抱，略羞澀了一下，找好位子跪坐好。太監很快端了點心水果上來，酥茶也正熱著，林傾倒了一杯給她，笑著說：「五妹多吃一些，長高一些。」

林非鹿想起上一次在獵場奚行疆說的話，噘著嘴問他：「太子殿下也覺得小五矮嗎？」

林傾居然點頭：「是有一些。」對上林非鹿幽怨的眼神，又笑著補充一句：「不過這並不影響五妹的可愛。」

林非鹿雙手捧著一塊點心啃，邊啃邊說：「我還小嘛，等我再長大一點，我就會長高啦。」

林傾因為香囊的事午膳沒什麼胃口，沒怎麼吃，此刻見她吃點心吃得那麼香，居然有了些食欲，兩人便一起吃點心喝酥茶。

吃飽喝足，林傾才問：「天還冷著，五妹大老遠的怎麼一個人過來了？」

林非鹿抹抹嘴角的點心，眨眨眼睛看著他道：「上午景淵哥哥跟我說，太子殿下的香囊被父皇搶走了，殿下很難過。」

林傾的臉色頓時有些不自在：「老四這快嘴，真是欠收拾。」又恭敬地笑了笑，正色道：「父皇喜歡，做兒臣的自然要雙手奉上，怎麼能說搶呢？」

林非鹿：你的眼神不是這麼說的。

他說完，打量小五兩眼，忍不住問：「難道五妹又做了一個香囊，專程給我送來嗎？」

林非鹿搖搖頭，聲音脆生生的：「送了香囊，萬一又被別人看上要去了怎麼辦？」她在林傾失落的眼神中甜甜笑起來：「這次小五送殿下一個別人搶不走的禮物！」

然後林傾就被她帶到了「滑雪場」。

近來沒再下雪，積雪已經漸漸融化了，唯有這高坡之上還有存貨，不過也就這兩天的事，趁著還沒融雪，林非鹿要把這樂趣之地的最後價值利用起來。

林傾跟她出門時便滿腹疑惑，來到此處，看著小五手腳並用爬上高坡，更加摸不著頭緒了。

那坡因為積了雪不太好爬，深一腳淺一腳的，難免影響儀態，林傾站在下面不願上去，遠遠問道：「五妹，這是要做什麼？」

林非鹿站在坡頂朝他招手：「太子殿下，你快上來呀。」

林傾有點抗拒：「這……」

林非鹿雙手捧在嘴邊朝他喊：「小五要送殿下的禮物就在這上面，殿下上來了便知道啦。」

林傾朝四處看了一眼。冬天這地方風大，地勢又不平，九連環亭子落滿了雪，幾乎沒人過來。他看了在坡上蹦蹦跳跳的小女孩一眼，咬了咬牙，終於還是下定決心往上爬去。

因為不願被人看見，他動作快了很多，爬上坡頂時累得氣喘吁吁。爬上來了，才看見坡上放著兩個大盆，很是詼諧地擺在那裡。

他忍不住問：「這便是妳要送給我的禮物？」

林非鹿笑著搖搖頭，把最大的那個盆搬過來，放在口子上，軟綿綿的聲音開心地說：

「太子殿下，你坐進去。」

林傾：！！！

讓他爬上來已經是他最大的讓步，怎可再做出如此粗俗之事。

看他一臉抗拒，林非鹿抿了抿脣，軟聲說：「太子殿下，這裡沒人會看見的。」

林傾還端著，臉上也湧上不悅：「五妹到底要送我何物？」

林非鹿眨了眨水靈靈的眼睛，蹭過來輕輕拉他衣角，聲音又軟又甜：「小五不會騙你的。」

林傾滿臉糾結，看了看她，又看了看盆，心道他如今來了，總不好撫了小五的面子，她年紀雖小，但是極聰敏的，他也有心與她結交。反正無人，試一試便試一試。

思及此，牙一咬眼一閉，往那盆子坐去。

林非鹿站在他身後，等他坐好之後，教他兩手抓著邊緣，開心地大聲道：「太子殿下，小五推你下去啦！」

林傾看了高坡一眼，這才反應過來她想做什麼，頓時大驚失色：「等……！」

話還沒說完，小丫頭也不知力氣怎麼那麼大，往前一推，林傾便一路風馳電掣地飛滑下去。

寒風吹起他的冠髮，吹揚他的衣角，也吹起一路的雪花。他的心臟像是從高處墜落，一瞬間的緊繃之後，是釋放的愉悅和輕鬆。

過程極短，可感覺卻前所未有，有一股莫名的刺激與興奮，襲遍了全身。

盆子滑到底停下來的時候，林傾雙手還緊緊拽著邊緣，坐在裡面沒回過神來。

直到身後的山坡上傳來小五開心的笑喊。

她說：「太子殿下，小五送妳的，是快樂呀！」

別人搶不走的禮物，是獨屬於他一人的快樂。

他自幼立為太子，行事警惕，言行慎重，半步不敢踏錯，生怕惹父皇不喜。

母后總是告誡他，這個位子無數人在盯著，滿朝文武盯著，就連天下百姓也盯著，不僅不能犯錯，還需德才兼備，謹言慎行，成為眾皇子的榜樣，才擔得起太子二字。

他給自己立了一個框架，他永遠活在那個框架，永遠不會犯錯。

這個框架為他擋住了很多惡意攻擊，也擋住了他生而為人的自由和快樂。

身後又是一陣風聲，林非鹿一路咯咯笑著滑下來，她人輕，滑得沒有他遠，停下來之後從盆裡爬出來，跑過去拉他的衣角：「太子殿下，走呀，我們爬上去再滑一次！」

林傾轉過頭看她。

身後的小女孩穿著粉色的襖裙，頭上綁著乖巧的揪揪，碎雪灑了她一身，她笑得開心又真誠，眼睛裡好像有小星星。

林傾默了一下，發愣的臉上終於展開一個笑來，起身後將盆子抱起來，興致勃勃道：「走！」

兩人一直玩到傍晚，最後林非鹿實在累得不行了，小身子呈大字趴在雪地上，有氣無力軟綿綿地說：「太子殿下，小五太累了，一滴力氣都沒有了。」

林傾哈哈大笑，將她從雪地上拉起來，體貼地拍拍她衣服上的雪，「那回宮吧。」

兩人離開「滑雪場」，因東宮和明玥宮在兩個不同的方向，林非鹿拖著兩個重疊起來的盆子放在腳邊，小拳頭拱在一起朝他行禮：「小五告退。」

林傾點了下頭，待她要走，不知想到什麼，又叫住她：「小五。」

林非鹿轉過頭來，兩個小揪揪有點散了，軟噠噠的趴在頭頂。

林傾問：「妳是怎麼稱呼老四的？」

林非鹿愣了一下，小聲說：「……景淵哥哥。」

林傾又問：「那你叫我什麼？」

林非鹿：「太子殿下。」

林傾默不作聲瞅著她。

林非鹿眼觀鼻鼻觀嘴，遲疑著：「太子……哥哥？」

林傾這才笑了下，「嗯。」

她也抿唇笑起來，乖乖朝他揮手：「太子哥哥再見。」

林傾步履輕快地走了。

林非鹿則吭哧吭哧拖著兩個盆子回明玥宮，好在她跟松雨交代好了，松雨抓著時間來接她，把滑雪盆接了過去。

回到明玥宮時，林瞻遠抱著長耳坐在門檻上，見她回來，怪不高興地看著她，氣呼呼說：「妹妹滑雪不帶我！」

林非鹿反問：「哥哥今天字寫得怎麼樣？」

林瞻遠羞澀地垂下了小腦袋。

林非鹿忍著笑摸摸他的頭，牽著他的手往裡走去。林瞻遠問：「妹妹跟七弟滑雪嗎？」

林非鹿愣了下他說的七弟是誰，反應過來後哭笑不得地糾正他：「說過很多次啦，不是七弟，是七殿下。」

林瞻遠還怪不服氣的，大聲反駁：「就是七弟！五六七！」

蕭嵐笑著走出來：「什麼五六七？」她看林非鹿一身的碎雪打濕了衣服，連責備聲都溫溫柔柔的：「又去瘋玩，受涼了怎麼辦？松雨，幫公主把衣服換了。」

林非鹿撒嬌似的蹭了蹭她的胳膊。

那日之後，未再飛雪，天氣放晴，太陽常出來找存在感，宮中的積雪開始飛速融化。林非鹿去滑雪場看了一眼，高坡濕噠噠淌著水，看來要告別滑雪遊戲了。

陽光放晴，天氣卻反而更冷，林非鹿總算明白那句「化雪總比下雪冷，結束總比開始疼」是什麼意思。

下雪時天冷還能賞雪景，化雪時更冷不說，連雪景都沒得賞。整個皇宮比之前更冷清，大家沒事不願出去走動，內務府連銀碳的供給量都增加了不少。

林帝忙了一段時間，將近來的政事處理得差不多了，聽太監回稟，說後宮娘娘都在說冷，略一思索，便決定去鹿山上的行宮度假泡溫泉。

這也是每年冬天皇家的必備行程，但不是每個人都能去，比如阮貴妃和奚貴妃就只能去一個，因為需留一個管理後宮。皇后禮佛不愛遠行，往年也是不去的。

以往都是林帝點幾個受寵的妃嬪，加上他的皇子公主們。

太監得了消息，便擬了隨行人員的名單給林帝過目。

這名單大家心中有數，往年都是那些人，不過稍有調整而已。

去年是阮貴妃隨行的，今年便換成了奚貴妃。奚貴妃素來疼愛她的姪兒，林帝便讓太監把奚行疆也加上。最後數來數去，足有十九人之多。

林帝聽太監念了一遍名單，點了點頭，突然想到什麼，又說：「把五公主加上。」

太監一愣。

林帝政事繁忙，自賜歸一宴後就沒再提起這位五公主，而五公主又不像其他皇子公主那樣常來請安，太監都快把她忘了。聽林帝這麼一說，趕緊應是。

隨行的旨意很快頒發到各宮，蕭嵐接到旨意，驚訝比大年初一那天接到歸一宴要小很多。只是回屋之後不無擔憂地囑咐女兒要注意分寸和安全。

林非鹿一一應了，蕭嵐又打算讓青煙和松雨都跟著去，被她拒絕了。一來是蕭嵐和林瞻遠留在宮中，身邊沒兩個丫鬟伺候她不放心。二來這次行宮之行去了那麼多ＮＰＣ，簡直就是她的獵場，身邊的人跟多了，反而不利於她發揮。

想到嫻妃和林景淵也要去，蕭嵐便也沒多說，臨行前專程去長明殿拜託嫻妃替她照看女兒，嫻妃當然是毫不推辭地答應了。

到了臨行這天，蕭嵐一直把女兒送上等在殿外的馬車，又憂心忡忡地囑咐她幾句，才目送馬車離去。

林非鹿起先還憋著，等馬車一動，立刻興奮起來。

來這這麼久，她從來沒離開過皇宮，快把她憋死了。

馬車搖搖晃晃，她跪坐在坐墊上掀了簾子往外看，前後都是車輦，浩浩蕩蕩，很是威風。

皇家出行，自然提前清場，離開皇宮穿過京城長街時，林非鹿沒能看到她想到看的熱鬧古街。除了護駕的侍衛，街上一個人都沒有，家家戶戶房門緊閉，生怕冒犯聖駕。

看了一會兒，也就百無聊賴地坐了回去。

馬車實在是個不怎麼舒服的交通工具，對於坐慣了汽車高鐵飛機的林非鹿來說，不到一個小時，她就感覺渾身快散架了。

偏偏行宮路遠，在鹿山上，按照他們的行進速度，一天都到不了，夜間會在驛站休息，第二天再繼續趕路。

林非鹿：……

古代皇上度個假也不容易啊。

松雨瞧五公主像渾身長了刺一樣在空間不大的馬車內扭來扭去，忍不住笑道：「公主，奴婢幫妳按一按吧。」

林非鹿瞅著窗外騎馬巡視的侍衛，羨慕道：「好想出去騎馬啊。」

出去透透氣也好啊。

這話剛說完沒多久，就看見奚行疆騎著一匹黑鬃大馬從馬車旁經過。

她有些時日沒見過奚行疆，他畢竟不是皇子，太學停課，便也不常進宮。此時再見，少年鮮衣怒馬，很是帥氣，一邊策馬一邊朝車隊探頭，像在尋找什麼。

林非鹿心想，他難不成是在找我。

她探出小半個身子，用著小氣音喊：「奚行疆！奚行疆！」

奚行疆朝著聲音的方向看過來，待看見她，眼睛一亮，頓時笑開：「找到妳了！」

他驅馬走近，靠著馬車微微俯下身子，笑咪咪說：「小豆丁，好久不見啊，想妳世子哥哥沒？」

林非鹿瞪他：「登徒子！」

奚行疆斜她兩眼：「罵來罵去只會這幾句。」他又朝她擠眼，「坐馬車多悶啊，要不要出來騎馬？」

林非鹿說：「我不會。」

奚行疆心情大好地笑了兩聲，一手勒住韁繩，另一隻手竟朝她伸來，「來。我帶妳。」

她人小，能從馬車窗口進出，但車隊還在行進中，就這麼搞會不會有點太危險了？

她還在糾結，奚行疆卻是一俯身，手臂從她腋下環過，將她摟住了。她本就半個身子探在外面，被他這麼一撈，整個人瞬間從馬車裡被撈出來，反應過來之後，人已經坐在馬背上了。

松雨在裡面嚇得直喊公主，奚行疆挑了下唇角，朝她道：「本世子帶妳們公主去見識見識騎術，放心便是。」

林非鹿被他這個騷操作嚇了一跳，心臟落定之後，他兩隻手勒著韁繩將她環在懷裡，大喝一聲：「駕！」

馬兒便撒蹄子飛奔起來。

林非鹿人小又輕，重心不穩往後一倒，撞在他胸口，小揪揪都撞散了。

冰涼又清新的空氣迎面撲來，她的小手緊緊拽著大馬的鬃毛，生怕一個不注意摔下去摔成下半生殘疾。偏偏奚行疆有意逗她，速度越來越快，林非鹿的屁股快被顛成四瓣了，忍不住大喊：「奚行疆你騎慢一點！」

少年清朗的笑聲散在風中：「慢了還叫騎馬嗎？」

林非鹿恨不得咬死他。

林景淵正坐在馬車內開開心心吃桃酥，突然聽到什麼，忍不住問身邊的康安：「你聽這像不像五妹的聲音？」

康安仔細聽了一會兒：「是有些像。但五公主不是在後面的馬車上嗎？」

林景淵爬到車窗往外一看，恰好看見車隊旁邊一匹黑馬飛馳而過，而馬背之上則坐著奚行疆和他的小鹿妹妹。小鹿一路尖叫著，聽聲音似乎被嚇得不輕。

林景淵登時大怒，把桃酥狠狠一摔，從馬車上跳了下去，對旁邊巡邏的侍衛大吼道：「你下來！」

侍衛一驚，趕緊下馬。

林景淵二話不說騎上馬去，馬鞭一揮就去追，邊追邊喊：「奚行疆你這個無恥之徒還不把我妹妹放下來！」

好在這些皇子們打小就學習騎射，林景淵騎術不錯，他使了全力，但奚行疆因為帶著林非鹿還是有所保留，很快就被他追上了。

兩匹馬馳騁寒風之中，林景淵邊跑邊大罵：「奚行疆！你給我停下來！你要不要臉！這麼大個人欺負我妹妹！」

奚行疆斜了他兩眼，吊兒郎當的：「喲，四殿下，騎術不錯啊。」

林景淵快氣死了，再看縮在他懷裡動都不敢動一下的小鹿，簡直怒火中燒，氣得哇哇大叫：「你信不信我稟告父皇，砍你腦袋！」

奚行疆：「駕！」

林景淵：「啊啊啊啊啊啊我殺了你！」

兩人騎著馬很快跑離隊伍，沒多久後面又是一陣馬蹄聲，兩人回頭一看，竟是太子林傾追了上來。

林景淵眼中一喜，便聽林傾厲聲道：「行疆！不可胡鬧！五妹年幼，快把她放下！」

奚行疆賣太子的面子，聽他如此說，撇了下嘴，一勒韁繩，停了下來。

林非鹿已經被獵獵寒風吹得萬念俱灰了。

表情都被凍僵了。

她再也不嫌棄馬車了，馬車挺好的，真的。

三人下馬，奚行疆一把她抱下來，就被林傾和林景淵接了過去，兩人一番關切慰問，發現她只是被凍到了，並無大礙，才鬆了口氣。

奚行疆看著兩個妹控在旁邊噓寒問暖，嘴裡叼了根狗尾巴草，慢慢悠悠道：「我只是帶她騎個馬兩位殿下就受不了了，那以後我若是要娶她，你們豈不是要找我拚命？」

林非鹿：？

林傾：？

林景淵憤怒地撲上了上去：「你想娶誰？老子現在就掐死你這個無恥之徒！」

奚行疆被林景淵掐到翻白眼。

他不是打不過林景淵，只是來之前姑姑耳提面命告誡過他不許闖禍，不許跟幾位皇子們起衝突，不然今後有什麼出行就再也不帶他了。

奚行疆只能忍了，翻著白眼大聲道：「我不過開個玩笑！誰要娶一個還沒我腿長的小豆丁！」

林非鹿：？

很好，你得罪我兩次了。

林傾在旁邊喝止了林景淵，待扭打在一起的兩人分開，又教訓他們幾句出行在外要守規矩，不可驚擾聖駕，才騎馬帶著林非鹿往回走去。

林傾騎馬平緩很多，而且他的馬具也較為柔軟，林非鹿坐在他前面，屁股總算沒那麼痛了。

馬兒邊走邊吃草，林傾不著急，勒著韁繩慢悠悠的，林非鹿這才能欣賞郊外的風景。

冬天的景致十分蕭條，但野外空曠，萬里無雲，行進的車輦一眼望不到頭，有種置身蒼茫天地之間的遼闊感。

林傾在身後溫聲道：「行疆素來頑劣，五妹不要與他計較。」

林非鹿乖巧點頭，想了想，又問：「太子哥哥，行宮裡除了溫泉，還有什麼好玩的嗎？」

林傾笑道：「行宮位於山腰，景色別緻，妳去了一看便知。」

兩人正低聲說話，旁邊車隊中有輛精緻的馬車突然掀開了簾子，車內傳來一道甜美輕柔的聲音：「太子殿下。」

林非鹿偏頭看去，寬敞的馬車內宮女跪在一旁撩開了車窗簾，窗裡坐著一個清純大美人，正笑盈盈地看著他們。

她不知這是誰，卻聽林傾道：「梅妃娘娘。」

原來是四妃之一的梅妃，四妃之中唯一沒有子嗣的妃子。

她看起來年歲不大，膚白貌美，眼波盈盈動人，不勝嬌弱，跟蕭嵐的美貌有得一拚，難怪這些年備受林帝寵幸。

連聲音都十分悅耳動聽，柔聲問：「妾身方才聽見車外嘈雜，可是出了什麼事？」

林傾道：「四弟玩鬧而已，梅妃娘娘不必憂心。」

梅妃點了點頭，又看向與他同乘一匹馬的小女孩，笑問：「這位便是五公主嗎？」

林非鹿脆生生開口：「小五見過梅妃娘娘。」

梅妃掩嘴一笑，端的是溫柔曼妙：「頭一次見，果然是個伶俐可愛的。行宮路遠，五公主獨自一人乘坐馬車，可會害怕？不若和妾身一起，也好照料。」

這宮中妃嬪她或多或少見了一些，這還是頭一個沒有緣由初次見面就對她釋放善意的。

她可是聽說過梅妃與惠妃交好，依照惠妃每次見到她都不掩厭惡的態度，梅妃此時的表現就有些反常了。

自己就算要去，也是去嫻妃的車上吧？

可她笑盈盈的，眼神真摯又溫柔，無論語氣還是神情都挑不出一點毛病。

林非鹿心中生出一絲異樣：好像聞到了同類的味道。

她在馬背上歪歪扭扭朝梅妃行了個禮，奶聲奶氣道：「小五不敢叨擾梅妃娘娘。」

梅妃笑道：「五公主哪裡的話，妾身一見到公主便覺得喜愛，這大抵是眼緣，忍不住想與公主多相處呢。」

林非鹿回過頭怯生生看了林傾一眼，水靈靈的眼睛裡滿是猶疑。

林傾知道五妹聰慧，她不願意去，自然開口為她說話：「多謝娘娘好意，不過我已與小五約好，去我車駕上喝酥茶，娘娘心意只好下次再領了。」

太子都發話了，梅妃自然不好再說什麼，又笑語幾句便放下簾子坐了回去。

林傾繼續驅馬往前，林非鹿拍拍心口，用只有兩個人能聽到的小氣音說：「嚇死我了。」

林傾笑了下，又正色道：「妳是皇家公主，她不過一介妃嬪，怕她做什麼？」

林非鹿心道你說的輕鬆，這年頭不受寵的公主連受寵的淑女都比不上好嘛。

林傾說完，又安撫道：「父皇的幾位妃嬪中，梅妃娘娘性格最為良善溫婉，妳不必怕她。」

大抵是因為梅妃雖然受寵但無子嗣，對將來的皇位構不成威脅，不管是皇后還是太子對她的觀感都不錯。

林非鹿：果然是同類！

這個梅妃，不可小覷啊。

林傾話都說出口了，本來是打算送小五回去的，現在只好把她帶上自己的車駕。太子的座駕果然跟她的不一樣，不僅寬敞了很多，坐墊十分柔軟暖和，平穩度也比她那個搖搖晃晃的馬車要好。

隨行的宮人得了吩咐很快送了酥茶上來，好茶喝著點心吃著，舒適度成倍提升，這才叫旅行嘛。

剛坐下沒多久，車外一陣噠噠馬蹄聲，外面的宮人喊了聲「四殿下」，簾子便被掀開。林景淵滿身寒氣地鑽進來，毫不客氣一屁股坐在林非鹿身邊，拿起點心便吃。邊吃邊道：「我還說帶小鹿去母妃那呢，三哥怎麼把她帶到你這來了。」

林傾說：「怎麼？我這兒來不得？」

林景淵怪酸的：「分明是我先去救五妹的，最後卻被三哥搶了功勞。」

林傾：「……」

你爭寵的樣子是認真的嗎？

林景淵才不管那麼多，因為香囊的事，他已經嫉妒三哥很久了，吃完點心便拉過林非鹿的手，「走，我們去母妃那，我備了好多妳喜歡吃的東西呢。」

林非鹿看了林傾一眼，林傾按著額頭一臉無語地看著林景淵，只差沒把「滾」字寫在臉上了。

她忍著笑拜別林傾，才跟林景淵一起去了嫻妃的車駕。

林非鹿每天早上往長明殿跑，督促林景淵按時起床上學還是有作用的，嫻妃現在簡直把她當做親生女兒一般疼愛，之後的路程林非鹿沒再回去過自己那個搖搖晃晃的馬車。

車隊行至夜間，來到了過夜的驛站。

這是早就安排好的，駐守此地的官員老早就在路口迎接聖駕。驛站規模不大，隨行宮人就地紮營，妃嬪皇子公主則住進驛站的房間內休息。

林非鹿雖然只有一人帶著一個侍女，但畢竟是林帝親口交代下來的，也獨占了一間。

一天舟車勞頓，林帝免了各人請安，吩咐下去大家用過晚膳便早些休息，明日儘早出發，要在天黑之前到達行宮。

驛站雖然並不破舊，取暖和飲食也早已安排周到，但比起皇宮還是簡陋太多，各人住下之後便也不再出房，只等明日天亮便啟程離開。

林非鹿在嫻妃那用了飯，天黑之後由松雨陪著回了自己的小房間。

她的房間在二樓最邊上，窗外一顆枯樹挨得很近，都能看清樹枝上的鳥窩。侍女正常是在外間候著或者在主子床邊打地鋪，這樣方便半夜主子有吩咐隨叫隨到。

但驛站取暖設備比不上宮中，林非鹿擔心松雨睡地上感冒了，就讓她跟自己一起睡床上。

松雨跟了她這麼久，也知道五公主的性子，很是親近隨和，從不把她當下人看待。她心中十分感恩，聽五公主說自己一個人睡會冷，便也滅了燈，小心翼翼地躺上床去。

林非鹿其實把她當做姐姐看待，蹭到她懷裡把小手小腳架在她身上，笑咪咪地說：「松雨，妳身上好暖和呀！」

松雨羞赧地笑了笑，盡心盡職當一個取暖機。

外頭起先還有一些馬兒嘶鳴行人走動的聲音，後來漸漸沉寂下來，只剩下風聲。

林非鹿坐了一天馬車確實有些累，扒在松雨身上埋著小腦袋很快進入夢鄉。

不知過去多久，身邊的松雨突然劇烈掙扎起來。

林非鹿起先以為她做噩夢了，驚醒之後正要叫醒她，睜眼之時，透過半開的窗戶透進來的暗淡的光，才看清床邊站著一個人影。

那人手上拿著一個枕頭，正死死壓在松雨臉上，要將她活活悶死。

林非鹿窒息了一秒，大腦轟一聲，放聲尖叫。

正在行兇的人影被她的叫聲嚇了一大跳，根本沒想到被窩底下還有個人。林非鹿睡覺習慣蒙住腦袋蜷成一團，她人又小，縮在松雨身邊，根本沒被人發現。

林非鹿邊叫邊往裡爬，聲嘶力竭地大喊：「救命啊！殺人啦！」

那人伸手想抓她，但被鬆開的松雨此時已經一跟頭翻坐起來，不要命似的撲向他拳打腳踢。小女孩的叫聲本就尖銳，這麼一叫，周圍的人全部驚醒，那人眼見要暴露，只得鬆手，一個轉身縱步從窗口跳了出去。

松雨顧不上追，剛才被悶過還大口喘著氣，哭著爬過來拉她：「公主！公主沒事吧？」

林非鹿嗓子都喊啞了，此刻一停，彎著小身子劇烈咳嗽起來。

外面一陣哄鬧，急促的腳步聲由遠及近，隨即房門砰一聲被撞開，巡夜的兩名侍衛率先跑了進來，急聲道：「可有刺客？」

林非鹿還在咳，松雨邊哭邊道：「從窗戶逃了！」

侍衛趕緊衝向窗邊，但外頭早已沒了人影，他對同伴道：「帶人下去搜！」

他詢問松雨：「可有看見刺客長相？」

松雨搖頭：「他蒙著面，天又太黑，沒有看清。」

說著話，聽到動靜的其他人也趕了過來。奚行疆最先跑進來，手裡提著一把劍，不如平日裡吊兒郎當的模樣，神情很是嚴肅，衝進屋來看見林非鹿在床上咳得死去活來，吩咐侍衛：「你去請太醫過來，我在這守著。」

松雨哭道：「世子！有人要殺我們公主！」

奚行疆臉色冰冷，沉聲道：「先幫公主把衣服穿好。」

林非鹿跪坐在床上，只穿了件單衣，松雨反應過來，趕緊起身幫她把外衣穿上。奚行疆半蹲在床邊，伸手摸她的腦袋：「小鹿，可有受傷？」

林非鹿驚嚇之下那幾嗓子喊得實在是太厲害，現在想想，簡直跟十隻尖叫雞同時出聲有得一拚。大概把聲帶喊傷了，一頓大咳之後只感覺嗓子冒煙似的疼，竟是一個字都說不出來。

只能眼淚汪汪地搖了搖頭。

說著話，嫻妃和林景淵在宮人的陪伴下急急趕了過來，緊接著林廷和林傾也神色匆匆跑進屋來，因為惠妃原因來不了的林念知都派了貼身侍女抱柚過來查看情況。

小小的屋子內瞬間擠滿了人，松雨邊哭邊把剛才的情景說了一遍，又道：「若不是公主擔心奴婢睡外面會冷，叫奴婢睡到床上去，恐怕那刺客就會無聲無息將公主悶死了。」

刺客沒想到婢女會睡在床上，黑燈瞎火的，他拿了枕頭便悶人，若那裡睡的真的是林非鹿這個不過五歲大的小女孩，無力掙扎，便會被他無聲無息地悶死。

眾人思及此，不禁後怕。

林景淵簡直要氣瘋了：「是誰竟敢在此行凶？侍衛呢？抓到那賊人了嗎？」

林廷和林傾的臉色也很不好看，他們畢竟年長，心思細膩很多。小五頭次出宮，年齡又小，不可能與人交惡，刺客怎麼會冒著這麼大的風險，來殺一個小女孩？

而且驛站周圍侍衛駐守，若是外人根本進不來，這刺客多半是在隨行人員之中。

除了憤怒到失去理智的林景淵，在場其他人略一思考便都明白這個道理了。

這五公主，恐怕還是受了她娘親那一輩恩怨連累。

蕭嵐在宮裡失寵多年，近來林帝對五公主另眼相看，某些人擔心蕭嵐因為女兒復寵，才坐不住了。想著趁著這次出行的機會，把這個苗頭掐死。

畢竟林帝對這位五公主還不算十分寵愛，現在下手，做的乾淨一些，林帝就算震怒，一番追查之下沒有線索，也不會追著不放。何況此處乃是驛站，歇腳過夜之用，明日便會離開。總不能為了一個小小的五公主，在此處長久耽擱，只要一走，更是什麼線索都斷了。對方既然敢在皇帝眼皮子底下動手，必然是做的滴水不漏，此刻侍衛去追查，也查不到什麼了。主意打的好，只是沒想到這位五公主不按常理出牌，竟讓侍女與自己同睡一床。也是她的善良仁慈，才免遭了這一次的危機。

嫻妃沉聲道：「這件事，還是要讓陛下定奪。」

剛說完，門口便跑進來一個太監，急聲道：「陛下宣五公主。」

林景淵迫不及待：「我也去！定要讓父皇找出謀害小鹿的兇手！」

嫻妃斥責道：「胡鬧！康安，送四殿下回去。」她又對一旁眾人道：「大皇子、太子殿下、奚世子，你們也先回去吧，本宮陪五公主過去便好。」

林帝只宣了林非鹿，他們跟去反而不好，便都點頭應了。

林帝那頭透過侍衛的通報，已經知道發生了什麼事。林非鹿進去的時候，他已經穿好外衣面色威怒坐在外間了。梅妃陪在他身邊，也是一副匆忙梳洗的打扮，長髮披散著。見她進來，林帝還未開口，便聽梅妃急切切道：「聽說五公主房間方才進了刺客？可有受傷？請隨行太醫瞧過了嗎？」

林非鹿默不作聲，只是乖乖跪下小身子行禮。

嫻妃在一旁道：「五公主傷了嗓子，現失了聲，說不出話來。」

林帝上次見她是在梅園，小團子裹著紅色的斗篷，靈動可愛，頭頂的小揪揪顯得生機勃勃。此刻卻是眼眶通紅，衣髮散亂，小臉煞白煞白的，半個字都說不出來。

小身子在下面行禮時，還小小的踉蹌。

林帝怒火中燒，蹭的一下起身走過去將小團子從地上抱了起來，離得近了，看清她雙眼含淚緊抿小唇的模樣，更是心疼不已，儘量放柔聲音道：「別怕，父皇在這。」

林非鹿淚眼汪汪，小手摟住他的脖子，趴在他頸窩無聲哭起來。

簡直要把林帝一顆老父親的心都哭碎了。

他抱著林非鹿走回去坐下，把她因為害怕而顫抖的小身子抱在懷裡，寬大的手掌安撫地摸著她亂糟糟的頭頂，聲音沉下來，問一同跟來的松雨：「妳將方才的情況再說一遍。」

松雨便又細緻地說了一遍。

可惜她也是受害人，被悶了一遭，驚嚇過度什麼也沒看清，根本提供不了什麼有用的線索。去追查刺客的侍衛很快過來覆命，不出意料，他們什麼也沒追到。

林帝把在場的人一一審問一遍，一無所獲，要不是顧著小五還在他懷裡發抖，氣得想掀案桌了：「一群廢物！在朕的眼皮子底下還能發生這種事，若刺客行刺的是朕，你們是不是也無能為力！」

底下黑泱泱一片全跪了下來，請求陛下恕罪。

林帝冷哼一聲，看向旁邊的嫻妃，問道：「嫻妃如何看待此事？」

嫻妃垂手而立，緩聲道：「臣妾愚見，五公主年齡尚小，稚童天真，並無結仇，此事恐怕還是要往上一輩來查。」

其實嫻妃能想通的事，林帝哪能想不到。

必是這隨行人員之中有人下的手，至於原因，或許是私仇，或許是得了主子的吩咐。這次隨行宮人足有上百人之多，還不包括侍衛，若真要一一排查，也如石沉大海般沒有著落。

梅妃趕緊倒了杯熱茶過來讓林帝消氣，柔聲道：「陛下別氣壞了身子。」她頓了頓，一副欲言又止的模樣。

林帝看了她一眼，喝了口熱茶道：「想說什麼便說。」

梅妃這才盈盈點了下頭，柔聲說：「臣妾也與嫻妃姐姐的看法一樣，五公主這樣伶俐可愛，旁人喜歡都來不及，怎麼會下此毒手？恐怕還是她娘親的恩怨牽連到她身上，或許是曾經與嵐貴人交惡的宮人，因與嵐貴人結了仇，心中怨恨多年，便趁此機會報復。」

林帝沉著臉點了點頭，覺得此話在理。

林非鹿趴在林帝懷裡，不動聲色地看了她一眼。

梅妃笑語溫柔，眉眼含了三分擔憂，說出這番話，彷彿是真的在為林帝分憂一般。

可這三言兩語，便將林帝對刺客的憤怒，轉移到蕭嵐身上。話裡話外，都是蕭嵐自己的私怨牽連到自己女兒的意思。

林帝本就對蕭嵐不喜，經由此事，定然越發厭惡蕭嵐。

嫻妃抬眸看了梅妃一眼，不過什麼也沒說，又收回了視線。

林帝聽她說完，臉色果然越發的沉，片刻之後吩咐侍衛道：「帶人去徹查此次隨行宮人中有無與明玥宮嵐貴人有無恩怨的，即可來報。」

侍衛領命而去。

鬧了這麼一番，夜已經很深了，林帝把蜷在他懷裡的林非鹿抱到裡間的床上，沉聲道：「今夜小五便在朕這裡睡，朕倒要看看，誰還敢再來！」

又吩咐跟進來的梅妃：「今夜便先回去吧。」

梅妃一愣，飛快掃了縮在被窩裡的林非鹿一眼，溫柔地垂下頭：「是。」

林非鹿看著她施施然離開的背影，垂眸時，在心裡冷笑了一聲。

都是滿級的綠茶，妳在這跟我裝什麼白蓮花。

不出意外，就是她了。

第十二章 小可憐敵國質子

林非鹿一直自詡不是好人。

她也確實幹過一些好人幹不出來的事，她知道那不對，但她並不為此感到愧疚。所以她死的時候，自覺這是老天給的懲罰，也還平靜。

但就算再壞再惡，也從未涉及過人命。

殺人這種事，是隨隨便便就能幹得出來的嗎？她是綠茶，又不是反社會變態。

可這萬惡的封建時代，這個吃人不吐骨頭的後宮，開局就下死手，一上來直接就要她的命，也太毒了。

相比之下，上一次靜嬪的陷害還算委婉了。

林非鹿覺得自己需要成長，結合新時代的綠茶手段，綜合舊時代的風土人情，爭取讓自己綠得更加符合本土特色。

吃不飽穿不暖的溫飽問題已經解決了，看來接下來需要解決的就是生存危機了啊。

這個梅妃，有點意思，算是她進宮以來遇到的最難對付的 Boss。

她現在還沒有確切的證據證明今晚想殺她的人就是梅妃安排的，但出於對同類的嗅覺和敏感，她覺得這事就算不是她安排的，也跟她脫不了干係。

就沖她剛才把仇恨轉移到蕭嵐身上那幾句話，林非鹿猜測，她跟蕭嵐之間可能有些不為人知的舊怨。

總之，副本難度升級，極具挑戰性，需小心提防。

她縮在被窩東想西想的時候，外頭林帝已經命人把床鋪好了。就在她旁邊的位置，隔著一扇紗帳，林帝身邊的總管太監彭滿有些擔憂道：「陛下，新床不穩，要不奴才在這守著五公主，您還是去旁邊的房間睡吧。」

林帝揮了下手：「不必，小五今夜受了驚嚇，朕陪陪她。」

他說著話，走到床邊坐下，見小團子小手拽著被子蒙住半個腦袋，只留下一雙黑溜溜的眼睛在外面，怯生生地打量他。眼尾還紅著，像受了欺負忍住不哭的小可憐，漂亮又讓人心疼。

林帝伸手摸摸她亂糟糟的腦袋，哄道：「小鹿不怕，父皇守著妳。」

她微微往上蹭了蹭，小腦袋蹭在他的掌心，是依賴的表現。張了張嘴似乎想喊他，卻只發出沙啞的一個音，聽起來更可憐了。

林帝轉頭問：「宣太醫了沒？」

彭滿道：「宣了，隨行太醫住在外頭營帳內，過來需要些時間，奴才估摸著快到了。」

正說著，外頭侍衛通傳太醫來了，林帝便命人進來。

太醫揹著藥箱一副急匆匆的模樣，聽說五公主遇刺，本來以為受傷見了血，把能帶的行當都帶上了。來了一看才知道她只是傷了嗓子，倒是鬆了口氣。

除去修復嗓子的藥之外，還開了一些安神助眠的，以免小公主受驚過度。

開了方子，林帝又命人去熬藥，這一來二去耽擱不少時間，已經是半夜了。彭滿擔憂道：「陛下，就讓奴才守著，您去歇著吧，明日還有一天的路程呢。」

林帝打了個哈欠，正要說話，他的小團子從被窩爬起來，兩隻小手抱住他的胳膊，輕輕搖了搖。

她說不出話，只能發出小小的啞啞的氣音，「父皇，去睡吧。」

林帝不由得笑起來，手臂一提，就把小團子拎到自己身上：「朕不睏，等朕的五公主喝了藥安安穩穩睡著了，朕再去睡。」

小團子看著他，看樣子是感動壞了，一頭埋進他懷裡。

林帝沒能擋住小女兒的撒嬌攻勢，感覺自己素來養成的堅硬心腸都軟了半分。

他說到做到，果然等林非鹿喝了藥睡下了才去歇息，皇帝住的地方，別說刺客，蚊子都飛不進來。林非鹿不再擔心，加上藥裡的助眠成分，很快沉沉睡去了。

第二天一早，外頭傳來車馬拔營的聲音。

林非鹿睜眼的時候，林帝已經在宮人的服侍下穿著洗漱完畢了。其實當皇帝並不輕鬆，她以前看紀錄片看到一句話，說的是「朝臣代漏五更寒」，也就是說大臣們五更天就要上朝等皇帝朝見。

五更天大概五點左右，可以推算皇帝差不多凌晨四點多就要起床，這簡直比高三學生還要辛苦。

凌晨四點的洛杉磯是不可能見了，凌晨四點的皇宮倒是天天見。

林非鹿還是挺佩服這些皇帝的。

擱她這，就算把皇位送給她，她也不要。

皇位和睡懶覺之間，她選擇睡懶覺。

林帝轉身瞧見她黑溜溜四處打量的大眼睛，笑道：「小五醒了。」他吩咐旁邊的人：「服侍五公主起身吧。」

林非鹿這才看見松雨候在旁邊，她大概一夜沒睡，眼眶紅紅的，卻朝自己露出如往常一樣羞赧又恬靜的笑。

林非鹿看著自己的救命恩人，不由得想起她的哥哥，跟自己做約定的侍衛。她突然覺得後宮種種，早有命數。

車隊整裝完畢，拔營出發，這次林非鹿沒回自己的馬車，而是被林帝帶到了聖駕之上。

如果說昨天太子林傾的車架是ＢＭＷ，那林帝的聖駕就是林肯，加長版的那種。

昨天她還心疼皇帝出遊不易呢，今天就被打臉了。

果然當皇帝的是不會虧待自己的。

車馬上路之後，昨晚查了一夜的侍衛來報，什麼都沒查出來。林非鹿不意外這個結果，只是林帝臉色不太好看，命他繼續追查。

林非鹿喝了兩頓藥，休息了一晚，嗓子已經恢復一些，勉強能說話了。手腳並用從坐墊上爬過來，抱著林帝的手臂軟軟地搖：「父皇不要生氣。」

她發現了，林帝跟林景淵一樣，就吃撒嬌這一套。她軟乎乎地一撒嬌，他臉上的怒意果然散了，笑呵呵把她抱到腿上，摸了摸她頭上的小揪揪，又嘆道：「朕不生氣，朕只是要給小鹿一個交代。」

小團子眨著眼睛軟聲說：「小鹿不要交代。」

林帝挑眉笑問：「那妳要什麼？」

便見她伸出小手指，飛快地指了下旁邊案几上擺著的糕點，怪不好意思地說：「要那個。」

林帝哈哈大笑，刮了下她小巧的鼻尖：「妳這個小饞貓。」

說罷便讓彭滿把碟子端了過來，林非鹿雙手捧著糕點，安靜又乖巧地在旁邊啃起來。她眼睛很亮，小臉鼓鼓的，邊吃還搖頭晃腦，像隻可愛的小倉鼠。

林帝在旁邊看著，越看心中越喜愛。他這幾個女兒，長公主他雖然也很寵愛，但林念知性格過分活躍，有時候還是會讓他覺得頭疼。

二公主早夭，三公主自不必說，現在想起就反感。

而四公主則太過木訥憨厚，見他時不掩懼意，很難有女兒承歡膝下的愉悅。

蘇嬪的六公主如今才三歲，雖然憨態可掬，但少了小五身上的靈氣，而且年齡太小，很多事全憑本能，說哭就哭，林帝去了幾次都遇上她嚎哭不止，都有些怕了。

他平日更加看重皇子，空下來心思也都花在幾位皇子身上，檢查功課抽查騎射。幾位皇子敬他怕他，在他面前向來規規矩矩不敢放肆，就也少了父子之間的親近感。

他跟女兒相處的時間並不多，此刻才恍然覺得，女兒要比他那幾個兒子可愛得多啊。

女兒會撒嬌，會軟綿綿喊父皇，還可以綁萌死人的小揪揪！

皇子能做到嗎？不能！

林帝滿眼不加掩飾的喜愛林非鹿當然也察覺了，她小手還捧著點心，埋著頭啃，小身子卻微微往旁邊側了側，只留了半個後腦勺給林帝。

林帝被她害羞的小乖樣逗得哈哈大笑，感覺自己好久沒有這樣開心了。

林非鹿啃完點心，接過彭滿遞來的帕子擦了擦手，一副饜足的表情，小身子跟著馬車搖晃的弧度微微晃動，不知道突然看到什麼，水靈靈的眼睛瞪大了。

林帝順著她的目光看過去，原來是自己腰間佩的香囊。

只見她有些疑惑地歪了下腦袋，以為自己看錯了，又湊近看了看，發現沒錯啊就是自己送太子殿下的那個香囊啊，怎麼會在這裡呢？她有點懷疑人生，抓了抓自己的小揪揪，小臉迷茫地看向林帝。

林帝有點心虛，乾咳了一聲才說：「這是妳三皇兄送給朕的。」

小團子這才鬆開眉頭，了然地眨了眨眼。

父女倆相處十分融洽，沒多會兒，馬車稍微停了一下，外面宮人稟報道：「陛下，梅妃娘娘過來了。」

林帝笑道：「進來吧。」

車簾掀開，梅妃裹著一陣香風彎腰走了進來，先是盈盈行了禮，才柔聲道：「妾身來陪陛下下完昨日未完的那盤棋。」

林帝把林非鹿抱到一旁坐下，笑吟吟道：「好，彭滿，擺棋。朕今日要好好看看，妳的棋藝到底進步沒有。」

梅妃嗔道：「陛下又拿妾身取笑。」

兩人笑聊了幾句，梅妃看向在一旁啃點心的林非鹿，一臉關切：「五公主的嗓子今日可好些了？」

林非鹿乖巧點頭，附贈一個人畜無害的可愛笑容。

彭滿很快把昨日的棋局擺了上來，梅妃和林帝對面而坐，各執一子，開始對弈。林非鹿坐在林帝身邊，小手牽著他一方衣角，乖乖地看著。

林帝下著下著，感覺旁邊的小團子越湊越近。他轉頭一看，發現小團子正目不轉睛地盯著棋盤，嘴角還沾著糕點碎末，小臉全神貫注，像是看得入迷，令人忍俊不禁。

見他遲遲未落子，她還怪著急地轉頭看了看自己，小眼裡滿是催促。

林帝終於忍不住笑了出來，揉她的小腦袋：「看得這麼認真，喜歡這個啊？」

小團子有點不好意思地垂了下眸，抿著唇輕輕點了點頭。

林帝又問：「會下嗎？」

她搖搖頭。

林帝便笑道：「朕教妳。」

他抬手便將棋局打亂了，吩咐彭滿把黑白子分撿出來，然後對愣住的梅妃道：「今日不下了，朕教教小五，妳先回去吧。」

梅妃：「……」

她不露痕跡看了林帝身邊那個天真可愛的小女孩一眼，終是什麼也沒說，柔聲笑道：「是，那妾身就先回去了。」

她一走，林帝開開心心教女兒下棋。

林非鹿真的不會圍棋，但架不住人聰明，林帝一解釋她就懂，一上午的時間便把基本規則和定式都搞明白了。等到用過午膳再次上路，她已經能磕磕絆絆跟林帝對弈了。

雖然不過幾子就被林帝絞殺，但五歲的孩子能聰明到這個程度，還是令林帝大為震驚。震驚之後又是驚喜。

他一向惜才，大林重文輕武，後宮但凡有個飽讀詩書滿腹才情的妃嬪都會得他寵幸，他對幾個皇子的要求更為嚴格，所以太子才會壓力那麼大。

雖然對公主沒什麼要求，但林念知就是因為聰明伶俐才深得他喜愛，就更別說此時令他另眼相看的林非鹿了。

他想起在梅園初見小團子時，她許願世間清平，那時他就該明白，這孩子與旁人是不同的。

沒想到蕭嵐雖生了個癡傻兒子，卻生了個這麼天資聰穎的小公主。

這大概就是上天垂憐吧。

林帝一時之間感慨連連，看著還在認真研究棋局的林非鹿，心中對她母妃的厭惡不知不覺散了幾分。

傍晚時分，行進的車隊終於搖搖晃晃到達了山腰上的行宮。行宮常年有人駐守，早已將各殿打掃乾淨，配置齊全，就等主子入住。

林非鹿住的地方叫聽雨閣，林帝見她身邊只有一個松雨跟著，便指派了身邊的一個太監，叫做孔福的過去伺候。又撥了一隊保護自己的禁軍駐紮在聽雨閣，以免之前的賊子再次行凶。

禁軍的戰鬥力可是數一數二的，往聽雨閣四周一站，連宮人都要繞道走。

此時天色已晚，兩日舟車勞頓，自然是要先休整一夜。聽雨閣裡已經有兩個伺候的宮女，加上松雨和孔福就是四個人，照顧林非鹿綽綽有餘。

這一天時間大家都知道五公主是隨聖駕上山的，又看禁衛軍那架勢，暗地裡都在說五公主因禍得福，反而得了陛下寵愛。

林非鹿吃過晚飯在四周轉了一圈，看著那些肅然而立的禁衛軍，心安不少。對方一擊未中，林帝又在徹查此事，有禁衛軍站崗，應該不敢再貿然動手。她不大擔憂，松雨倒是很緊張，悄聲跟她說：「公主，晚上奴婢還是跟妳睡一張床吧。」

林非鹿笑道：「對方又不傻，要是再來，肯定不會再上當啦。放心吧，有禁衛軍在，他不敢再來的。」

松雨憂心道：「奴婢心裡還是不放心。臨行前娘娘交代奴婢要好生照看公主，沒想到還是出了這樣的差池……」

說著說著又要哭了。

林非鹿拉過她的手：「妳已經把我照顧得很好啦，如果沒有妳，我昨晚就死了。」

松雨急急道：「公主不許說那不吉利的字！公主吉人天相，一定會平平安安長大的！」

兩人邊走邊聊，剛進院子，就聽外面禁衛軍一聲厲喝：「什麼人膽敢翻牆！拿下！」

別說松雨，林非鹿都嚇了一跳。心道不是吧，天才剛黑呢，對方就這麼迫不及待想要她的命？

沒想到一陣慌亂之後，傳出奚行疆略微狼狽的聲音：「是我是我！欸欸欸，把你的刀放下，看清本世子是誰沒有？」

外頭一陣匆忙：「見過世子殿下，世子殿下這是……」

林非鹿奇了怪了，邁步走出去。

就看見奚行疆抱著一疊鋪蓋捲站在牆角，有些尷尬地摸自己的鼻頭。

她真是又生氣又好笑，嗓音沙啞地喊他：「奚行疆！你在這做什麼？」

禁衛軍見是誤會一場，紀律分明地站回原崗位。奚行疆抱著鋪蓋捲走過來，下巴抬得高高的，但是難掩尷尬，結結巴巴地說：「我……我擔心昨晚那刺客又來，在這巡視！」

林非鹿：「巡視那你抱著鋪蓋捲做什麼？要是遇見刺客，你打算用被子捂死他嗎？」

奚行疆：「……」

他氣得抬手揉她頭上的小揪揪：「我這是在擔心誰？妳還擠兌我！」他推她往裡走，「走走走，先進去。」

進到院內，他抬手便把院門關上，裡頭的宮人瞧見他紛紛行禮。奚行疆隨手一揮，跟著林非鹿走進房間，然後把抱在懷裡的鋪蓋捲扔在林非鹿床邊的地上。

林非鹿：？

松雨眼見他開始打地鋪，急忙道：「世子這是要做什麼！」

奚行疆頭也不抬地把鋪蓋捲鋪好：「看不出來？打地鋪呢。」

松雨又急又怕：「奴婢知道世子是在打地鋪，可世子在這裡打地鋪做什麼？難不成要在這裡過夜嗎？」

奚行疆：「嗯啊。」

松雨當即就對他跪下了：「世子萬萬不可！我們公主……我們公主雖然年幼，但卻是女子，男女授受不清，世子若是在公主房中過夜，傳出去公主的清譽可就毀了！」

奚行疆抬頭怪不高興地瞪了她一眼：「命都快沒了，還顧及清譽做什麼？回宮之前，本世子就守在這裡了，若是賊人再敢來，來一個殺一個，來兩個殺一雙！」

林非鹿：「……」

松雨本就擔心刺客，聽他這麼一說，倒是愣住了，開始在公主的清譽和生命危險之間反覆糾結。

奚行疆打好地鋪，美滋滋往上一躺，以手枕頭，翹起二郎腿，「行了，洗洗睡吧。」

林非鹿：「……你給我滾出去。」

他半抬了下身子，從下往上斜了她一眼，教訓道：「女孩子不可如此粗俗！」他悠哉悠哉晃蕩著二郎腿，「欸小豆丁，我就奇怪了，妳在妳皇兄面前的那股軟萌勁，怎麼在我這半點都沒了呢？」

林非鹿：「一滴都不給你！起來！」

她越是奶凶，他越樂，兩人正膠著著，屋外又傳來一陣腳步聲，很快就聽見宮人行禮：

「見過四殿下。」

林景淵一路喊著「小鹿」跑進來。

一進屋，看見躺在地上的奚行疆，眼珠子一瞪，頓時大怒，張牙舞爪朝他撲過來：「你這無恥之徒！在我妹妹房間裡做什麼！」

然後林非鹿就看著兩個人又開始掐架。

兩個屁孩的破壞力簡直是成倍的。

最後還是奚行疆從被子裡摸出一把短刀大吼道「我是來保護小鹿的」，才得以終止這場「戰爭」。

林景淵看看他那短刀，又看看站在一旁的五妹，眼珠子一轉，然後往地鋪上一躺：「那我也睡這，我也要保護我五妹！」

奚行疆嗤笑道：「就你那三腳貓功夫？」

林景淵大怒：「你不要看不起人！」

眼見兩人又要打起來，林非鹿正打算出聲，門外突然又進來一人，腳步匆匆的，看起來眼生，進來先是跟林非鹿和林景淵請了安，才急聲道：「世子，娘娘傳話。」

奚行疆身子一頓，臉上露出一絲彆扭，乾咳了一聲才問：「姑姑怎麼知道我在這？」

那人垂首道：「娘娘說，她不僅知道你在這，還知道你要做什麼。若你一盞茶的功夫沒有出現在她眼前，她就親自過來打斷你一條腿。」

奚行疆：「……」

林非鹿：「……」

林景淵：「哈哈哈哈哈哈哈哈……」

奚行疆一臉懊惱地瞪著那太監，聽見林景淵放肆的嘲笑聲有些訕訕，還想討價還價：「你回去告訴姑姑，我要留下來保護五公主。」

那太監仍是垂著頭，盡職盡責地重複道：「娘娘說，這兒有禁衛軍駐紮，不需要你的保護。你如果執意要留下來，那就……那就滾到廊簷上去睡。」

奚行疆：「……」

天氣仍是寒冬，這山腰氣溫更低，要是在屋外廊簷上睡一晚，他明天早上就凍死了。

他氣急敗壞地瞪了放肆嘲笑的林景淵一眼，又把鋪好的被子捲起來，抱在懷裡氣勢洶洶地往外走。林景淵狂笑道：「被子留給我啊！」

奚行疆回頭惡狠狠道：「自己回屋拿！」

林非鹿也想笑，但看在他其實只是想保護自己的心意上，還是很給面子的憋住了，朝他揮了揮手：「世子慢走。」

奚行疆：「……」

他一向倡狂囂張的背影此刻居然顯出幾分狼狽。

他一走，林景淵愣是在屋內拍桌子狂笑了五分鐘，最後還是林非鹿問道：「景淵哥哥，方才說的娘娘，是奚貴妃娘娘嗎？」

林景淵邊笑邊道：「不然還有誰能治得住奚行疆？」

林非鹿回想剛才太監重複的那幾句傳話，覺得這位素未謀面的奚貴妃，怪有趣的。

林景淵還在為奚行疆吃癟的事狂笑不止，就聽林非鹿說：「景淵哥哥，你也回去吧，不然一會兒嫻妃娘娘也要派人來了。」

林景淵：「……」

突然笑不出來。

林景淵喝了一盞茶後灰溜溜地走了，但是走之前讓康安留了下來，跟孔福他們一起在外頭伺候。

林非鹿喝的藥裡有安神助眠的成分，早就睏得不行，打發了兩個小屁孩正打算睡覺，又有宮人來敲門。松雨和孔福一道去看了，回來稟告說：「是大皇子殿下和太子殿下派了人過來，說要跟奴婢們一起守夜。」

林非鹿覺得自己以後要是穿回去了，說不定可以寫本小說什麼的，就叫《被三個皇子哥哥團寵的日子》。

有禁軍和宮人的雙重守護，林非鹿美美睡了一覺，夢都沒有做。

翌日醒來，松雨正服侍她梳洗，林念知身邊的貼身婢女抱柚就過來了，手裡還提著一碗熱粥，裡面加了一些潤嗓補身的補品，有股淡淡的藥味。

抱柚笑著說：「長公主天不亮就吩咐奴婢熬粥，熬了有兩個時辰了，五公主快趁熱吃了吧。」

又為難地說：「長公主讓奴婢轉告五公主，惠妃娘娘看得嚴，她不太方便過來看妳，讓妳自個兒注意些。」

林非鹿認真地點點頭，乖巧地謝過皇長姐，吃完早飯，就去林帝所在的中和殿請安。她現在在林帝那裡存在感十足，再像以前一樣不去請安就說不過去了。

在殿外的時候遇到也來請安的林廷，她遠遠就跳著跟他揮手打招呼。

林廷笑著站在原地等她，等她走近了才溫聲問：「昨晚睡得好嗎？」

林非鹿笑咪咪地點頭，小聲道：「大皇兄，阮貴妃娘娘這次沒有一起來行宮呢。」

她的眼神靈動又狡黠，林廷忍不住笑道：「所以？」

她的聲音還未完全恢復，說話時帶著一絲絲沙啞，但難掩興奮：「我們可以去山上找小動物玩啦！我聽說山上還有小狐狸呢。」

林廷心頭一暖，替她理了理乖巧的瀏海：「好。」

兩人進去的時候，發現林傾和林景淵已經在了。但奇的是，林傾是坐在一旁的，林景淵是跪在堂下的，垂著腦袋像霜打了的茄子，蔫得不行。

林帝坐在上方的榻上，手上拿著一本書，梅妃陪在一旁，正垂眸安靜地剝著水果。

林帝道：「方才考過你三哥，現在朕考考你。聽說你年前在太學表現甚好，朕檢查一下太傅所言是否屬實。」

林景淵不自在地動了下身子，小聲嘟囔：「我只是來請個安，也能被抽查功課，我太難了。」

恰好林廷領著林非鹿進來，林帝一看見綁著小揪揪裹著紅斗篷邁著小短腿進來的小團子，臉色頓時柔和了很多。

林非鹿歪歪扭扭地行禮：「小五給父皇請安。」

林帝笑道：「聽這聲音，比昨日好許多了。」

林廷也請了安，林帝便道：「廷兒也跟老四一起吧，考完他朕再考你。」

林廷恭聲應是，端正跪在堂下。

林帝正要讓人賜座給五公主，就看見小團子左看看大皇兄，右看看四皇兄，對了對小手指，也乖乖跪好了。

他失笑，便沒叫她起來。

林景淵悄悄瞅了旁邊的林廷一眼，小聲求救：「大皇兄幫幫我！」

林廷抿唇笑了下，垂眸不說話。

林景淵嗚嚶了兩聲，就聽林帝道：「老四，朕問你，太康失邦，昆弟五人須於洛汭，述大禹之戒作五子之歌，是何五言？」

其實他考林景淵的內容相對而言算簡單了，畢竟這個兒子什麼德行他也清楚，考複雜了，說不定他連題目都聽不懂。

沒想到這麼簡單的問題，底下的林景淵還是一副抓耳撓腮的樣子。

林帝簡直想用手邊的硯臺砸他頭上，看能不能把他腦袋砸靈光些。

林景淵其實有背過這段，他知道是《尚書．夏書》篇裡的內容，但俗話說得好，萬事開頭難，他一時緊張，愣是想不起第一句是什麼。

急得連連向林廷求救：「皇兄！大皇兄！皇長兄！第一句是什麼？」

林廷向來守規矩，當然不可能當著父皇的面幫他作弊，為難地看了他一眼，垂下頭去。

林景淵正急得不行，就聽見旁邊有道小氣音悄悄提醒他：「其一曰，皇祖有訓，民可近，不可下。」

林景淵瞬間有種醍醐灌頂的感覺，在林帝發飆之前大聲道：「其一曰：皇祖有訓，民可近，不可下，民惟邦本，本固邦寧。予視天下愚夫愚婦一能勝予，一人三失，怨豈在明，不見是圖。予臨兆民，懍乎若朽索之馭六馬，為人上者，奈何不敬？」

林帝驚訝地挑了下眉，臉色漸漸緩和，目露讚許聽著他背完了後面的內容。

等他背完，林帝便點頭道：「不錯，看來太傅所言非虛，有長進，去旁邊坐著吧。」

林景淵有種死裡逃生的感覺，抹了把汗，磕頭之後正要起身，就聽上位的梅妃掩嘴一笑，十分好奇地問：「五公主方才跟四殿下說了什麼？怎麼四殿下一點就通？」

林帝方才注意力都在林景淵身上，倒沒注意一旁的小團子，聽梅妃這麼一說，挑眉看過去。

林景淵：我殺梅妃。

林非鹿一臉沒料到幫皇兄作弊會被當場點出來的慌張，飛快掃了父皇一眼，裹在斗篷裡的身子本來就小巧，現在縮成一團埋下小腦袋，看起來像是恨不得把自己藏起來，渾身透出「看不見我看不見我」的訊息。

林帝被萌得心肝顫。

故意威嚴道：「小五，妳方才跟老四說什麼了？」

小團子一抖，不情不願地抬起頭來，小臉皺巴巴的，蔫蔫地開口：「我……我說……」她吸吸鼻子，大概是因為害怕，居然嚇得打起嗝來，一邊打嗝一邊說：「其……嗝……其一……嗝……」

林帝再也忍不住，哈哈大笑。

梅妃眼裡的笑意卻淡了很多。

小團子快被嚇哭了，一邊打嗝一邊吸鼻涕，要有多可憐就有多可憐，林景淵又氣又心疼，頓時大聲道：「父皇！不怪五妹！是兒臣愚笨，五妹才不得已提醒我的！請父皇責罰兒臣，兒臣願意領罰！」

沒想到林帝只是嫌棄地斜了他一眼，說：「一邊去。」

然後林景淵眼睜睜看著他敬愛的父皇走下來，把偷偷抹眼淚的五妹抱了起來，坐回榻上。

小團子坐在他腿上，小手拽著他的袖口，偷偷觀察他半天，底氣不足地小聲問：「父皇不生氣嗎？」

林帝笑咪咪把梅妃剛才費心剝的水果拿起來餵給她：「父皇不氣，甜嗎？」

小團子咂咂嘴，彎著唇笑：「甜——」

梅妃：「……」

林帝又問：「小五會背《尚書》嗎？」

小團子兩根小手指軟軟地捏在一起，比畫說：「會背一點點。」

林帝早知她聰明，卻不知她還會讀書識字，《尚書》對於在太學上了幾年學的林景淵很簡單，可對於一個從未去過太學五歲的小女孩就很難了。

林帝驟然想起，蕭嵐是識字的。

記得當年入宮，他聽宮人回報，有位嵐淑女帶了幾個大箱子進宮，箱子裡不是別的，全是書筆。他就是因為這件事，才會在新人中第一個翻了蕭嵐的牌子。

美貌驚人又富有才情，簡直是按照他的喜好長的。

唯一的缺點是性格不討喜，太過沉悶，從不主動與他說話，一問一答，彷彿一個字都不願多說。按說這樣的性子，放在別人身上，早被他厭煩了。

但蕭嵐愣是憑藉美貌和才情承寵三年，直到林瞻遠漸漸顯露癡傻，才觸了林帝的逆鱗，一朝失寵。

看來蕭嵐把這個女兒教的很好。

他心中一時有些感慨，突然想到什麼，轉頭問一旁的梅妃：「朕記得，妳與小五的母妃是同一年入宮的吧？」

梅妃一愣，很快恢復如常，柔聲笑道：「是，時間可真快啊，妾身已經陪在陛下身邊七年了。」

林帝也笑著點了點頭。

他抱著林非鹿考完了林廷的功課，林廷自然是沒什麼問題，在林帝滿意的目光中坐到林傾身邊。

林傾偏頭低聲對他笑道：「要不是有小五在，我看老四今天免不了一頓板子。」

林廷也忍不住笑：「五妹的確聰明，等開了春，應該能和我們一起去太學了。」

請完了安，皇子們便告退，林非鹿本來也想走，結果林帝笑咪咪地問：「昨天沒學完的棋還學嗎？」

她眼眸晶亮地點頭：「要！」

林帝便讓彭滿擺了棋盤，繼續教小團子下棋。

梅妃不出所料又被晾在一旁。

這次林帝沒叫她退下，而是笑吟吟對她道：「剛才剝的水果不錯，小五喜歡，妳再剝一些。」

梅妃：「……」

林非鹿不露痕跡地看了她一眼。

不愧是高手，都這樣了表情管理還是很完美，盈盈一笑揶揄道：「是，妾身也借著五公主的福，再跟陛下學學棋。妾身當年跟陛下學棋的時候，陛下對妾身可沒這樣的耐心呢。」

林帝笑道：「妳又胡說，朕對妳還沒耐心？」

梅妃嗔道：「陛下的耐心可不在棋上，明明教著教著便……」

她說著，像恍然想起林非鹿還在，一臉羞紅地停住了，只是眼波流轉，嬌媚地望著林帝。

林非鹿：我懷疑妳在搞黃色並且掌握了證據。

林帝也想起了當年的事，女兒還在，他臉色有些訕訕，責怪地看了梅妃一眼，但明顯開始有些心不在焉。林非鹿跟他下了兩局，淚眼朦朧地打了個哈欠。

林帝問：「睏了？」

還不等林非鹿回答，便對彭滿道：「送五公主回去休息吧。」

然後林非鹿就被帶走了。

踏出殿門時，聽到裡頭傳來了梅妃嬌俏的笑聲。

林非鹿：白日宣淫的狗男女。

這梅妃，是有些手段，三言兩語便把林帝的心思勾回自己身上，難怪這麼多年承寵不斷。

算了，回房補覺去。

這一覺便睡到中午，用了午膳，有宮人來傳話，說溫泉已經備好，下午就可以去泡溫泉了。

林非鹿以前冬天喜歡去溫泉酒店度假，高興地把頭髮全挽起來，在頭頂挽了個丸子頭，興致勃勃出門泡溫泉去。

行宮溫泉甚多，各宮都得了一個泉眼。禁軍得了林帝的吩咐，五公主走到哪他們便跟到哪，但溫泉這種涉及隱私的地方，除了貼身婢女，其餘人是不可出入的。

林非鹿心想，不可能自己泡個溫泉也能被刺客溺死在水裡吧？

但也不是不可能。

一時間有些糾結。

恰好此時彭滿找了過來，見她便道：「五公主，陛下尋妳呢，快隨奴才來吧。」

林非鹿跟著彭滿過去，林帝一瞧見她的丸子頭，頓時愛不釋手，揉了又揉，還逗她：「兩個小揪揪合二為一了。」

林非鹿：……作為皇帝你這麼幼稚真的好嗎？

臉上還是一派天真乖巧：「父皇，我們去哪裡呀？」

林帝牽著她的手道：「妳一個人泡溫泉朕不放心，帶妳去個安全的地方。」

林非鹿以為林帝要把他自己的溫泉讓出來給自己呢，沒想到他居然把自己帶到了奚貴妃那裡。

奚貴妃一身單衣迎出來的時候，林非鹿有些愣。

她第一次見到這位傳說中的將門之後，並不如後宮妃嬪明豔貌美，相反的她的眉眼生得有些淡，眸色冷冽，身段並不纖弱，有股奪人的颯意。

見到林帝過來，她不卑不亢地行了個禮，冷冽的眸子淡淡掃了林帝旁邊的小女孩一眼。

林非鹿：有被颯到！

林帝笑道：「檀兒，朕帶小五過來，讓她跟妳一起泡溫泉。驛站的事妳也知曉，朕不放心她一個人。」

林非鹿眨眨眼睛，正要使出賣萌攻擊，就聽奚貴妃淡聲說：「怎麼，陛下把臣妾當護衛打手嗎？」

林帝訕訕一笑，已習慣她這樣的語氣，也不惱，把林非鹿往前推了推：「交給別人朕不放心，朕最相信妳了。」

奚貴妃不置可否地笑了下，瞟了林非鹿一眼。

林非鹿立刻乖乖行禮，奶聲奶氣道：「小五拜見奚貴妃娘娘。」

林帝說：「朕的小五這樣可愛，檀兒妳肯定也會喜歡她的。」

奚貴妃還是那副冷然的模樣，朝林帝曲了下身：「臣妾領命。」

林帝便歡天喜地地走了。

他一走，殿內只剩下林非鹿和奚貴妃，以及她們各自的侍女。奚貴妃轉身往前走去，也沒回頭，像是知道林非鹿沒動似的，淡聲道：「跟上來。」

林非鹿這才邁著小短腿跟上去，並在心裡狂拍馬屁：這位娘娘好帥啊！

俗話說得好，容貌不是最重要的，氣質才是！這位奚貴妃的氣質簡直絕了！

她之前為了攻略奚貴妃，暗自打聽了不少關於她的消息。聽說她出生在邊關，自小在邊關長大，習得一身武藝，本來有成為一代女將的潛質，可不知為何最後卻進了宮，當了貴妃。她性格冷傲，不屑爭寵，入宮便封了嬪，就算至今沒有子嗣，卻因為家族的原因穩坐貴妃之位，很得林帝信任和喜愛。

這不就是宮鬥劇裡拿女主劇本的女主角嗎！跟梅妃那種妖豔賤貨不一樣！

上了臺階，穿過重重紗簾，後面就是熱氣蒸騰的溫泉了。

已經有侍女候在兩邊，奚貴妃只穿了件單衣，站在池邊衣服一褪，露出後背漂亮的蝴蝶骨和修長的細腿，不緊不慢地踩著臺階走進了溫泉。

林非鹿小步走過去，在松雨的服侍下脫了外衣，但裡面還裹著她提前備好的浴巾，先在池邊伸腳試了試溫度，然後才慢慢把小身子藏進水裡。

啊，舒服。

久違的溫泉。

正瞇著眼享受，聽到奚貴妃淡聲道：「別往中間去，水深。」

林非鹿偏頭看過去，她背靠著池沿，容貌被熱氣一蒸，透出紅潤，比剛才多了些溫度，看起來沒那麼冷淡了。精緻的鎖骨隱隱約約浮在水面，天鵝頸漂亮得惹眼，不愧是自小習武的身材！

林非鹿恨不得拍水長嘆：這麼好看的姐姐為什麼便宜了她那個爹！

她老老實實「哦」了一聲，小短腿踩著水，慢騰騰走到奚貴妃身邊，往她身邊一蹲。過了會兒奚貴妃睜開眼，打量旁邊的小豆丁兩眼，她亮晶晶的眼眸裡盛滿了水汽，目不轉睛地看著自己。

她問：「看什麼呢？」

林非鹿說：「娘娘真好看！」

奚貴妃不屑一顧：「小騙子，這麼小就會恭維人。」

林非鹿恨不得掏出自己的顏狗心臟以表忠心：「小鹿沒有騙人！就是很好看！」

奚貴妃饒有興致地看著她：「哦？那妳說說哪裡好看？」

林非鹿：「娘娘的鎖骨很好看，性感又清晰！還有頸子，細長優雅，像天鵝一樣漂亮！還有這腰，娘娘殺人不用刀，全靠腰啊！」

奚貴妃：？

顏狗看到美人一時情難自己，接收到奚貴妃迷惑的目光才克制住，又露出屬於小孩的乖巧：「反正就是很好看啦！」

奚貴妃打量小豆丁半天，終於笑了一聲，伸手撥了下她的丸子頭，「倒是跟行疆形容的一樣，是個有趣的小姑娘。」

林非鹿羞赧一笑。

奚貴妃高冷話少，林非鹿想刷她的好感度，當然也不能聒噪，在一旁安靜的乖乖泡溫泉。殿內一時很安靜，林非鹿被熱氣薰得昏昏欲睡，這具身體畢竟年紀小，不適合長時間泡著。

奚貴妃看了小豆丁一眼，吩咐侍女：「帶五公主出去吧。」

林非鹿清醒過來，一把抱住她纖長的手臂。

奚貴妃：？

小豆丁看著她：「我還想跟娘娘再一起泡一會兒。」

奚貴妃問：「為什麼？」

林非鹿：「跟娘娘多泡泡，說不定就可以和娘娘一樣有長長的腿了。奚行疆總罵我矮。」

奚貴妃冷冷道：「妳不用管他，等我把他的腿打斷，妳就比他高了。」

最後林非鹿還是沒能如願以償多泡一會兒，被侍女從溫泉池裡抱了起來。

奚貴妃見她可憐兮兮的樣子，勾了下眉：「明兒再來泡，這池子又不會跑了。」

林非鹿趴在侍女肩頭，小身子裹著濕透的浴巾，噠噠滴著水，整張小臉蒸得透紅，碎髮貼在額頭，顯得水靈靈的眼睛尤為大，期待地問：「那明天我還可以跟娘娘一起泡嗎？」

奚貴妃不鹹不淡的：「妳想來便來。」

林非鹿美滋滋地被侍女抱下去了。

換好衣服之後，奚貴妃身邊的宮女又帶她去旁邊的殿內喝酥茶。不知道是不是泡了溫泉的緣故，她的肚子餓得咕咕叫，坐在凳子上一手酥茶一手點心吃得津津有味，一邊吃一邊左右四顧，兩隻小短腿前後地晃，差點把旁邊的宮女萌死。

悄聲對一旁的松雨道：「妳們五公主好可愛啊！」

松雨又驕傲又高興：「是的！我們五公主是天底下最可愛的小女孩了！」

林非鹿就聽著兩個十幾歲的姐姐在旁邊狂誇自己呢，聽得心安理得。

唉，她其實有時候也覺得自己怪可愛的。

見她吃東西的時候一直在四處打量，等她一吃完，那宮女便蹲下身柔聲道：「五公主，奴婢帶妳在這裡四處轉轉吧？這是陛下御賜給娘娘的溫泉殿，除了娘娘，旁的人不得吩咐都不許進來呢。」

林非鹿也覺得這地方不錯，疏韻雅致，不過分奢華，也不過分簡潔，有種置身水墨畫的大氣幽靜之感。

她點了點頭，從凳子上跳下來，跟著宮女開始參觀。

溫泉行宮就是皇帝修來度假用的，風光當然好，這座溫泉殿又是其中翹楚，可見林帝對於奚貴妃是十分看重的。

但據她以往收集到的消息，林帝其實不常翻奚貴妃的牌子，至少在選擇美人侍寢上，他更偏愛明豔奪目的阮貴妃和嬌弱動人的梅妃。

奚貴妃不是傳統美人那種長相，再加上氣質冷冷清清的，看起來有些不好接觸，林帝應該不愛這掛。

不過這樣倒是減輕了她心中的遺憾，她對奚貴妃的觀感很好，這種氣質大美人少幾次侍寢，她覺得是大美人賺到了！

正胡思亂想，她們進來的這座偏殿的房頂突然傳來兩聲清脆的動靜，像是瓦片被撞開的聲音，嚇了大家一跳。

宮女往上看了兩眼，正要說話，那聲音又接連一串劈里啪啦在頭頂乍響，還夾著幾聲類似烏鴉的鳴叫。

宮女嚇得不行，趕緊領著林非鹿出去，幾人走到院子裡往上看，但因房屋修得高，什麼也看不見，只聽見那聲音不停，宮女白著臉道：「公主先去主殿吧，奴婢去叫侍衛來看看。」

正說話，泡完溫泉的奚貴妃也出來了。

見她們都站在院子裡朝上打量，淡聲問：「看什麼呢？」

宮女把事情說了一遍，奚貴妃還是那副冷然的模樣，若無其事說了句「本宮上去看看」，然後腳尖一點，就往房頂飛上去了。

林非鹿：？

飛上去了？

這可比當初奚行疆飛的那棵樹高多了！

這一家子都這麼會飛的嗎？

不是，這是什麼反牛頓定律的武功？

林非鹿目瞪口呆看著奚貴妃輕飄飄地落在房頂，彎腰不知撿了什麼東西，又輕飄飄地飛了下來，然後把東西往地上一扔。

「一隻斷了翅的烏鴉罷了，拿出去扔了吧。」

她說完便要回去洗手，正要走，大腿卻被人抱住了。

奚貴妃回頭一看，小豆丁又露出那種可憐兮兮的表情，但眼眸亮晶晶的，閃爍著興奮的光芒。

奚貴妃：「又做什麼？」

林非鹿：「我想學！」

奚貴妃挑了下眉，還是那副淡然的語氣：「妳才多大，學這個做什麼？又無需上戰場。」

林非鹿：「我要學我要學我要學！」

撒嬌耍賴是小孩子的利器！

奚貴妃看了她幾眼，小豆丁剛才泡溫泉的丸子頭已經梳成了兩個小揪揪，纏著漂亮的紅絲帶，像隻小狗似的蹭在她腳邊，正努力散發萌感，企圖攻略她的心神。

她不由得想起年前奚行疆進宮請安時，眉飛色舞地說起他偶然遇見的五公主：「姑姑妳沒看過那兩個揪揪！啊太可愛了，讓人又想保護又忍不住想破壞！」

嗯……這不學無術的姪兒形容得還挺到位。

林非鹿眨眨眼睛，聽到大美人說：「行。」

她還沒來得及高興，就聽她繼續道：「習武先打基礎，就從今日開始吧，妳先在這院子裡扎兩個時辰的馬步。」

林非鹿：？

奚貴妃：「不會扎馬步？」

她示範了一下，姿勢非常標準，像以前香港功夫片裡開武館的老師父。

林非鹿：「……」

然後奚貴妃就進殿喝茶去了，留下林非鹿在寒風中孤獨地扎馬步。

她雖然平時多有鍛煉，但那跟扎馬步能比嗎？別說兩個時辰，十分鐘她就不行了，感覺比以前第一次去健身房，被教練逼著做平板支撐還要痛苦。

松雨在旁邊看她雙腿打抖，小臉都憋白了，心疼道：「公主，要不然算了吧。妳別看娘娘現在厲害，當年肯定也是吃了不少苦頭的，妳年紀還小，哪裡受得住這些。」

林非鹿奶聲奶氣地大聲道：「不行！奚貴妃娘娘好不容易答應教我的，我不能半途而廢！」她伸直兩隻小短手，「哼哈！」

坐在殿內慢悠悠喝茶的奚貴妃：「……」

這小東西，故意說給她聽呢。

旁邊的宮女也忍不住道：「娘娘，五公主還小呢，您若真是有心教她，也慢慢來吧，別頭一次就傷了身子。」

奚貴妃朝外看了兩眼，扶了扶茶蓋，聲音還是冷冷淡淡，但唇角卻勾了抹笑：「這還是第一個說想跟本宮學武的，自然要考考資質和恒心。」

正說著話，不知道上哪去浪的奚行疆步伐輕快地跑了回來，一進殿，看見在院中扎馬步的小豆丁，還以為自己走錯了地方。

他左右環視了一圈，又揉了下眼睛，發現自己沒走錯也沒看錯，再一看雙腿抖成篩子的林非鹿，差點笑暈過去。

林非鹿還有力氣瞪他。

奚行疆走過去蹲在她面前，稀奇道：「小豆丁，妳也被我姑姑罰啦？」

這個「也」字用的很生動。

林非鹿不甘示弱道：「我在跟娘娘習武！」

奚行疆驚訝地挑了下眉，挑完了又不無遺憾地摸摸她顫抖的小揪揪：「妳說妳，年紀輕輕的，怎麼這麼想不開呢？」他湊近一些，壓低聲音道：「妳知道以前我姑姑在邊關的時候，外號叫什麼嗎？」

林非鹿問：「叫什麼？」

奚行疆：「女閻羅。」

林非鹿：「……」她氣呼呼地大聲反駁：「你胡說！娘娘才不是女閻羅！娘娘是仙女！」

奚行疆臉色一白，果然，殿內立刻傳出奚貴妃冷冰冰的聲音：「給我滾進來！」

奚行疆咬牙切齒地戳了下她的揪揪：「下次找妳算帳！」

然後愁眉苦臉地進去了。

有奚行疆鬧了這麼一齣轉移注意力，林非鹿又多堅持了一會兒，最後實在脫力了，一屁股坐在地上。

松雨立刻心疼地幫她揉腿，奚貴妃從殿內走了出來，小豆丁一看見她，垂頭喪氣道：「娘娘，小鹿盡力了。」

奚貴妃沒說話，轉頭吩咐松雨一會兒回去了該怎麼幫她放鬆按摩，松雨連連稱是。

林非鹿地看了她一會兒，等她說完才扯扯她袖子，委屈地問：「娘娘，我是不是沒通過測試啊？」

奚貴妃說：「離開行宮之前，把這兩個時辰的馬步扎完，一刻都不能少。」

林非鹿：！

她們要在行宮待上很多天，那豈不是把兩個時辰分成了很多分鐘！

小豆丁又來抱她的腿，邊蹭邊說：「娘娘妳真好，果然是人美心善的仙女呢！」

奚貴妃：「本宮是不是仙女不好說，妳是馬屁精倒是真的。」

林非鹿：「……」

突然覺得林帝不愛去奚貴妃宮裡，可能是因為她嗆人太厲害了。

從溫泉殿離開的時候，林非鹿看到奚行疆還在屋內跪著，她幸災樂禍地朝他做了個鬼臉，在奚行疆咬牙切齒的神情中一蹦一跳地跑走了。

不過也只蹦了幾步，腿太瘦了，最後還是被松雨抱回去的。

晚上松雨按照奚貴妃教她的辦法幫林非鹿做了按摩放鬆，果然很有效，第二天起來雙腿只有一點點痠疼感。

這次她學聰明了，先在聽雨閣把馬步扎了再去泡溫泉，這樣利用溫泉放鬆效果更佳。

聽雨閣的宮人眼睜睜看著五公主在院子裡扎起了馬步，你看看我，我看看你，最後紛紛把疑惑的目光投向松雨。

松雨：「……這件事，要從一隻斷了翅的烏鴉說起。」

有孔福在身邊，林帝很快知道了自己的小五在跟奚貴妃學武的事。

他一聽很不贊同，宮裡已經有一個提刀就能殺人的貴妃還不夠嗎！

想當年奚貴妃剛進宮的時候被他冊封為嬪，受到當時某位妃子的刁難。別的人受了刁難，要麼自己忍了，今後再暗自報復回去。要麼找陛下做主，求個公道。奚檀倒好，一個人幹翻了妃子宮中所有侍衛，然後拎著妃子飛到房頂，把人扔在上面，又拍拍手飛下去，若無其事地走了。

那妃子在房頂瑟瑟發抖蹲了幾個時辰，當時是三伏天，太陽毒得不行，曬得那妃子眼淚都流不出來，直接脫水了。

雖然最後妃子因為惡意刁難被他貶到冷宮，奚檀也被罰禁足三月，但他自此對奚檀的戰鬥力有了非常深刻認知。

不愧是當年在邊關被稱作女閻羅的奇女子！

想起來都心痛。

不行不行，朕萌萌噠的小五不能變成下一個女閻羅！

林帝急切切去找奚貴妃，進了殿中還沒說話，就被奚貴妃先發制人：「陛下是來告訴臣妾，不要教五公主練武嗎？」

林帝剛點了下頭，就聽她繼續不鹹不淡道：「臣妾護得了她一時，護不了她一世，若這後宮中有人有心加害她，也不過是時間問題。學些傍身的功夫，總比什麼都不會好。」

林帝被她說愣了。

他的皇子們都有學習騎射，平日在圍場也有專門的武將教習功夫，不只為了強身健體，也是為了在必要時自保。

只是公主們就沒有這些規矩了，畢竟在皇家，公主幾乎是對任何人都沒有威脅的存在。只需德才兼備，長大之後安穩嫁人就行了。

如今還未得知上次謀害小五的人是誰，今後還會不會動手，確實是個隱患。

林帝略一思考，畢竟是個殺伐果決的皇帝，很快做出決定：「檀兒所言有理，那朕便把小五交給妳了。」說罷又乾咳一聲，交代道：「只是，學些傍身的武功就行了，那些打打殺殺的東西……咳，還是不要交給她了，危險。」

奚貴妃看了他一眼，唇角挽了個笑：「臣妾遵旨。」

然後林非鹿就開始了每天扎馬步泡溫泉的日常。

幾天下來，本就光滑的皮膚比之前更好了，水靈靈粉嘟嘟，難怪以前大家都說運動是變美的不二法門。

除了扎馬步泡溫泉，林非鹿還喜歡跟著林廷往山上跑。行宮修在山腰，古時候的深山未經開發，有種非常原始的森林美，她去了幾次，發現許多種曾經沒見過的野花，在冬天也開得非常恣意。

林廷似乎天生有種吸引小動物的特質，他們不敢太深入，只是在邊邊轉一轉，但每次總有小動物偷偷溜出來，被林廷一逗，就乖乖上前了。

林非鹿覺得她這個大皇兄要是不當皇子，可以開個動物園發家致富。

去了好幾天，這一次，終於讓林非鹿遇到了她一直想看到的狐狸。

她以前小時候去動物園看過狐狸，只記得人多又擠，那狐狸有些年紀，皮毛粗糙開了叉，不怎麼好看。

野生狐狸倒是第一次見，且通身雪白，簡直是用來做成皮裘冬天取暖的不二之選（不是）。

只不過小狐狸的狀況不太好，前腿不知為何受了傷，血凝在白毛上，虛弱地趴在一簇草叢中。都說狐狸通人性有靈氣，瞧見有人過來，不知是否被林廷身上的特質吸引，也不怕，嗚嚶地朝他叫，像在求救。

林廷頓時就不行了，心疼地把小狐狸抱出來，查看牠的傷口，對林非鹿道：「五妹，我們把牠帶回去，讓太醫治治傷吧。」

林非鹿點了點頭，兩人便抱著狐狸下山去。

牠不知在草叢中趴了多久，那草的葉子上帶著細微的小刺，像蒼耳似的全部黏在牠的毛上，林非鹿扒了一路，也沒把草葉扒完。

下到行宮，林廷不知想到什麼，為難地跟林非鹿說：「五妹，這狐狸還是抱去妳的聽雨閣吧，我那裡，不太方便。」

他身邊跟著的太監宮女都是阮貴妃的人，回去把這事跟阮貴妃一說，他又要受罰。

林非鹿理解地點頭，從他懷裡接過小狐狸，笑咪咪地摸摸牠的腦袋：「小狐狸，我帶你回去治傷，你要乖乖的哦。」

狐狸把小腦袋軟噠噠擱在她手臂上，嗚嚶了一聲。

回到聽雨閣，林非鹿便讓松雨去請太醫，提前說明了是幫狐狸治傷，太醫準備倒也充分。把牠受傷的那隻腿周圍的絨毛剪了，清理了傷口塗上藥，便包紮起來。

小狐狸不叫不動的，連太醫都稱奇：「五公主上哪撿的狐狸，看起來很通人性呢。」

林非鹿笑咪咪道：「那就麻煩陳太醫把小狐狸治好啦。」

一人一狐，一個賽一個可愛，太醫笑著稱是。

如此過了幾天，太醫日日都來幫狐狸換藥，林非鹿還讓松雨用補藥熬雞給牠吃，小狐狸腿上的傷很快開始癒合，能滿地跑了。

雖是隻狐狸，卻是跟狗一樣黏人，總喜歡往林非鹿懷裡跳。但牠從山上撿回來，身上沾了不少草葉灰塵，松雨擔心不乾淨，便道：「公主，我們幫牠洗個澡吧，妳抱著也安心。」

林非鹿便讓松雨去備了熱水，兩個人蹲在院子裡幫狐狸洗澡。

本來也不是多大的事，洗個澡而已，小狐狸聽話，安安靜靜蹲在水盆裡，誰曾想熱水一沾身，一股噁心的臭味頓時散發開來，就像穿了七天七夜沒洗的襪子，差點把蹲在跟前的林非鹿和松雨薰暈過去。

松雨的眼淚都快薰出來了，捂著鼻子哭喪著說：「公主，奴婢常聽人說狐臭狐臭，就是這味道嗎？」

林非鹿：「……」

不，妳不要侮辱狐臭。

狐臭才沒這麼臭。

小白狐一臉無辜地坐在盆子裡。

林非鹿看了兩眼，發現之前沾在牠身上沒能全部摘下來的草葉子現在都自動脫落浮在水面，她讓松雨把小狐狸抱出來，聞了聞，發現那臭味原來是草葉上的。

松雨也發現了，趕緊去換了盆水重新幫小狐狸洗澡，這下子果然就沒有臭味了。

洗乾淨之後，松雨抱著小狐狸進屋去火爐邊烘乾。林非鹿出了會兒神，不知想到什麼，走到院子裡把洗澡前從小狐狸身上摘的草葉子全部撿了起來。

這葉子呈淡青色，脆脆的，一捏就碎，葉面有絨絨的小刺，湊近了聞一點味道都沒有，但是她一扔到熱水裡，頓時散發出濃濃的惡臭。

也不知道是什麼品種。

趁著松雨幫小狐狸烘乾皮毛的時間，她把撿回來的臭葉子包在手帕裡，然後拿了個茶杯來回碾了碾，直至這些臭葉子全部碾成了碎末，才用手帕包好塞進袖口裡。

洗過澡的小白狐看起來更漂亮了，而且眼睛是非常稀奇的碧綠色，看起來很有靈性，每一個見到牠的人都嘖嘖稱奇。

翌日用過午膳，林非鹿在房間休息了一會兒，抓著時間抱著小白狐去了林帝的中和殿。進到前殿，彭滿笑著迎出來道：「五公主，陛下正在午睡呢。」

林非鹿歪著腦袋問：「父皇一個人嗎？」

彭滿道：「梅妃娘娘陪著呢。」

林非鹿說：「我想給父皇看看我的小白狐，我在這裡等他可以嗎？我乖乖的，不吵。」

彭滿自然知道如今林非鹿在林帝心中的地位，也沒阻止，輕手輕腳將她領到內殿坐下，還讓人上了點心水果，笑著道：「那公主就在這等著，等陛下醒了，奴才來叫妳。」

她摸著小狐狸的腦袋乖乖點頭。

彭滿便又退到殿外守著了。

她吃了些點心，掰碎給小狐狸也吃了一點，湊在牠耳朵旁小聲說：「小狐，他們都說你通人性，你能聽懂我說的話嗎？」

小白狐吃著點心，用碧綠的眼睛看了她一眼。

林非鹿笑咪咪的，往內間指了指：「看到那裡面沒，吃完點心，你就往那裡面跑，跑到床邊鑽進床底，行不行？你同意的話，我以後天天煮雞給你吃。」

小白狐慢條斯理吃完點心，然後從她懷裡蹦了出來。牠的腿傷還沒好，跑起來一瘸一拐的，速度卻不慢。

林非鹿慌張地喊道：「小狐！別亂跑！」

喊完便跳下來，往裡面追了過去。

守在內間的宮女驟然看到一隻白狐跑了進來，嚇了一跳，但想到陛下和娘娘還在午休，不敢叫出聲，只是急急走過去。

那狐狸一溜煙鑽進了床底，緊接著五公主也著急跑了進來，小聲問宮女：「妳看到我的狐狸沒？」

宮女驚慌地指了下床底。

林非鹿便爬過去，撅著屁股往裡面看，小聲喊：「小狐，快出來！」

宮女生怕陛下被吵醒降罪，趕緊出去喊彭總管。

林非鹿聽見腳步聲遠去，轉頭看了擺在旁邊的繡鞋一眼，從袖子裡掏出手帕，飛快把包在裡面的粉末撒了進去。

等彭滿火急火燎跟著宮女進來時，林非鹿已經抱著小白狐往外走了。

她一副做錯事的表情，垂著頭懊惱道：「彭公公，我的小狐不聽話，差點吵醒父皇，我回去好好教訓牠！」

彭滿見林帝沒被吵醒也鬆了口氣，笑道：「小動物愛亂跑，公主多看著些便好。」

林非鹿乖巧點頭，又坐回去繼續吃點心。沒多久林帝睡醒了，在梅妃的服侍下起床洗漱，聽彭滿說五公主等在外面，很高興。

林非鹿跟他炫耀完自己的狐狸就回宮了，林帝則帶著梅妃去泡溫泉。這是他每天午睡之後的日常，每位妃嬪輪流著陪他鴛鴦戲水，今天剛好輪到梅妃。

皇帝泡溫泉，除了隨侍的妃嬪，旁人都得迴避，將一切準備好便退下了。梅妃只穿了件紗衣，身材曲線若隱若現，嫵媚又勾魂。

林帝就愛身嬌體軟這一型，梅妃這些年對自己的身材和肌膚保養十分得體，像無骨美人似的，每次都能令林帝興致大發，她能承寵多年，跟這有很大的關係。

此刻披著紗衣緩緩入水，水氣繚繞，媚眼如絲，勾得林帝心癢癢。

突然，一股惡臭傳了出來。

林帝一愣，當即捂住鼻子，本來以為是外面飄來的味道。但溫泉殿只有頭頂的天窗開著，這臭味卻近在咫尺。

他往周圍嗅了嗅，最後目光遲疑地落在了梅妃身上。

梅妃當然也聞到了，她捂著鼻子朝林帝走過去：「陛下，這是什麼味啊？」

她一走近，林帝差點沒被薰暈過去。

林帝驚恐地瞪大眼睛，往踩在水面的那雙玉足看去。

梅妃腳所在的那一圈水不如其他地方清澈，有些淡淡的淺色的渾濁，就像好久沒洗腳似的。

林帝本來坐在水裡，見她越走越近，那團渾濁也溢了過來，嚇得手忙腳亂從水裡爬了起來。

他覺得自己這輩子都忘不掉這股腳臭味了。

梅妃啊梅妃！妳實在太讓人朕失望了！

不過一下午的時間，整個行宮的人都知道梅妃陪林帝泡溫泉的時候不知為何觸了聖怒，林帝進去不久就臉色沉沉地出來了，回到中和殿後一下午沒見人。

林帝還是顧及梅妃的面子，什麼也沒說，梅妃自己更不可能告訴別人她是因為腳臭活生生把陛下臭走的，回到殿中之後崩潰地大哭了一場。

腳臭啊！腳臭啊！

她經營了七年的清雅出塵的氣質，就被這麼一個她打死都想不到的小毛病毀於一旦了啊！

看林帝當時驚恐的眼神和崩潰的神情她就知道，不管今後她再怎麼挽回形象，這個汙點也會在林帝心中留一輩子，成為他永遠的心理陰影了。

殺人誅心啊！

她再也不是他心裡那個冰清玉潔完美無瑕的女人了。

梅妃太崩潰了，這簡直比搞宮鬥失敗還讓人崩潰。

她身邊的人都不知道發生了什麼，還以為是陛下斥責了娘娘才讓娘娘這麼傷心，拿出平時奉承的話來安慰，結果全部被梅妃趕了出去。

不過梅妃能在宮中屹立多年，心性比她的外表堅強多了。

哭完之後，她開始懷疑這次的事情是被人搞了。

作為一個對自己身材容貌管理嚴格的精緻女人，她每天務必保證自己從頭到腳都要香香的。她封號為梅，就是因為當年她一曲「獻梅舞」獲得林帝青睞，林帝當時贊她「人比梅嬌，香風滿堂」，因此賜了封號。

她從來沒有腳臭的毛病，每晚洗漱沐浴都毫無臭味，怎麼今天在陛下面前出了醜？

她回宮之後讓婢女打了熱水來洗澡，這時候臭味已經沒了，她檢查了自己的雙足，嫩白細滑，毫無腳疾的症狀。

梅妃越想越覺得不對勁，目光看向自己那雙繡鞋時，愣了一下。片刻，她將那雙鞋拿到面前，仔細檢查一番後，發現鞋內和襪底，有一點點殘留的，淡青色的粉末。

梅妃神情一凝，毫不猶豫將鞋襪扔進旁邊的熱水盆。

一股熟悉的腳臭味傳了出來。

果然有人陷害！

這招實在是太毒了！

簡直比她殺人的手段還要毒！

梅妃氣得差點咬碎了牙，但事已至此，她根本沒辦法向林帝解釋，別說沒有證據，誰會相信有人陷害她腳臭！林帝只會認為這是她最後的挽尊罷了！

到底是誰？

此次隨行的妃嬪中，除了統一戰線的那幾個和置身事外的奚貴妃，其他人都曾是她的手下敗將，而且鞋襪這種私密物，需靠近她才能下手，她身邊都是可信之人……不！不對！

今日在中和殿午睡時，林非鹿那個小賤人來過！

有那麼一瞬間，梅妃覺得是自己多心了。

一個五歲大的黃毛丫頭而已，她雖然厭惡，但並不忌憚，上次的事失了手，她並不著急，回宮之後有的是機會對付她，根本就沒放在心上。

可除了她，這期間沒有別人有機會接觸她的鞋襪！

梅妃感覺自己後背出了一層細汗，五歲大的小丫頭，居然如此有心機有手段！

也不一定，她背後……還有一個嫻妃啊！

嫻妃跟惠妃勢如水火，跟自己的關係也十分惡劣，難不成是嫻妃在背後教唆？不然五歲大的小丫頭哪能想出如此惡毒的法子？

梅妃越想越覺得可能。

這種手段和心機，必須是有豐富宮鬥經驗的妃子才能使得出來的！

梅妃氣得氣血翻湧，恨不得當場去找嫻妃拚命。可最後還是忍了下來，將此仇狠狠在心裡記了一筆，然後收拾妥當，去了惠妃的宮中。

惠妃也聽聞了中午的事，本就心存疑惑，見她過來，立刻將她拉到內間，摒退下人後方問道：「到底發生了何事？妹妹如何惹怒了陛下？」

梅妃雖然難以啟齒，但還是咬著牙把被陷害的經過說了一遍，說完之後，淚都要落下來了，「嫻妃這毒婦！殺人誅心，是我們往常太小瞧她了！我今後與她勢不兩立！」

惠妃聽得目瞪口呆。

宮鬥這麼多年，這種手段還真是第一次見。

她不由得掃了梅妃的腳一眼，稍微想了下當時的場面，感覺快窒息了。

她握著梅妃的手同仇敵愾：「我之前跟妳說，那五公主雖然年紀小，但不是簡單的，妳瞧瞧我那丫頭被她蠱惑成什麼樣了？妳還說是我多想了，現在著了她的道才明白了吧？」

梅妃悔不當初，咬牙切齒：「在驛站的時候就該一鼓作氣了結了她！」

惠妃做了個噓聲的動作，壓低聲音：「當時時間緊迫，準備不夠充分，失了手也情有可原。近來陛下護她護得緊，她平日又常待在奚貴妃身邊，確實不好下手，待回了宮，有的是機會。」

梅妃咬牙道：「蕭嵐那個賤人心思愚笨，生個女兒倒是比她聰明，傍上了嫻妃這個毒婦不說，還把這些皇子公主們哄得團團轉，現在連陛下都十分寵愛！不能再拖了，這個禍患必須儘早解決！」

惠妃道：「妳一向是穩重的，該知道有些事急不得，越著急越容易露馬腳，別為了一個小丫頭，把自己搭進去。」

梅妃深吸一口氣，冷靜了一些：「姐姐說得對，是我被氣亂了心性。」

兩人又在房內說會兒話，梅妃離開時已經十分心平氣和了。

林非鹿並不知道自己幹的這一票讓無辜的嫻妃娘娘揹了鍋，聽說林帝黑著臉離開溫泉殿就知道計畫成功了，贊許地摸了摸小狐狸的腦袋，信守承諾煮雞肉給牠吃。

那之後，林帝就再也沒召過梅妃，不管是泡溫泉還是侍寢，梅妃也知道需要給林帝一些冷靜期讓他遺忘這件事，便沒主動去找存在感。

林非鹿眼不見為淨，每天抱著小狐狸開開心心跟林帝學下棋，父女倆的關係又親近了不少。

在行宮待上十多天後，溫泉度假就結束了，車隊拔營，整隊回宮。

離開的前一天，林非鹿抱著小白狐和林廷一起，爬到山上放生。

小狐吃了這麼多天的雞，比初見時圓潤了不少，腿傷也好了，周圍長出的新肉粉嫩嫩的。林非鹿去了當初撿到牠的地方，把牠放了下去。

她蹲在牠面前摸摸牠的腦袋，笑道：「我們就在這裡說再見啦。」

小白狐蹲坐在地上，歪著腦袋看她。

兩人跟牠揮揮手，轉身下山，走了沒幾步，發現小白狐跟了上來。

林非鹿轉身道：「你是野生的狐狸，屬於山林，不要跟著我啦。」

林廷笑道：「牠捨不得妳。」

林非鹿又說：「不出意外的話，我明年還會來。明年的這個時候，你還在這裡等我，我再上山來接你，好不好？」

小白狐抬起自己的爪子舔了舔，這次兩人再走，牠就沒有跟了。

翌日回宮，林非鹿沒獨自坐馬車，而是跟奚貴妃一起。要說這次行宮之旅最大的收穫是什麼，那當然是攻略了奚貴妃這個非常Nice的NPC。

雖然這個女人又高冷又毒舌，五句話有三句話是在嗆人，口頭禪是「信不信本宮打斷你的腿」，但林非鹿真的太喜歡她了。個人口味問題，男孩子她喜歡漂漂亮亮溫溫柔柔的，女孩子她就吃又颯又攻這一款。

而且奚檀還會武功！飛簷走壁哼哼哈嘿！對於一個從小喜歡看金庸武俠小說的人來說，實在是太有誘惑力了。

本來以為自己拿的是宮鬥劇本，現在發現可能還會觸發武俠支線，簡直美滋滋。

而且嫻妃對她好是因為她可以監督林景淵進步，得了嫻妃的賞識。

但奚貴妃對她好是沒有原因的，她無需從她身上獲得什麼，僅僅是單純地喜歡她而已。雖然她的喜歡並不浮於表面，平時還是那副冷冷淡淡的模樣，不大能看出來，但……

綠茶應該自信。

經過兩天的長途馬車，林非鹿平安並且散架地回到了皇宮。

蕭嵐得了聖駕回宮的消息，早早就在路口候著。古時資訊閉塞，蕭嵐並不知道她在驛站被謀害的事，見著女兒回來，高興地從松雨手中接過來，抱在懷裡好一陣親暱。

林非鹿摟著她吧唧了好幾口，把蕭嵐的心都親化了。

松雨一見娘娘，想起驛站的事，眼眶頓時紅了，一路埋著頭回到明玥宮，蕭嵐發現她不對勁，柔聲問：「松雨這是怎麼了？」

松雨淚珠子一落，在她面前跪了下來，「奴婢有負娘娘所托！沒有照顧好公主，是奴婢失職，請娘娘責罰！」

蕭嵐大驚失色，把林非鹿從懷裡放下來，趕緊將她扶了起來，「發生了何事？」

松雨一邊哭一邊將驛站的事告訴她，蕭嵐本來欣喜的臉色漸漸白了下去，聽她說完之後，手指已然掐在了一起，後怕地看了旁邊完好無損的女兒一眼，嘴唇血色盡失。

林非鹿安慰她：「母妃，我沒事，那人後面就沒有再出現過了。」

蕭嵐勉強笑了一下，她回想剛才松雨所說，若不是陛下安排了禁衛軍全天保護，小鹿又一直跟在奚貴妃身邊，行兇之人恐怕早就下第二次手了。

等將行李整理完畢，林非鹿睡了幾個時辰醒來之後，她才獨自進來她房間，指尖有些顫抖地摸了摸女兒的腦袋。

林非鹿揉揉眼睛坐起來，拉著她的手說：「母妃，我真的沒事，別擔心呀。」

蕭嵐眼眶紅紅的，嗓音有些低：「是娘無能，護不了妳。」

林非鹿拍拍自己的小胸脯：「我可以保護好自己，也可以保護好母妃和哥哥！」她頓了頓，朝外看了一眼，這才小聲問：「母妃，妳和梅妃娘娘有過舊怨嗎？」

蕭嵐不知她為何突然問起這個，神情有些恍惚，片刻之後搖了搖頭：「沒有。」

她想了想又說：「我與梅妃同年入宮，當時都被陛下封為淑女，又因性格相投，還交好過一段時間。只是後來我失了寵，身邊的人便漸漸淡了關係，也沒有再與她往來，這也是人之常情。」

她看著女兒皺眉問：「怎麼突然問起這個？妳在行宮與梅妃有過接觸了嗎？她為難了妳？」

林非鹿覺得自己這個娘真是當之無愧的傻白柔。

她這個性格，真的不適合宮鬥，放在現代的宮鬥劇裡，活不過三集。想想當年她居然還能在承寵的情況順利誕下皇子，可見那時候林帝還是有心護著她的。

林非鹿沒將自己的英勇事蹟告訴自己的柔弱小白花娘，而是問起另一件事：「母妃，我聽青煙說，哥哥當年早產，是因為妳被人下了藥？」

蕭嵐平時不願意讓孩子知道這些，聽她問起，略皺了下眉，頓了頓才說：「是。那藥下得極為隱祕，連每日問診的太醫都沒發現不對，我也是這些年慢慢才回過味來，那應當是一種藥效很慢的毒藥，一日一日積少成多。只是不知對方是想直接害我小產，還是陰差陽錯損了妳哥哥的神智。」

她說完，才反應過來什麼，有些驚詫道：「鹿兒，妳是懷疑這件事是……梅妃做的？」

林非鹿沒避諱：「對啊。她和母妃妳是同款類型的美人，又和妳同年入宮，妳們還交好，妳懷上皇子，她卻毫無動靜，出於嫉妒爭寵，對妳下毒手也是很正常的吧？」

蕭嵐震驚地看著她，有種這些年的懸案被女兒一語點破的駭然。

她的性格軟弱又善良，不爭不搶，沒什麼上進心，那時候一心惦記自己的意中人，為自己不公的命運自怨自艾，連林帝都不想去籠絡，更別說研究身邊人的心思。

太過善良的人，看待這世界的目光也格外單純。

也是最後生下兩個孩子，為母則剛，才漸漸比之前成長了一些，能在後宮苟活下來。

林非鹿覺得怪來怪去，就怪蕭嵐投錯了胎，她這性格和長相要是生在現代，那得是多少人捧在掌心呵護的傻白甜啊。

蕭嵐震驚了好一會兒，才喃喃道：「梅妃性格純良，待人溫和，怎會……」

說著說著沒了聲，懷疑人生去了。

看看，這就是綠茶的手段，林非鹿並不意外，甚至非常熟悉。

唉，對比一下梅妃，她覺得以前的自己真的好討厭哦。

不過討厭歸討厭，對付綠茶，就得比她更綠。沒有人比她更清楚怎麼讓一個綠茶原形畢露了。腳臭算什麼啊，對於綠茶而言，名聲臭了才是最大的打擊。

蕭嵐看著女兒眼眸裡靈動狡黠的光，知女莫若母，相處久了，她也熟悉女兒的操作了，遲疑又擔憂道：「鹿兒，梅妃不比旁人，她深得陛下聖寵，就算當年的事與她有關，可事情過去這麼多年早沒了證據。我們若是與她對上，恐怕一時間討不了好。」

林非鹿看她遲疑軟弱的模樣，就知道要下一劑重藥了，她說：「母妃，我懷疑驛站的事，也是梅妃下的手。」

果然蕭嵐眼中瞬間迸發出戰鬥的光芒！

林非鹿非常滿意。

她跟蕭嵐撒會兒嬌，讓她不至於太擔心，又興致沖沖說起自己跟奚貴妃習武的事。

蕭嵐已經對女兒人見人愛的特性見怪不怪了，只是囑咐道：「貴妃娘娘既然看重妳，便不要讓她失望。」

林非鹿認真地點點頭。

現在扎馬步已經成了她的日常，翌日早上起來，青煙幾人看著在院中哼哼哈嘿扎馬步的小公主，露出迷茫的神情。

松雨：「……這件事，還是要從一隻斷了翅的烏鴉說起。」

林瞻遠許久不見妹妹，除了睡覺都纏著她，見著妹妹扎馬步，好奇地問：「妹妹在便便嗎？」

林非鹿：「……」

她糾正他：「妹妹在練武！哼！哈！」

林瞻遠更疑惑了：「什麼是練武？」

林非鹿說：「練了武就會變得很厲害，打倒一切壞人，保護哥哥！」

林瞻遠立刻在旁邊有樣學樣地扎起馬步來，嘴裡還念叨：「哥哥也要練武保護妹妹！」

結果堅持不到兩分鐘就一屁股坐在地上了，他委屈到不行，罵自己：「哥哥笨死了！」

罵完了，又噘著嘴爬起來，繼續扎。

林非鹿覺得自己現在越來越接受自己五歲小可愛的設定，很大原因是受了這個傻哥哥的影響。

下午時分，扎完馬步做完放鬆的林非鹿就踢嗒踢嗒跑去找奚貴妃了。

奚貴妃住在錦雲宮，她還是第一次來，不愧是僅次於皇后的貴妃，宮殿規模比起四妃所在的宮殿要大氣精緻得多。

在行宮那幾日奚貴妃身邊的宮人都跟她混熟了，此刻一見到五公主，立刻歡歡喜喜地把她迎了進來。奚貴妃至今沒有子嗣，往日宮人看見其他娘娘都有孩子承歡膝下，很是羨慕。

現如今來了個五公主，雖不是娘娘的孩子，但同娘娘格外親近，又生得十分可愛，自然是滿宮喜愛了。

林非鹿一進屋，就被屋內的溫度熱出一身汗，趕緊把自己的斗篷脫了。之前在行宮也是，奚貴妃房間裡的碳爐總是燒得十分旺。

她本來以為像奚貴妃這樣的習武之人身體會很好，不太怕冷呢。大概是體內寒氣過重，導致手腳冰涼所致，看來需要找太醫開點方子調理一下。

小豆丁嚴肅地說完這番話，屋子裡安靜了幾秒。

奚貴妃沒什麼反應，還是淡淡浮著茶盞，旁邊兩名宮女神情卻有些難過，想說什麼，最後什麼也沒說，只笑道：「五公主關心娘娘呢。」

奚貴妃看了小豆丁一眼，不鹹不淡開口：「本宮不是怕冷，體內沒有寒氣，手腳也不冰涼。」

林非鹿：「……」

幹什麼呀！拆臺啊！

正噘嘴，又聽她淡聲道：「只是年輕時受了傷，傷到筋脈，天氣一冷就會疼，所以需暖和一些。」

林非鹿起先還疑惑，這樣的奇女子，威風凜凜的女將軍不當，入宮做什麼。現在聽她這樣一說，驟然明白，這大概就是原因了。

她三言兩語說得輕便，但傷到筋脈，連冷天都受不了，想必傷勢很嚴重吧。

林非鹿頓時又心疼又遺憾。

奚貴妃瞟了她兩眼，放下茶盞：「妳做出這副表情是要做什麼？出去踩樁！」

林非鹿：「……踩樁？」

奚貴妃略一示意，宮女便領著她往外走去。走到旁邊的小院，林非鹿看到空曠的院中豎著許多根木樁，高矮不一，呈不規則排列。

林非鹿頓時有點興奮：「這就是傳說中的梅花樁！」

奚貴妃挑眉：「懂得還挺多。」懶洋洋的聲音從殿中傳出來，「上去站半個時辰再下來。若是中途掉下來，就從頭計時。」

林非鹿心想，這可比扎馬步輕鬆多了！興致勃勃地爬上去，結果站了不到兩分鐘就摔了下來。

好在地面是泥地，不至於擦到磕到，林非鹿灰頭土臉，再次默默爬了上去。

沒多久又摔了下來。

就這麼反覆了很多次，整個人都摔成小泥娃了。

林非鹿：回去之後平衡瑜伽該練起來了。

最後她顫顫抖抖勉勉強強在樁子上蹲滿了時間，下來的時候路都快不會走了，有種踩在雲端飄著的感覺。

奚貴妃看著萌噠噠的小豆丁變成了灰頭土臉的小泥娃，神情還是淡淡的，但眼角似藏著笑，有種颯意的風情，「明日再來。」

林非鹿乖乖告退。

錦雲宮雖然又大又豪華，但其實它的地理位置並不好，有些偏僻。對於後宮妃嬪來說，越是靠近林帝的養心殿，位置越好，錦雲宮離養心殿很遠。

不過偏僻便清靜，冬天的痕跡已經漸漸消退，春意悄然而至，路邊的花草樹木都冒出了嫩綠的新芽。她一路看著新生的花花草草，心情愉悅了很多。

經過三岔路時，林非鹿看到不遠處那片翠竹林鬱鬱蔥蔥，經過風雪的洗禮之後，愈發青翠。

錦雲宮離養心殿很遠，距離宋驚瀾的翠竹居倒是蠻近嘛。

她也很久沒見小漂亮了，高高興興地轉道走了過去。

還未走近翠竹居，就在竹林裡遇到了正跟天冬一起挖春筍的宋驚瀾。

聽到噠噠的腳步聲，他意有所感地抬頭看過來，對上小姑娘亮晶晶的視線，先是一愣，然後忍不住笑了，起身朝她走來：「五公主是剛滑完泥回來嗎？」

林非鹿想起上次的滑雪，抓了抓腦殼：「不是啦……我在跟奚貴妃娘娘習武呢，這是踩梅花樁摔的。」

宋驚瀾驚訝地挑了下眉，沒說什麼，而是將手中挖春筍的刀遞給天冬，然後自然而然牽過了她髒兮兮的泥手，溫聲說：「走吧，去洗一洗。」

然後林非鹿就傻乎乎被他牽進了翠竹居。

宋驚瀾讓她在屋內等著，然後轉身去倒熱水。端著水盆回來時，小姑娘從屋內跑了出來，坐在門外的臺階上，眼睛彎彎地說：「把水濺到屋子裡就不好啦。」

宋驚瀾笑了下沒說話，走過來將水盆放在一旁，然後在她面前半蹲下來。

他拿起盆裡的帕子稍微擰乾了水，一手按住她的小腦袋，一手拿著帕子幫她擦臉。

林非鹿有點不好意思：「殿下，我自己洗。」

他笑了下：「妳的手髒，越洗越髒。」

林非鹿噘了下嘴，趁著他幫自己擦臉，兩隻小手不安分地往前伸，抓住他的白衣服後，使勁蹭了兩下。

宋驚瀾低頭看了衣服上的小手印一眼，又看了壞事得逞搖晃頭腦的小姑娘一眼，什麼也沒說，只是垂眸笑了笑。

——《滿級綠茶穿成小可憐》未完待續——

高寶書版集團
gobooks.com.tw

YE 027
滿級綠茶穿成小可憐（上）

作　　者　春刀寒
責任編輯　吳培禎
封面設計　虫羊氏
內頁排版　賴姵均
企　　劃　何嘉雯

發 行 人　朱凱蕾
出　　版　英屬維京群島商高寶國際有限公司台灣分公司
　　　　　Global Group Holdings, Ltd.
地　　址　台北市內湖區洲子街88號3樓
網　　址　gobooks.com.tw
電　　話　(02) 27992788
電　　郵　readers@gobooks.com.tw（讀者服務部）
傳　　真　出版部(02)27990909　行銷部(02)27993088
郵政劃撥　19394552
戶　　名　英屬維京群島商高寶國際有限公司台灣分公司
發　　行　英屬維京群島商高寶國際有限公司台灣分公司
初　　版　2023年01月

本著作物《滿級綠茶穿成小可憐》，作者：春刀寒，由北京晉江原創網絡科技有限公司授權出版。

國家圖書館出版品預行編目(CIP)資料

滿級綠茶穿成小可憐/春刀寒著. -- 初版. -- 臺北市
：英屬維京群島商高寶國際有限公司臺灣分公司,
2023.01
　冊；　公分. --

ISBN 978-986-506-629-1(上冊：平裝). --
ISBN 978-986-506-630-7(中冊：平裝). --
ISBN 978-986-506-631-4(下冊：平裝). --
ISBN 978-986-506-632-1(全套：平裝)

857.7　　111021627